2025 제70회 現代文學賞 수상소설집

안규철, 「두 개의 빈 의자」, 드로잉

| 현대문학상 기념조각 |

안규철

책은 양면적인 요소들이 중첩되어 있는 물건이다.
책에는 왼쪽과 오른쪽 페이지가 있고, 보이는 앞면과 보이지 않는 뒷면이 있다.
안과 밖이 있고, 시작과 끝이 있다. 흰 종이와 검은 잉크가 있고,
드러난 것과 숨겨진 것이 있으며, 저자와 독자가 있다.
서로 상반되면서 동시에 상호 의존적인 이런 요소들은 책이 닫혀 있을 때는 드러나지 않는다.
책은 상자와 같아서, 책장이 펼쳐지기 전에 그것은 무뚝뚝한 한 덩이 종이 뭉치에 불과하다.
책을 열면 이렇게 하나였던 것이 둘이 된다. 왼쪽과 오른쪽이, 안과 밖이, 저자와 독자가 거기서 생겨난다.
그리고 그 둘 사이에서, 낯선 한 세계의 지평선이 떠오른다.
마술사의 손바닥에서 피어나는 꽃처럼, 작은 책갈피 속에서 세계 하나가 온전한 윤곽을 드러낸다.
문학작품 앞에서 늘 그것이 경이롭다.

제70회 現代文學賞 수상소설집

김지연

좋아하는 마음 없이 외

현대문학

| 차례 |

수상작

수상작가 자선작

수상후보작

심사평

수상작

좋아하는 마음 없이
김지연

수상작가 자선작

우리가 바닷속을 지날 때

김지연

좋아하는 마음 없이

2018년 『문학동네』 등단.
소설집 『마음에 없는 소리』 『조금 망한 사랑』, 중편소설 『태초의 냄새』,
장편소설 『빨간 모자』. 〈젊은작가상〉 등 수상.

좋아하는 마음 없이

안지는 이른 결혼을 했는데 실패로 끝났다. 아니, 그걸 실패라고 할 수 있을까? 이혼을 한 건 사실이지만 안지는 자신의 인생에서 그 일을 실패라고 단정 지을 수는 없다고 생각했다. 그뒤로 더 행복해졌다고 할 수는 없을지언정 조금 더 자기 자신에게 가까운 삶을 살게 되었기 때문이다. 하지만 이혼이라는 단어를 떠올릴 때면 늘 그에 대해 변호하고 싶은 여러 말들이 생각났으므로 처음부터 결혼 같은 건 하지 않는 편이 더 나았을 거라고 여기기도 했다. 때문에 안지는 이혼했다는 사실을 비밀로 하지는 않았지만 먼저 나서서 밝히지도 않았다.

어릴 때 안지는 전형적인 사람이 되고 싶었다. 구체적으로 그런 표현을 떠올린 것은 아니었다. 그저 자신이 속한 집단에서 튀지 않는 사람, 아주 평균적인 사람이 되고 싶었고 그러기 위해서 부단히 노력했다. 찬반 투표를 할 때면 눈치를 보다가 다수의 의견에 따라 슬그머니 손을 들었다. 친구가 좋아하는 가수를 따라서 좋아했고 친구의 것과 같은 브랜드의 신발을 사서 신었다. 친구들이 싫어하는 수학 선생을 따라서 싫어했다. 사실 안지는 그 선생에게 남몰래 호감을 갖고 있었지만 친구들과 함께 떡볶이를 먹다가 술술 흘러나오는 그 선생에 대한 욕을 듣고 재빨리 노선을 바꿔 같이 욕을 했다. 한동안 안지는 수학 시간마다 왜 애들이 선생을 싫어하는지 그 이유를 알고 싶어서 더열심히 선생의 행동을 살폈다. 수학을 가르친다는 점만 빼면 딱히 나무랄 데 없는 사람이었다. 학생이 쉽게 답할 수없는 내용을 골리듯 물어보지 않았고 무엇보다 학생들한테 사과할 줄 알았다. 뭔가 잘못 알고 섣불리 화를 냈을 때, 그러다 결국 진실을 알게 되었을 때, 다른 선생들은 그러게 왜 오해 살 짓을 하고 다니느냐며 도리어 짜증을 부렸는데 그 선생은 재빨리 미안하다고 말했다. 미안하다. 내가잘못 알았어. 미안해. 가끔 안지는 머릿속으로 그 목소리를재생해보곤 했다. 그 때문에 선생이 더 좋아졌지만 여전히싫어하기 위해 애썼다. 누구나 다 그런 식으로 청소년기를 보내지 않나? 내가 아닌 사람이 되어보려고 노력하면서?

안지는 대학에 갔고 연애를 했고 졸업을 했고 취직을 했다. 결혼도 했다. 아주 평균적인 삶이었다. 아니, 평균보다 조금 빠른 편이었다. 조바심이 나 있었으므로. 자신도 남들처럼 지극히 평범하게 살 수 있다는 것을 빨리 증명해 보이고 싶었으므로. 어느 정도는 성공적이었다. 남편이 바람나기 전까지는 그랬다. 식도 올리기 전에 임신을 해 낳은 아이가 막 돌을 지났을 때였다. 임신이 아니었으면 결혼까지는 이어지지 않았을지도 몰랐다. 남편은 계속 후회하는 것 같았다. 그때 임신중절을 밀어붙이지 않은 것을, 시간을 끌다가 영영 타이밍을 놓쳐버리고 만 것을. 결단력이 부족한 자신을 자책했을지도 몰랐다. 그때 뼈저리게 깨달은 바가 있었는지 새로운 여자가 생겼을 때 남편은 안지가 알아차리기도 전에 이혼을 해달라고 요구했다. 겨우 6개월을 만났을 뿐이라면서.

안지는 남편과 4년여를 사귀다가 결혼했다. 사귀는 동안 크게 다툰 적은 없었다. 그저 무난한 사이였고 남들이 연애할 때 하는 일들을 거의 다 했다. 서로 좋아 죽는 것만 빼면. 임신 사실을 알았을 때 안지는 자신이 어떤 선택의 기로에 놓였다는 것을 깨달았다. 이대로 아이를 낳아 기를 것인지, 아니면 임신중절을 할 것인지, 임신중절을 하더라도 계속 만날 것인지, 차라리 헤어질 것인지를 선택해야 했다. 4년 동안 지지부진하게 관계를 이어온 안지가 답답해 뭐라도 선택해보라고 주어진 상황 같았다. 안지가 상의했을 때 그는 안지를 꼭 안아주었다. 포옹이 꽤나 따뜻해서 안지는 지금처럼 그와 계속 함께해도 좋겠다고 믿었다. 하지만 모든 게 다 지나고 돌이켜봤을 때 남편은 그저 자신의 표정을 들키고 싶지 않았을 뿐이었는지도 몰랐다.

안지는 자신보다 어디 한 군데 잘난 데도 없어 보이는 여자에게 남편이 왜 빠져들었는지 도무지 알 수 없었다. 시모의 의견도 마찬가지였다. 시모는 한바탕 난리가 난 다음에 안지를 찾아와 한참이나 편을 들어주며 달랬지만 결국은 조용히 이혼해달라고 했다. 안지는 자신의 품에서 울어대던 갓난쟁이가 시모의 품에서 울음을 그치는 것을 보고 차라리 그게 낫겠다는 생각을 처음으로 했다. 그때까지는 쉽게 이혼해주지 말라는 둥 두 사람의 피를 말리라는 둥 그런 조언만 들었다. 한편으로 그 여자는 뭐가 아쉬워서 유부남한테 홀렸을까 하는 의문도 들었다. 자신이 좋아 죽어본 적 없는 남편에게 목매다는 여자를 보면 신기했다. 뭐가 그리 좋을까, 바람이나 피우고 다니는 저 지저분한 남자가.

남편과 여자는 안지 앞에서 석고대죄를 하며 자신들이 아이를 잘 키우겠으니 제발 이혼해달라고 말했다. 울면서

읍소했다. 우는 두 사람의 표정이 닮았다고 안지는 생각했다. 자신이 두 사람의 사랑을 방해하고 있는 듯한 생각마저 들었다. 그러자 아이를 떼어놓고 집을 나오는 게 그다지 힘들지 않았다. 육아에서 벗어난다는 해방감마저 들었다. 임신했을 때부터 줄곧 아이에게 딱히 정이 가지 않았는데 어쩌면 이러려고 그랬는지도 모른다는 생각도 했다. 이혼 서류에 도장을 찍은 다음 안지와 두 사람은 각서 비슷한 것을 썼다. 다시는 서로 연락을 하지 않을 것이며 안지는 이번에 받은 위자료 외에 다른 무엇도 요구하지 않겠다는 내용이었다. 그냥 셋이 모여 자필로 문구를 쓰고 사인을 한 게 전부라 그게 어떤 효력이 있을지는 알 수 없었다. 하지만 안지는 이미 모든 마음이 떠나버렸기 때문에 그 내용을 지키기 위해 어떤 맹세도 결심도 노력도 필요하지 않으리라고 확신했다. 안지는 아이의 사진도 한 장 챙기지 않고 그 집에서 나왔다.

약속을 어긴 것은 남편 쪽이었다. 연락을 해온 것도, 돈을 요구한 것도 모두 남편 쪽이었다.

*

"벌 받았다고 생각해요?"

안지는 그것이 벌이 아닐 리 없다는 내심을 숨기지 않고 말했다. 그때, 이제는 10년도 전인 그때 모두들 그런 식으로 말했었다. 그렇게 바람이 나서 남의 가슴에 대못을 박았으니 천벌을 받을 거라고. 그런데 정말로 죽어버렸다니. 안지는 허망한 한편으로 그때 자신을 둘러쌌던 말들이 되살아나는 것을 어쩌지 못하고 그렇게 말해버렸다. 그녀도 안지의 마음을 알아차렸을 것이다. 하지만 큰 동요 없이 안지의 눈을 똑바로 바라보고 말했다.

"누가 벌을 주는데요?"

마지막으로 만난 날에서 벌써 10년도 더 지났기 때문인지, 아니면 남편을 보낸 지 얼마 되지 않았기 때문인지 그녀는 무척 나이 들어 보였다. 그러니까 벌을 주는 건 누구일까. 안지는 머릿속에 떠오르는 생각들을 모두 흩어버렸다.

"안지 씨는 그런 걸 원했어요?"

안지는 잠깐 생각했다. 내가 그런 걸 원했던가? 그랬을지도 몰랐다. 소문을 들은 친구들이 찾아와 자신을 위로하며 했던 말들이 떠올랐다. 두고 봐. 걔네가 행복하게 잘 살 것 같아? 금방 불행해질 거야. 안지는 두고 보고 싶지 않았다. 그냥 그 일로부터 멀어지고 싶었다.

"두 사람이 행복하게 잘 살길 바란 적은 없지만 불행하길 빌지는 않았어요. 그보다는 두 사람 생각을 거의 안 했어요. 저는 그냥 저 먹고살기도 바빴어요."

자기 인생을 잘 사는 것이 일종의 복수라고 되뇌던 시절이 있었다. 그런 암시가 필요하던 때도 있었다. 하지만 한두 해가 지나자 안지는 정말 먹고살기 바빠졌고 과거의 일에 연연할 틈이 없었다. 그건 흘러간 옛일에 불과했다.

"저도 그랬어요. 미안하다는 생각이 들 겨를이 없을 만큼 정신이 없었고…… 행복했어요."

두 사람은 행복했지만 아이는 생기지 않았고 나중에는 바라지도 않았다고 했다. 성준이 하나만 잘 키우자고 이야기했다. 그런데 남편이 사고로 죽자 성준이가 친엄마와 함께 살고 싶다고 말했다는 것이다. 행복했다면서 아이는 왜 그런 선택을 하려는 걸까. 애초에 아이에게 왜 여자가 친엄마가 아니라는 사실을 밝혔을까 싶었는데 남편이 죽고 외가에서 말이 나왔다고 했다. 아직 나이도 젊고 친자식도 아닌데 아이는 시댁에 맡기고 재가 준비를 하는 게 맞지 않겠느냐고. 여자는 그 이야기를 전하면서 치가 떨린다는 듯 몸을 부르르 떨었다.

"10년이나 키웠는데요. 어떻게 생각하실지 모르겠지만 누가 뭐라 해도 제 새끼예요."

"친엄마는 죽었다고 하지 그랬어요."

"멀쩡히 살아 있는 사람을 어떻게요."

그전까진 친엄마인 척 연기하며 잘도 살았으면서 왜 그런 거짓말은 못 할까. 거짓말에도 정도가 있는 것일까. 안지는 자신이 할 수 있는 거짓말의 종류를 떠올려보았다. 좋아하지 않는데 좋아한다고 말하기는 가능했다. 싫어하지 않는데 싫어한다고 말하는 것도. 호불호는 안지에게 절대적인 게 아니어서 아예 마음을 바꿔 먹는 것도 가능했다. 내가 친엄마가 아니라고 말하는 건? 멀쩡히 살아 있는 사람을 죽었다고 말하는 건? 잠깐 멍하니 쓸데없는 생각 속으로 빠져들고 있을 때 여자의 휴대폰이 울렸다.

"성준이예요."

"자기 폰이 있어요?"

"벌써 열한 살이에요. 요즘 애들은 없으면 안 되죠. 잠깐만요."

안지는 통화를 하기 위해 자리를 비우는 그녀의 뒷모습을 보며 성준이를 떠올렸다. 막연한 이미지가 아닌 구체적인 모습으로. 여자에게서 연락을 받은 이후로 처음이었다. 자신의 배 속에서 10개월을 품었다가 낳아서 1년 남짓 돌보았던 아이. 작고 쭈글쭈글하고 발갛고 솜털로 가득했던 얼굴, 깨끗하게 씻겨놓으면 양서류처럼 빛났던 자그마한 손가락과 발가락, 물렁거려서 연약한 비늘 같았던 손톱. 하지만 표정이 어땠는지는 기억나지 않았다. 그래도 돌까지는 함께 살았는데. 먹이고 입히고 닦이고 씻기고 트림을 시키고 재우고 기저귀를 갈아주면서. 그때의 얼굴이 부분 부분 사물처럼만 떠올랐다. 마치 인격이 없는 듯 느껴지던 때였다. 아이의 눈동자를 들여다보아도 그 눈이 자신을 마주보는 것 같지 않았고 아무것도 묻지 않는 것 같았기 때문에 어떠한 부끄러움도 없이 오래 그 눈동자를 바라볼 수 있었다. 모든 비밀을 털어놓을 수도 있을 것 같았다. 남편은 영 다른 말을 했다. 이 모공 하나 없는 얼굴 좀 봐. 투명한 눈동자도 좀 봐. 나를 꿰뚫어보는 것 같아. 하지만 안지에게 아이는 인간으로 태어났지만 아직 인간은 아닌 존재였다. 아직 태어나지 않은 사람이었다. 내가 낳았는데 분명. 가랑이가 찢어져라 힘을 줘서 낳았는데. 자지러지듯 우는 소리를 분명 들었는데. 그 집에서 계속 함께 살았다면 좋아할 수 있었을까?

그녀가 전화를 하며 돌아왔다. 자리에 앉으면서 "알았어, 집에 갈 때 아이스크림 사갈게"라고 말하자 "엄마, 고마워!"라고 외치는 앳된 목소리가 휴대폰에서 새어 나왔다.

"사진 볼래요?"

안지는 보고 싶지 않다고 말하려 했지만 그럴 새도 없이 여자가 자신의 휴대폰 배경화면인 성준이의 사진을 들이밀었다. 안지는 건성으로 사진을 보고서 말했다.

"닮았네요."

그녀가 웃으며 말했다.

"저를요? 그럴 리가 없잖아요."

"함께 살면 닮는대요."

안지가 그녀를 처음 만났을 때 들었던 생각은 남편을 닮았다는 것이었다. 그러니 성준이와 그녀가 닮았다는 것도 아주 틀린 말은 아닐 것이다.

"저는 성준이랑 살고 싶어요. 왜 친엄마한테 가겠다고 하는 건지는 모르겠지만요. 애아빠도 죽고 이제 저한텐 정말 성준이밖에 없어요."

"저는 그 애를 원하지 않아요."

여자는 안지의 말에 안심했다는 듯 한숨을 내쉬었다. 하지만 조금은 뜻밖인 듯도 했다. 으레 핏줄은 당긴다고 하니까 안지가 아이를 원할지도 모른다고 생각했을까? 아빠도 죽은 마당에 새엄마 손에 아이를 맡길 수는 없다고, 이제부터라도 친엄마인 안지가 기르고 싶어 할지도 모른다고 생각했을까?

"정말이죠?"

"네, 저희가 10년 전에 각서에 썼던 대로요. 이제 와서 같이 살 자신도 없고요. 그 애한테 그렇게 말하세요. 아무 말이나 다 해도 좋아요. 제가 애를 버리고 집을 나갔다거나 연락이 아예 안 된다거나 죽었다고 해도 괜찮아요. 바람난 사람이 저라고 해도 되고요."

"무슨 말인지 알겠어요. 그런데 지금 말씀하신 대로 말할 수는 없을 것 같아요. 그냥 사정상 만날 수 없다고만 할게요. 저는 이제부터 성준이한테 정직하고 싶거든요. 정직한 사람으로 키우고 싶고요."

"그럼 애가 그것도 알아요?"

"네?"

"두 사람이 불륜 사이였다는 거요."

여자는 대답하지 않았다. 안지는 아이한테 그 사실을 이야기하지 않으면서 정직이라는 단어를 입에 올릴 수 있느냐고 말하려다 말았다. 이제부터, 라고 했으니까 지난 일은 모두 잊겠다는 것일까. 그것도 상관없었다. 안지는 그저 두 사람 일에 아무 상관도 하고 싶지 않았다.

그러고 보니 여자는 어떻게 자신의 전화번호를 알았을까. 이혼을 하며 고향을 떠난 뒤 안지는 전화번호를 바꾸고 남편과 관련이 있는 사람과는 누구하고도 연락하지 않았다. 어쩌면 여자는 자신의 엄마에게 연락해 물어봤을지도 몰랐다. 아무리 생각해도 알려줄 수 있는 사람이 달리 없었다. 그런데도 엄마는 자신에게 그런 사실을 귀띔해주지 않았다.

*

안지는 이혼하고 몇 주 지나지 않아 혼자 여행을 간 적이 있었다. 아무런 계획도 없이 갑자기 떠난 것이라 경치 좋은 곳을 예약하지는 못하고 터미널 근처 모텔에 방을 잡았다. 버스에서 내렸을 때는 이미 너무 지쳐버려 다른 곳으로 이동할 힘이 없었다. 해가 지도록 혼자 멍하니 모텔 방에 앉아 있다가 허기가 져서 저녁을 먹으러 갔다. 창이 없는 방이었으므로 해가 졌다는 것은 다음 날 날씨를 확인하려고 휴대폰 앱을 들여다보다가 알게 됐다. 안지는 터미널 근처 상가 골목을 배회하다 삼겹살집에 들어갔다. 들어가자마자 몇 명이냐고 묻는 직원에게 한 명이라고 대답하니 저희가 2인부터 주문을 받거든요, 라는 말이 돌아왔다. 안지는 메뉴판을 훑어본 다음 항정살 2인분을 시키겠다고 말하고 자리를 잡았다. 저녁 시간치고는 한산해서 가게를 잘못 골랐는지도 모르겠다고 생각하던 참에 사람들이 우르르 몰려들어왔다. 왁자지껄한 쪽이 나은지 혼자 조용히 먹을 수 있는 쪽이 나은지 생각한 끝에 아무래도 상관없다는 결론이 나왔다. 안지는 자리에 앉은 채 고기 굽는 일에 집중했다.

"세상에 집 없는 사람도 있나."

고기를 이리저리 뒤집는 중에 그 말이 들렸다. 안지는 자신도 모르게 고개를 들어 그 말을 한 사람의 얼굴을 쳐다보았다. 바로 옆 테이블에 앉은 60대 초중반의 남자였다. 원형 탈모가 진행된 것을 빼면 나이에 비해 건강해 보였다. 등받이가 없는 의자인데도 허리를 아주 꼿꼿이 세우고 앉아 소주를 들이켜고 있었다. 그건 도대체 무슨 말도 안 되는 소리일까. 집 없는 사람도 있냐니. 60대쯤 되면 집 하나쯤은 갖게 된다는 걸까. 서울이 아닌 이런 소도시에 살면 그리 어렵지 않은 일일까. 하지만 소도시에 살면서도 집이 없는 사람들은 무척 많을 것이다. 안지는 그 말이 나온 맥락이 궁금해 그쪽 테이블을 향해 귀를 기울였지만 그 말과 연관된 다른 이야기는 나오지 않았다. 그저 야구에 대한 이야기가 들려왔다. 어쩌면 완전히 다른 말이었을까. 집이 아니라 짐이었을까. 혹은 야구에 대한 이야기였을까. 홈런이라는 말도 있으니까 집과 관련된 다른 표현이 더 있지 않을까. 안지는 야구에 대해 아는 바가 없었다.

다음 날 난생처음 가본 어느 해변을 거닐 때도 안지의 머릿속으로 그 목소리가 계속 떠올랐다. 안지는 집이 있었다. 조용히 이혼하자고 마음을 먹은 데는 남편이 주겠다고 한 위자료의 영향도 컸다. 외곽에 작은 아파트 하나를 구할 정도는 되었으니까. 하지만 그렇게 집을 얻은 다음에

도 늘 집 없는 사람에게 마음이 더 이입되었다. 어쩌면 결
혼을 결심한 데에는 남편이 집을 해 올 형편이 된다는 점
이 크게 작용했는지도 몰랐다. 부모도 집을 소유하지 못했
으니까 안지는 빨리 집이 있는 사람이 되고 싶었다. 결혼
을 하면 그게 단박에 가능해진다니 더 마음이 흔들렸는지
도 몰랐다. 인생을 모두 걸어도 된다고 생각했을 정도로.
그러니까 세상에 집 없는 사람이 얼마나 많은데 그 사람은
왜 그런 말을 했을까. 마음의 집 같은 걸 은유한 것일까. 그
때 바로 물어볼 걸 그랬나. 이봐요, 아저씨. 도대체 그게 무
슨 뜻입니까? 그렇게 물었다면 그 사람은 뭐라고 대답했을
까? 혹시 집이 없어요? 세상에나 집이 없다니. 그렇게 대
답했을까? 아니요, 집 있는데요. 안지는 반박했을 것이다.
저도 집이 있는데요. 거봐요, 사람들은 다 집이 있다니까
요. 하지만 그건 사실이 아니었다. 자가보유율 통계를 보면
요……. 안지는 그렇게 반박할 수도 있었다. 그런 쓸데없는
생각을 하며 해변을 걷다가 안지는 그 남자가 부러워졌다.
그는 주변에 집이 없는 사람은 아무도 없는 그런 삶을 살
아왔을 것만 같았다.

부모는 안지의 결혼을 환영했다. 예비 사위의 덕을 좀
보고 싶어 하는 것도 같았다. 그쪽 집이 좀 살잖니. 상견례
에서도 그런 마음을 숨기지 않았다. 혼수가 뭐 필요한가

요? 이미 배 속에 들어 있잖아요. 이제 와서 어쩔 거냐며 엄마가 상대방을 놀리듯 말한다고 안지는 생각했다. 그런 엄마를 말리고 싶었지만 안지는 그냥 그 시간이 빨리 지나가기만을 기다렸다. 결혼 후에는 친정과 거의 왕래를 하지 않았다. 명절이나 어버이날에 가끔 용돈을 보냈는데 다행히 부모는 그 정도로 만족하는 것 같았다. 안지가 남편의 불륜과 이혼 사실을 알렸을 때도 별로 놀라지 않았다. 그런 일쯤은 살면서 많이 겪었기 때문일까? 이왕이면 남들 하는 건 다 하고 살랬더니 이혼도 하느냐고 했던가? 위자료나 많이 받으라는 말은 분명히 했다. 그럼 이제 어디서 살 거니? 다시 집으로 돌아올 수 없다는 것을 알리듯 그렇게 묻기도 했다. 안지는 분명 두 사람의 친자식이었다. 그럼에도 가끔 부모는 생판 모르는 사람을 대하듯 안지에게 냉담하게 굴었다. 안지는 작은 집을 하나 구했다고만 대답했다.

*

"근데, 그때 왜 화를 내지 않았어요? 저 살기도 바빴다고는 말했지만……. 전 사실 살면서 종종 안지 씨를 생각했어요. 그때 그 표정이며 말투가 잊히지 않았거든요. 어떻게 그렇게 차분할 수가 있을까 싶었어요. 이미 다 체념했기 때문인지 다 포기했기 때문인지……. 왜 한 번도 화를 안 냈어요?"

"소리 지르고 때려 부수는 것만이 화내는 방식인 건 아니잖아요."

"안지 씨 방식은 어떤 건데요."

안지는 자신의 방식을 사실대로 털어놓기가 망설여졌다. 하지만 사실대로 말해버리고 싶기도 했다.

"일기를 써요."

"그게 무슨…… 도움이 되나요?"

"안 되지 않죠. 그리고 위자료도 화를 삭이는 데 도움이 됐어요."

안지는 역시 말하지 말 걸 그랬다 싶어 얼른 돈 얘기로 화제를 바꿨다. 블로그에 일기를 써서 올리고 거기에 댓글을 달아주는 사람들 덕에 화를 삭일 수 있었다는 이야기는 아무래도 여자에게 털어놓을 수 없었다. 맨 처음 거기엔 여자에 대한 욕으로 가득했으니까. 대신 위자료가 도움이 됐다는 말은 많은 일들에 대한 대답이 되었다. 우스개로 금융 치료라고 말하는 것처럼 자본주의사회에서 돈으로 용서 못 할 건 없으니까. 바람난 남편을 용서하는 일에도 도움이 된다는 점에 세상 사람들은 다 동의할 것이다. 안지의 얘기를 듣고 여자는 결심했다는 듯 눈에 띄게 숨을 들이켰다 내쉬고는 말했다.

"오늘 만나자고 한 건, 짐작하셨을지도 모르겠어요. 그리고 뻔뻔스럽다고 생각하겠지만 한 가지 부탁하고 싶은 게 있어서예요."

"뭔데요?"

"성준이 양육비를 좀 보태줬으면 해요."

안지는 자신도 모르게 헛웃음을 지었다. 역시 예상했던 일이었다. 그래도 안지는 여자가 아주 싫지는 않았다. 자신이 뻔뻔하다는 걸 아는 사람이라서? 안지가 낳은 아이를 성심으로 키우고 있는 사람이라서? 무엇보다도 안지는 자신이 이혼하는 과정에서 남들이 말하는 것만큼 충격을 받지 않았다는 점을 떠올렸다. 여자의 말대로 불륜 사실을 알았을 때도 그다지 화가 나지 않았다. 산후우울증으로 모든 에너지가 바닥나 있었기 때문에? 알 수 없었다. 오히려 한편으로는 홀가분하기까지 했다. 왜 그런 마음이었는지 여러 이유들을 떠올려봤지만 적확한 답을 찾지는 못했다.

남편의 사망보험금의 수익자가 안지로 되어 있다는 이야기는 만나기 전 이미 여자에게 들었다. 그게 아니었다면 여자는 세 사람이 각서에 쓴 대로 안지에게 연락을 하지 않았을 것이다. 성준이가 아무리 떼를 쓴다 하더라도 안지의 연락처를 수소문해보지 않았을 것이다. 그랬다면 안지는 남편이 죽었다는 사실을 영영 알지 못했을지도 몰랐다. 안지에게는 이미 죽은 것과 다름없는 사람이었지만 진짜로 죽었다는 사실을 알게 되자 남편에 대해 남아 있던 감정이 기존의 것과는 완전히 다른 것이 되어버렸다.

보험금이라면 으레 법정상속인에게 지급된다고 여기고 착실히 보험료만 납부했던 것인지 오래전 가입한 생명보험의 수익자가 여전히 안지로 되어 있는 걸 몰랐다고 했다. 허술한 사람들이라는 생각이 들었다. 복에 겨워 사느라 그런 사소한 일들은 일일이 신경 쓸 겨를이 없었는지도 몰랐다. 안지는 여자가 자신에게 만나자고 한 것도 아마 허술했던 과거를 바로잡기 위함이리라 짐작했다. 안지는 자신의 짐작이 맞을지, 여자가 어떤 말을 할지 궁금해서 만나자는 청에 순순히 응했다.

"애가 공부를 곧잘 해요. 양육비는 학원비 정도만요. 대학 입학 때까지만요."

안지의 헛웃음에 약간 조바심이 났는지 여자가 서둘러 말을 덧붙였다. 안지는 다시 또 성준이를 생각했다. 아직 인간이 되지 못한, 양서류인 것처럼만 여겼던 아이. 잠투정을 하며 눈을 깜박일 때 얇고 투명한 막이 있는 것처럼 느껴졌던 눈동자를 떠올렸다. 이제는 많이 자라서 전혀 모르는 얼굴을 하고 있을 아이.

"벌써 열한 살이라고요."

"네."

"그냥 보험금을 다 내놓으라고 할 수도 있을 텐데요."

"실은 그럴까도 생각했어요. 주위에서도 그러라고 했거든요. 하지만 안지 씨가 수익자로 되어 있어서 소송을 해야 할 거라고 하더군요. 그런 걸 겪고 싶지는 않았어요. 주제넘는다고 생각하겠지만…… 안지 씨한테 그런 걸 겪게 하고 싶지도 않았고요. 얘기했죠. 살면서 종종 안지 씨를 생각했다고. 성준이가 남편이랑도 저랑도 안 닮은 짓을 할 때면 더 생각이 났어요. 친엄마를 닮아 저러나 하고요. 걱정 마세요. 나쁜 점은 아니에요. 애가 착해요. 친구들이랑도 잘 어울리고, 잘 웃고. 누가 나쁜 짓을 해도 금방 용서를 해버려서…… 그래서 생각했어요. 너는 화도 안 나니? 그걸 다 뺏어 가는데도 가만히 있니? 제 속이 답답해서 그렇게 화를 냈다가도 이런 성정은 안지 씨를 닮은 건지도 모르겠다고 생각했어요."

"그건 나쁜 점인 것 같은데요."

안지는 여자가 갈수록 뻔뻔스러운 소리만 늘어놓는다고 생각했다. 그게 여자의 장점인 것도 같았다. 여자라면 남들처럼 살고 싶다는 생각을 하지 않을 것이고 그러느라 자기가 누군지, 진짜로 좋아하고 싫어하는 것이 무엇인지 헷갈릴 일도 없을 것이다. 아이한테 그런 걸 강요하지도 않을 것이다. 안지는 이제는 완전히 모르는 사람이 된 아이가 무탈하게 잘 자랐으면 했다.

"수익자가 저로 되어 있으니까 그 돈은 제가 받아야겠어요. 양육비는 한꺼번에 드릴게요. 계속 또 연락을 하면서 살고 싶지는 않으니까요."

*

살집이 적당한 통통한 손은 고생을 모르는 사람의 것처럼 고왔다. 흰 피부 아래로 혈관이 뒤얽힌 것이 선연히 보이는 듯했다. 안지는 10년 전 여자와 단둘이 카페에서 만났을 때 그런 생각을 했다. 많이 추운가 보네. 여자를 만나면 물잔이라도 끼얹을 줄 알았는데 막상 마주하니 아무런 힘이 남아 있지 않았다. 그런 수고를 하고 싶지도 않았다. 뒤늦게 도착한 여자는 추운데도 아이스아메리카노를 시켰고 그 때문인지 잔을 쥔 손을 덜덜 떨었다. 그러게 왜 차가운 음료를 시켰을까. 안지는 따뜻한 캐모마일차를 마시고 있었다. 여자를 기다리며 펼친 메뉴판에서 진정 효과가 있다는 설명이 눈에 먼저 들어왔기 때문인지 자연히 그쪽으로 마음이 기울었다. 따뜻한 잔을 손으로 감싸쥐는 것만으로도 흥분한 마음이 조금은 가라앉았다.

무슨 이야기를 했더라. 삼자대면도 마쳤고 이혼 결정도 끝난 다음이었다. 안지는 할 말이 없었고 여자도 뭔가를 요구하려는 것 같지는 않았다.

"왜 만나자고 했어요?"

만나고 싶다고 말한 쪽은 여자였기에 안지는 캐모마일 차를 홀짝이며 물었다. 막상 입에 가져다 대니 생각보다 뜨거워서 몇 모금 마시지도 못했다. 여자는 창백한 손으로 유리잔을 쥔 채 커피는 거의 마시지 않고 말했다.

"죄송합니다."

여자가 안지를 바라보며 그렇게 말했을 때 안지는 여자의 얼굴이 별로 미안한 사람의 표정이 아니라고 생각했다. 미안하다기보다는 부끄러워하는 쪽에 가까웠다. 사랑을 들킨 사람처럼 수줍어하는 것도 같았다. 이제 방해물은 제거되었다고 안도하고 있는지도 몰랐다.

"마지막으로 둘만 있는 자리에서 진심으로 사과를 하고 싶었어요. 정말 죄송해요."

"홀가분해지고 싶어서요?"

"네?"

"그렇잖아요. 이미 다 결판난 마당에 왜 단둘이 보자 할까 싶었거든요. 그쪽 사과를 듣고 나니 대뜸 그런 생각부터 드는 걸 어쩔 수가 없네요."

여자는 아무런 대꾸가 없었다. 어쩌면 안지의 말에 동의하는지도 몰랐다. 남몰래 그런 마음을 품었을지도 몰랐다. 이미 벌어진 이 난장에서 어쩔 수 없이 악역을 맡게 된 자신이 최대한 품위를 지키면서 마음의 평안을 얻을 방법을 찾고 싶었는지도. 여자는 모든 걸 감내하겠다는 듯 묵묵히 안지의 다음 말을 기다렸다. 안지는 여자가 홀가분해지지 않았으면 했다. 하지만 영원히 그런 것만을 바라며 살 수는 없었다.

"그냥 물이나 끼얹고 일어나면 그만이라고 생각했는데…….
이게 너무 뜨거워요. 사람들이 쳐다볼 것도 싫고요."

안지의 말이 끝나자마자 여자가 덜덜 떠는 손으로 쥐고 있던 컵을 놓치는 바람에 탁자 위로 커피가 쏟아졌다. 유리잔이 깨지지는 않았지만 큰 소리가 나서 카페에 있던 사람들이 모두 이쪽을 쳐다보았다. 그때도 안지는 헛웃음을 지었다.

*

여자가 떠나고 안지는 카페에 잠깐 더 머물렀다. 함께 나서고 싶지 않아서 자신은 좀 더 있다 가겠다고 말하자 여자가 먼저 일어섰다. 안지는 남은 차를 마시면서 자신이 받게 될 돈과 양육비로 지급해야 할 돈을 계산해보았다. 그때 여자가 앉았던 소파에 반지갑이 떨어져 있는 게 보였다. 여자가 흘린 것 같았다. 찾으러 오겠거니 싶어 여자가 돌아올 때까지 앉아 있어야겠다고 생각했다.

대학 입학 때까지 양육비를 달라니. 사실 그건 보험금을 거의 다 내놓으라는 말과 크게 다르지 않았다. 하지만 여자는 우아한 방식을 선택하고 싶어서 양육비를 보태달라고 한 것 같았고 안지는 여자의 그 선택이 마음에 들지 않았다. 끝끝내 우아할 수 있는 사람이라는 것도. 생각해보면 이혼해달라고 말할 때도 여자와 남편은 자신들이 할 수 있는 가장 산뜻한 방법을 선택했다. 그런 사람들이었다. 자신의 감정이 무엇인지 잘 알고 솔직한 사람. 숨기느니 차라리 정면 돌파를 선택하는 사람. 그래서 뻔뻔할 수 있는 사람.

시모가 안지를 달랠 때 그런 말을 했다. 내가 현수한테 물어봤어. 애가 이제 갓 돌을 지났는데 어쩌려고 그러냐. 지나가는 바람일 수도 있지 않냐. 성준 엄마가 딱하지도 않냐. 내가 어떻게든 마음을 돌려보려고 이야기를 했어. 그런데……. 그런데 단호했다고 했다. 안지가 임신했다고 말할 때는 쭈뼛거리기만 했던 아들이, 상견례 자리에서는 별말 없이 웃기만 했던 아들이 아주 단호한 말투로 이혼해야

겠다고 말했다고 했다. 너도 그걸 바랄 거라고 하더라. 너
희가 애틋한 사이가 아니라는 건 알고 있었어. 그래도 애
까지 생긴 마당에 잘 살기를 바랐던 것도 사실이다. 그런
데 같이 사는 게 무의미하다면, 그러니까 이혼을 해야 한
다면 차라리 아직 애가 아무것도 모를 때 하는 게 낫지 않
겠니? 이혼을 해야 한다면. 마치 언젠가는 꼭 닥칠 일처럼
시모가 말했을 때 안지는 그 미래를 잠깐 그려보았다. 그
랬더니 아무런 어려움 없이 술술 그려졌다. 이미 지나간
과거처럼. 안지가 미래인지 과거인지 모를 그 장면을 떠올
리고 있을 때 시모가 안지의 품에서 울던 성준이를 데려
갔다. 안지는 갑자기 사방이 고요해진 탓에 앞날을 더 상
상해보는 게 조금 무서워졌다. 성준이를 다시 자신의 품에
데려오려고 했는데 결국은 그러지 못했다. 약간은 웃는 낯
으로 잠든 아이를 깨우는 게 더 두려웠기 때문이었다. 남
편의 말대로 안지 자신도 이혼을 원하는지 몰랐다. 어떻
게 이렇게 오랫동안 남편과 지낼 수 있을까 싶었는데 어쩌
면 그가 자신보다 자신의 속마음을 잘 아는 사람이어서 그
런 것 같다는 생각도 들었다. 등 떠밀려서 하는 이혼 말고
자신이 결정해서 하는 이혼을 하고 싶어서 그동안 질질 끌
었는지도. 그날 밤 안지는 성준이를 시댁에 맡기고 남편과
마주 앉아 긴 대화를 했다. 안지는 남편이 좋은 사람이라

는 생각은 자주 했지만 좋아 죽을 것 같은 적은 없었다. 좋은 사람이라는 것만으로 충분하다고도 생각했다. 충분하지 않나? 그 말에 남편은 자신도 안지가 좋은 사람이라고 생각했고 정말로 좋아하기도 했지만 그걸로는 도통 충분하지 않았다고 했다.

한참을 기다려도 여자는 돌아오지 않았다. 지하철을 타고 왔다고 했으니 교통카드가 없는 걸 알아차리려도 진작 알아차렸을 시간이었다. 아니면 결제는 휴대폰으로 하고 지갑은 그저 만약을 대비해 챙겨 다니는지도 몰랐다.

안지는 지갑을 집어 들었다. 잃어버린 사람이 여자가 맞는지 확인하기 위해 신분증이 들어 있는지를 살폈다. 2종 보통 운전면허증이 있었다. 자주 가는 카페인지 무료 음료 쿠폰과 신용카드 몇 장도 들어 있었다. 그중 한 장은 여전히 남편 이름으로 되어 있었다. 현금도 3만 원 있었다. 그리고 세 사람이 함께 찍은 가족사진이 있었다. 성준이의 초등학교 입학식 때 찍은 듯 셋 다 잘 차려입은 모습이었다. 자세히 보니 성준이는 여자와 조금도 닮지 않았다. 남편도 여자와 별로 닮지 않았다. 안지는 남편의 얼굴에 시선을 고정했다. 이런 얼굴로 늙었구나. 그는 꽤 행복해 보였다. 이혼하지 않았다면 남편이 이보다 더 늙을 때까지 자신과 같이 살 수도 있었을까? 하지만 이런 행복한 표정은 아닐지도 몰랐다. 아빠의 손을 붙들고서 활짝 웃고 있는 성준이는 어린 시절의 안지를 쏙 빼닮아 있었다. 첫아들은 엄마를 닮는다는 얘기가 떠올랐다.

확신해?

뭘?

나랑 이혼하고 그 여자랑 결혼하고 나서 후회하지 않을 수 있어?

안지는 남편과 긴 대화를 하던 밤에 그게 궁금했다. 어떻게 저렇게 좋아 죽을까. 어떻게 그토록 선명하고 분명한 감정이 생겨날 수가 있을까. 안지는 남편이 포옹해주었을 때 인생을 모두 걸 만큼 남편과의 관계에 확신이 있었지만 남편이 여자에게 갖는 감정은 그것과는 전혀 다른 것이리라 짐작했다. 이번에는 모든 것을 뒤엎어야만 하니까.

그런 게 궁금하다는 거잖아, 너는. 나는 너한테 설명할 자신이 없어. 그냥 같은 말만 계속 반복하게 될 뿐이야.

여자는 끝내 돌아오지 않았고 안지는 지갑을 카운터에 맡기고 카페를 나왔다.

*

안지는 집으로 돌아와 모모에게 밥을 챙겨주었다. 안지

는 이혼 후 5년 뒤에 재혼을 했다. 이번에도 전남편처럼 좋은 사람을 골랐다. 하지만 이번에는 좋아 죽을 것 같은 사람으로. 모모는 그가 결혼 전부터 기르던 고양이였다. 안지가 더는 아이를 낳고 싶지 않다고 하자 그는 자신도 딱히 그런 욕심은 없다면서 함께 고양이를 기르며 잘 살아보자고 말했다. 안지는 그건 자신이 있었다. 개도 아니고 고양이였으니까. 산책을 시키는 대신 집에서 장난감을 흔들어주면 되고, 자주 씻길 필요 없이 양치를 잘 시키고 밥을 잘 챙겨주면 되니까. 안지는 그런 생활이면 충분했다.

안지는 그와 식탁에 마주 앉아 저녁을 먹으며 낮에 있었던 일을 이야기했다. 안지의 얘기를 다 듣고 나서 그가 말했다.

"우리가 한번 키워볼까?"

마치 고양이를 한 마리 더 들이자는 말투처럼 들려서 안지는 이맛살을 찌푸렸다.

"생판 남이나 다름없는 다 큰 남자앤데, 자신 있어?"

"못할 것도 없지 않나? 한번 상상해봐. 열한 살이면 이제 4학년인가? 요즘은 공부 같은 건 다 학원에서 가르치니까 집에서 별로 할 건 없지 않을까? 예체능에 재능이 있으면 좀 걱정이긴 하다. 쫓아다니면서 뒷바라지해야 하는 일이라고 들었거든. 자전거는 탈 줄 알려나? 내가 잘 가르쳐줄 수 있는데. 수영도. 근데 이제 사춘기에 접어들 때지? 요즘은 빠르다고 하더라고. 그건 좀 피곤하긴 하겠다. 우린 이제 막 서로 익숙해져야 하는 사인데 그런 풍파까지 이겨내려면. 하긴 무엇도 쉽지 않겠지. 친아빠를 잃은 지 얼마 안 된 꼬맹이잖아. 그래도 들어보니까 애가 순한 것 같아."

"나도 아는 게 별로 없는데."

그렇게 말하면서도 안지는 성준이를 데려와 셋이 함께 사는 삶을 상상해보았다. 그 모습은 어렵지 않게 그려졌다. 안지가 원하던 평균적인 삶의 모습이었기 때문이다. 그 모습은 언젠가 그랬듯 마치 지나간 과거처럼 생생히 그려졌다. 상상 속에서 안지와 남편은 성준이가 성인이 될 때까지 무사히 잘 길러냈다. 무탈하게.

"그리고 생판 남도 아니지. 자기 핏줄인데."

핏줄이 뭐 대단하다고. 안지는 자신과 핏줄로 엮인 사람들을 생각했다. 이제는 거의 연락도 하지 않는, 아마 죽을 때에야 연락이 닿을 사람들을, 좋아하는 마음 없이 함께 살아야만 했던 사람들을 생각했다. 그 사람들한테 잘 보이고 싶어서 내렸던 선택들을 생각했다.

"성준이가 원하지 않을 것 같아."

"왜? 걔가 친엄마랑 살고 싶다고 말했다면서."

"진심이 아닐 거야."

"그걸 어떻게 알아? 원래 핏줄은 당기게 마련이야."

안지는 아이가 여자네 집 쪽에서 뭐라고 한 소릴 들은 것 같다고 말했다. 맘 약한 애라면 지레 겁먹고 자기가 총대를 메야 한다고 생각했을지도 모른다고. 그렇게 얘기하자 그가 무릎을 쳤다.

"자기 아들 맞네. 자길 닮았어."

"날 닮은 애는 싫은데."

"다행인 건 우리가 선택할 수 있다는 거지. 그럼 계속 거기서 살라고 하면 되는 거잖아? 그 여자도 그걸 원한다면서. 양육비는 따로 주기로 한 거고."

"응."

"그럼 그쪽이 원하는 대로 다 해주는 거네. 또 생각해봐야 할 게 있어?"

"없어."

"그럼 이제 끝?"

"끝."

"완전히 끝?"

"끝."

"끝!"

그는 이제 다음 화제로 넘어가도 되겠다는 듯 주말에 있을 모임에 대해 이야기했다. 한 달에 한 번 친구 부부와 서로의 집을 오가며 저녁 식사를 함께 하는 모임이었다. 안지네와 마찬가지로 아이가 없고 개 한 마리를 키우는 커플이었다. 하지만 그들은 아이를 가질 계획이 있었다. 시술을 받으러 다녔지만 생각처럼 잘 되지는 않는 듯했다.

두 커플이 함께 먹는 저녁 메뉴는 늘 평범했지만 언제부턴가 누가 더 해괴한 디저트를 만들어내느냐를 두고 경쟁이 붙었다. 안지도 듣도 보도 못한 메뉴를 개발하기 위해 애를 썼다. 분기에 한 번씩 1등을 뽑았고 이번 연말에는 그동안 만든 디저트 중에 가장 해괴한 것을 뽑아 명예의 전당에 올린 뒤 다른 친구들도 초대해 다 함께 맛을 보기로 했다. 누가 이런 해괴한 짓을 벌이자고 한 거야. 그런 시답잖은 농담을 주고받으면서. 그건 어쩌면 안지 때문에 시작된 대회였는지도 몰랐다. 언젠가의 저녁 메뉴 중 하나였던 가지라사냐를 안지만이 맛있게 먹었기 때문이었다. 억지로 먹지 않아도 된다는 말을 안지는 도통 이해할 수 없었다. 정말 맛있었다. 자긴 싫어하는 게 뭐야? 도대체 안지가 싫어하는 게 뭘까? 그에 대한 답을 찾기 위해 모두 이상한 도전들을 시도하고 있었다.

"아이스크림에 면을 넣는 거야. 사실 이건 실제로 있는 메뉴야. 그치만 해괴하다는 점은 변함없지."

안지는 어쩌면 여자에게서 연락이 올지도 모른다고 생

각했다. 지갑에 있던 가족사진을 자신이 가져와버렸으니까. 그게 유일한 가족사진일 거라고는 생각하지 않았지만 그래도 지갑에서 그것만 빼 간 이유가 궁금할 수도 있었다. 찜찜할 수도 있고. 안지도 그걸 가지고 있는 게 찜찜했다. 왜 그 사진을 가져오고 싶은 충동이 일었는지 안지 스스로도 알 수 없었다. 안지가 한 번도 좋아한 적 없는 세 사람이 함께 있는 사진.

"듣고 있어?"

"미안, 딴생각했어."

"아직 완전히 끝이 아닌가 보네."

그는 그럼 모임 저녁 메뉴는 나중에 이야기하자며 먼저 식탁에서 일어나 빈 접시들을 치우기 시작했다.

안지는 좋아하는 마음 없이도 한 사람을 성인으로 무사히 잘 키워낼 수 있을지 잠깐 생각해보았다. 함께 살다 보면 그런 마음이 자연히 생겨날 수도 있는 걸까? 서로가 처음이니까 시행착오를 겪으며 함께 성장해갈 수도 있지 않을까. 친엄마와 살고 싶다던 그 애의 말이 어쩌면 진심인 건 아닐까. 그럴 수도 있을 것이다. 처음부터 모든 게 잘 맞을 수는 없겠지만 점차 적응해나갈 수 있을 것이다. 점점 비어가는 식탁 위로 모모가 뛰어올라 자리를 잡고 앉았다. 안지는 모모의 등을 쓸어내리며 다시 한번 미래를 그려보왔다. 이번에는 무엇도 잘 그려지지 않았다.

"무슨 생각을 그렇게 골똘히 해?"

어느새 텅 빈 식탁 위에 찻잔을 내려놓으며 그가 물었다.

"그냥."

"자기도 역시 핏줄이 당기는 거지? 얘기 듣고 오니까 또 맘이 다르지?"

"그런가."

안지는 자신을 닮은 그 애를 한번 좋아해보고 싶었다. 그 애가 좋은 아이든 아니든 상관없이 무한정의 애정을 퍼부어주고 싶었다. 자신이 낳은 아이니까. 조금 전 남편이 말했던 것처럼 그 애를 쫓아다니며 뒷바라지를 해보고도 싶었다.

"아니야."

"아니야?"

"응, 아니야."

"그럼 이제 끝?"

"응, 끝."

"진짜 끝?"

"진짜로 끝."

안지는 모든 것이 완전히 끝일 수는 없다는 걸 알면서

도 단호하게 말했다. 분명한 건 오늘 그들을 생각하는 일은 그만둘 거라는 것이다. 그러나 다음날에 다시 또 생각난다면 그땐 그냥 내버려둘 것이다. 안지는 남편이 우려준 차를 마시며 따뜻하고 달고 쓰다고 생각했다. 뒷맛은 조금 떫었다. 저녁 식사 후면 늘 마시던 차였고 안지는 그 맛을 좋아했다.

*

얼마 지나지 않아 보험사에서 연락이 왔다. 몇 가지 확인을 거친 다음 보험금이 입금되었고 안지는 여자에게 미리 받아둔 계좌번호로 그 돈을 이체했다. 여자에게서는 별다른 연락이 없었다. 안지는 그게 마음이 놓이기도 하고 어쩐지 섭섭하기도 했다. 그래서 먼저 '돈을 보냈어요' 하고 문자를 보냈다. 여자는 '감사합니다' 하고 답장을 했지만 그 밖의 다른 말은 없었다. 더는 연락하고 싶지 않다는 안지의 말을 새겨들었던 것일까. 혹시라도 전화를 걸어오면 그날 여자가 두고 간 지갑과 사진에 관해 슬쩍 말을 꺼내봐야지 생각했는데 문자만 보내고 말 뿐이니 다른 말을 더 할 기회가 없었다.

결국 세 사람이 함께 찍은 사진은 안지가 가지게 되었

다. 다시 돌려주기도 찢어버리기도 불태워버리기도 애매했다. 자신과 똑 닮은 아이가 있는 사진이니까. 안지는 그 사진을 자신의 지갑에 넣고 다녔다. 그 여자가 그랬던 것처럼. 언젠가 우연히 여자를 다시 만나게 되면 돌려줄 작정이었다. 그런 날이 오리라고는 전혀 기대하지 않으면서도 어쩌면 그런 일이 벌어질 수도 있겠다는 생각으로.

해괴한 디저트 대회는 이제 해괴한 에피소드 대회로 바뀌어서 안지는 '지갑 속에 죽은 전남편의 가족사진을 넣고 다니는 이유'에 관한 이야기로 명예의 전당에 올랐다. ■

우리가 바닷속을 지날 때

정체가 시작된 것은 바닷속 터널에서였다. 국도를 타고 달려 섬을 빠져나갈 다리 위로 진입했을 때만 해도 아무런 징조가 없었다. 자정에 가까워 오가는 차량이 많지 않았기에 저 앞에서부터 차곡차곡 차가 밀리고 있으리라고는 짐작도 못 했다. 섬과 육지를 이은 대교는 대통령 별장이 있다는 작은 섬과 그 너머의 또 작은 섬까지 연결되어 있었으며 나머지 구간은 바닷속으로 잠수해 들어가는 모양새였다. 완만한 경사를 따라 터널로 진입하면 바닷속 터널이었다. 터널 천장에 달린 전광판에는 얼마만큼 깊이 들어왔는지를 알려주는 숫자가 써 있었다. 그에 따르면 두 사람이 멈춰 선 곳은 '세계 최저 수심 48m' 지점이었다. 입구

쪽에서 사고가 난 모양이라고 수영이 말했다. 영재도 그 말에 동의했다. 급브레이크 소리에 잠에서 깬 때문이었다. 정작 운전대를 잡고 있던 수영은 그런 소리를 듣지 못했지만 사고가 아니라면 명절이나 출퇴근 시간도 아닌 자정 무렵에 5분이 넘도록 제자리에 멈춰 있어야 할 이유는 없었다. 영재는 피곤하다는 듯 크게 하품을 하더니 휴대폰을 꺼내 침매터널, 정체 따위의 단어들을 검색했다. 어디 SNS 같은 데에 지금 일어나고 있는 일에 대한 글이 있냐고 수영이 묻자 영재는 고개를 젓고는 딴소리를 했다.

"이 터널이 세계신기록을 다섯 개나 세웠대. 지진이나 해일 같은 자연재해에도 물이 새지 않도록 하는 세계 최초의 더블 세그먼트조인트라는 이중 접합방식으로……."

"더블 뭐?"

수영은 그저 빨리 이 터널을 빠져나가고 싶었다.

"더블 세그먼트조인트. 웃기지?"

"뭐가?"

"만약 지금 지진이나 해일이 일어나면 여기가 제일 안전할 거야."

"쓸데없는 소리."

수영은 말없이 목을 좌로 우로 한 번씩 젖히고 뻣뻣해진 어깨 근육도 주물렀다. 고개를 돌려 영재를 보니 붉게 상기된 얼굴에 눈도 충혈된 것이 역시 제법 취한 것 같았다. 수영은 팔짱을 끼고 등을 좌석으로 밀착시키며 눈을 감았다.

전광판이 아니라면 그 같은 깊이의 바닷속을 지나고 있다는 것을 실감하게 할 만한 것은 아무것도 없었다. 차내로 흘러들어오는 바깥 공기의 온도가 조금 낮아졌다든가 귓속이 공기로 꽉 찬 기분이 들 때가 있었지만 영재에게 조금 서늘해지지 않았느냐, 귀가 먹먹하지 않느냐고 물으면 터널 안이라 그럴지도, 하는 대답이 돌아왔으므로 그게 꼭 바닷속을 지나기 때문이라고 볼 수는 없을 것 같았다. 그럼에도 수영은 해저에 있다는 기분이 선명하게 들었다. 이따금은 파도를 탈 때처럼 도로가 출렁거리는 것 같기도 했다. 핸들을 잡은 사람으로서 느낄 수 있었다. 터널의 접합 부분의 이음새가 고르지 못한 때문인지는 몰라도 지상의 도로를 달릴 때와는 달리 파도를 넘듯 출렁였고 귓속을 울리는 소리도 계속되었다. 그러나 그것 역시 수영의 기분에 불과했다.

"교대할까?"

영재의 말에 수영은 고개를 저었다. 영재도 진짜 바꿀까 해서 물은 것은 아니었다. 술을 마셨다. 그냥 미안하다는 표현이었을 것이다. 혹은 고맙다는, 수고한다는 인사였을

지도 모른다. 그러나 미안해할 필요는 없었는데 운전은 수영이 가장 좋아하는 일이었기 때문이다. 스스로가 생각하기로는 중독되어 있었다. 결혼 후 찾은 유일한 취미이기도 했다. 결혼 전 수영의 취미는 미드와 맥주였다. 또 테니스후 맥주이기도 했고, 웹툰과 맥주, 수영 후 맥주, 산 정상에서 맥주, 야구 중계와 맥주일 때도 있었다. 어떤 것을 마치고는 혹은 어떤 것과 함께 맥주를 마시는 것이 수영의 취미였으나 운전에 빠지면서 맥주와는 멀어졌다.

오늘 다녀온 영재 친구네 집들이에서도 술 한 모금 마시지 않았다. 방 하나를 내줄 테니 자고 가라며 그 자리에 있던 사람들 모두가 수차례 술을 권했지만 수영은 거절했다.

"자고 와도 됐는데."

술을 권하지 않은 유일한 사람은 영재였다.

"불편하잖아."

"친군데 뭐 어때."

연애 시절부터 여러 차례 만나온 사람들이었지만 수영은 한 번도 그 사람들과 가깝다고 생각하지 않았다. 영재의 친구니 함께 쌍으로 만나 어울릴 뿐이었다. 그쪽에서도 비슷하게 느꼈는지 늘 예우를 갖춰 깍듯하게 대하는 모습은 거리감을 느끼기에 충분했다. 자주 만나지도 못하니 가까워지는 것도 쉽지 않았다.

"근데, 그 얘긴 왜 했어."

영재가 안전벨트를 풀고 허리를 곧추세우다 문득 떠올랐다는 듯 말했다.

"뭐?"

"고양이 말이야."

수영은 영재의 말이 무슨 뜻인지 단번에 알아차리지 못했다. 수영은 집들이 내내 별말을 않았고 그나마 길게 이야기했던 것은 검은 비닐봉지에 관해서였다.

거실에는 두 개의 좌식 상을 붙여 일곱 사람이 앉을 자리가 마련되어 있었다. 30평대 아파트의 거실에는 소파며 유아용 미끄럼틀이 있어 상을 둘러싸고 일곱이 앉으니 북적북적했다. 갓 돌 지난 아기한테 미끄럼틀은 이른 것 같다고 누가 말하자 직장 상사가 쓰던 걸 미리 물려받았다고 했다. TV가 켜져 있는 걸 시끄럽다고 누가 꺼버렸는데 아홉 시쯤 슬그머니 켜졌다. 사람들은 수영에게 계속 술을 권했는데 수영은 운전을 해야 한다며 거절했다. 혹시 임신 아니냐는 말도 나왔지만 수영은 고개를 저었다. 수영은 이제 아이를 가질 생각이 없었다. 술을 거절하는 수영을 이해한다는 듯 누가 말했다. 차가 문제죠. 아마 그래서 수영은 그날의 일을 떠올렸다.

뭔가를 차로 친 적이 있었어요, 하고 수영은 이야기를 시작했다. 영재와 함께 전라도로 1박 여행을 갔을 때였다. 한적한 시골길에 이르자 영재는 운전 한번 해볼래? 하고 물었다. 스무 살 때 운전면허를 따고 오랫동안 장롱면허였던 수영은 망설이다가 운전석에 앉았다. 그녀의 운전은 순조로웠다. 차는 부드럽게 나아갔고 시골의 쨍한 날씨는 비현실적으로 선명했다. 차내는 에어컨 바람으로 쾌적했고 코너를 돌 때 가볍게 한쪽으로 몸이 쏠리는 것에도 금방 익숙해졌다. 핸들을 돌리면 차도 그쪽 방향으로 간다는 단순한 사실이 그녀에게 기쁨을 주었다. 뻣뻣하게 굳어 있던 몸이 부드럽게 풀어졌다고 느꼈을 때, 영재가 잘하는데? 하고 말했을 때, 그때 뭔가가 차 앞으로 튀어나왔다. 그녀는 급히 브레이크를 밟았다. 잠깐의 정적 뒤에 영재가 벨트를 풀고 뒷목을 잡으며 차에서 내려 앞 범퍼를 살폈다. 잠시 망설이더니 쪼그려 앉아 고개를 숙여 차 밑바닥도 보았다. 한참 만에 몸을 일으킨 영재가 운전석에 앉아 벌벌 떨고 있는 수영을 보더니 고개를 저었다. 양팔로 가위 표시를 만들어 보이기도 했다. 그리고 차에 올라탔다. 아무것도 없었어. 뭘 봤길래 그래? 영재는 피곤하면 자신이 운전하겠다고도 했다. 수영은 대답 대신 천천히 차를 출발시켰다. 얼마쯤 달리다가 수영은 힐끗 룸미러를 보았다. 지나온

도로 위에 검은 뭔가가 떨어져 있었다. 저게 뭐지? 수영의 물음에 영재가 뒤를 돌아보았다.

검은 비닐봉지잖아, 하고 이 사람이 말했어요. 수영은 그렇게 말하면서 이야기를 끝맺었다. 아, 하고 사람들이 안도하는 분위기 속에서 영재는 쥐고 있던 맥주 캔을 찌그러트렸다. 또 캔 하나를 땄고 또 한 입 들이켰다. 이제 이야기는 초보 운전자일 때 겪었던 사고 경험을 공유하는 방향으로 이어졌고 그 틈에 수영은 영재를 가리키며 이 사람은 고양이를 친 적이 있대요, 하고 말했다. 지금 영재가 말한 고양이는 아마 그 고양이일 것이다. 그 이야기를 꺼냈을 때 으엑, 하고 누가 끔찍해하는 소리를 내뱉기는 했던 것 같은데 대수롭지 않다는 반응들이었다. 운전을 하다 보면 누구나 겪을 수 있는 일이죠, 누군가 그렇게 말했다.

영재가 말렸지만 수영은 창문을 조금 열었다.

"답답해서 그래."

술냄새 때문이기도 했다. 영재는 창문을 여는 게 영 내키지 않는다는 듯 휴대폰을 꺼내 터널, 미세먼지 같은 단어를 검색하려고 했지만 인터넷이 잘 되지 않았다.

"48미터라잖아."

"도대체 언제까지 이러고 있어야 되는 거야."

그때 터널 끝에서부터 사이렌 소리가 들려왔다. 터널 안은 곧 그 소리로 가득 찼다. 수영은 차창으로 목을 쭉 빼고서 앞에서 무슨 일이 벌어지고 있는지를 확인해보려고 했다. 하지만 수영에서부터 한참 앞에서 벌어진 일이었고 거기까지는 십수 대의 차가 있어 빨갛고 파란 불빛이 번쩍이는 것 외에 눈에 띄는 것은 거의 없었다.

대신 수영은 새로운 사실을 하나 깨달았는데 그것은 축축한 공기였다. 터널 안은 웅덩인 곳이 으레 그런 것처럼 한기와 습기로 가득했다. 수영이 느끼기로는 평균치를 훨씬 웃도는 것 같았다. 마치 물속처럼. 희끄무레한 조명이 쏟아지는 수족관과 비슷하다는 생각도 들었다. 수영은 영재에게 이런 감상들을 말해볼까 싶었다. 그러나 관두었다. 앞 유리창에 물방울이 떨어진 건 그때였다.

"비 오나?"

"너 취했어. 여기 터널 안이거든."

"설마 금이 가서 새고 있는 건."

"헛소리 좀 마."

그렇게 말하면서 수영은 앞 유리창을 통해 터널 천장을 올려보았다. 터널에 균열이 생겼을 거라는 건 말도 안 되는 생각이었지만 온도차의 문제로 응결된 수증기가 천장에 맺혀 있다가 떨어질 수도 있지 않을까 싶었다. 어두컴

컴한 동굴 속처럼 축축한 터널 속이니까. 하지만 옆 차가 앞 유리창에 워셔액을 뿌리며 와이퍼로 닦아대고 있을 뿐이었다. 그걸 확인하고도 영재는 마치 곧 터널이 무너질지도 모른다는 듯이 손톱을 물어뜯고 있었다.

"그만 좀 해."

"뭐가."

"손톱."

영재는 겁이 많았다. 터널을 지날 때마다 조바심을 내는 것만 봐도 잘 알 수 있었다. 바닷속의 터널에 갇힌 채로도 그나마 견딜 수 있는 것은 아마 취기 때문일 거라고, 모든 상황이 약간은 꿈같기 때문일 거라고 수영은 생각했다. 취기가 아니었다면 영재는 지금쯤 혼란에 빠져 소리를 질러댈지도 모른다는 생각이 들었다. 가끔은 그런 게 귀엽기도 했는데 시간이 지날수록 이해할 수가 없어졌다.

"왜 이렇게 겁이 많아?"

몇 번 그런 걸 물어본 것도 같았다. 그때마다 영재가 뭐라 대답했었는지는 잘 기억나지 않았다.

"언제 갈 수 있을까."

영재가 영 다른 대답을 하는 사이 앞차의 운전석 쪽 문이 열리더니 운전자가 내려 앞쪽으로 걸어갔다. 아마도 무슨 일이 일어났는지를 직접 확인하러 간 것일 터였다. 수영은 그 사람이 돌아오면 일이 어떻게 돌아가고 있는지를 물어봐야겠다고 생각했다. 그 사람은 계속해서 앞으로 걸어 나가 차들에 가려 더는 보이지 않게 되었다. 앞차에는 운전자 외에 다른 사람은 없는 것 같았다.

"그나저나 영호 씨는 결혼 안 한대? 커플들 사이에 혼자라 좀 그렇잖아."

집들이가 일곱 명으로 홀수인 것은 아직 결혼을 하지 않은 영호 때문이었다. 영재를 포함해 고교 동창인 네 사람은 10년이 넘도록 우정을 지속하며 집들이까지 오가는 사이로 남았지만 독신인 영호는 다 함께 모일 때마다 어딘가 좀 동떨어져 있는 것처럼 보였다.

"갠 독신주의야."

영재는 아무렇지도 않다는 듯 대꾸했다.

"그럴 능력도 되고."

만나는 여자가 있다고는 들었다. 영호는 지난해 고향으로 돌아와 개원한 치과의사였고 여자친구는 초등학교 선생이었다. 모두들 얼굴 한번 보자고 성화였지만 모임에 데리고 온 적은 없었다. 아마 함께 어울리고 싶지 않은 모양이라고 수영은 생각했다.

네 사람은 같은 고등학교를 졸업했을 뿐 별다른 공통점이 없어 보였다. 다른 세 사람은 졸업한 고등학교가 있는 동네의 같은 아파트 단지에 살고 있었고, 치과의사를 제외한 두 친구는 대기업의 생산직에서 일한다는 공통점이라도 있었다. 영재는 직업도, 살고 있는 지역도 달라 만나려면 늘 바다를 건너야만 했다. 세 사람은 영재에게 너도 이 동네로 이사 오라는 말을 아무렇지 않게 했지만 영재는 고교 졸업 후 고향을 떠나 가까운 도시의 대학교를 졸업했고 그 학교의 교직원으로 일하고 있었다. 수영과도 일하면서 만났다. 대학교가 없는 고향으로 돌아와 새로운 일자리를 구하는 건 어려울 것 같았다.

세 사람이 바다를 건너 영재의 도시로 오는 일은 거의 없었다. 결혼한 두 사람이 비슷한 시기에 아기를 낳은 뒤로는 더욱 그랬다. 오늘 집들이에서도 화제는 갓 돌 지난 아기들이었다. 현관을 열고 들어갈 때부터 아기를 키우는 집 특유의 포근한 냄새가 났다. 아기를 안아본 적이 거의 없는 수영은 어떤 자세를 취해야 할지 잘 몰랐다. 대화 주제를 찾기도 힘들어 차라리 남자들과 이야기했다. 하지만 남자들 쪽에서는 그런 수영이 약간 부담스러운지 담배를 핑계로 베란다로 나가 자기들끼리 한참을 이야기하며 낄낄거리다 들어오고는 했다. 그때마다 아기 엄마들은 남편들을 욕했다. 애도 있는데 왜 저러나 몰라요. 금방이라도 싸울 기세였기 때문에 수영은 언제 차를 타고 집으로 달려

갈 수 있을까만 생각했다. 무슨 얘길 저렇게 재미나게 할까요. 누군가의 말에 수영은 베란다 쪽을 보았다. 그때 치과의사가 담배를 입에 문 채로 두 손을 그러모아 휘두르는 동작을 취했다. 수영은 야구를 떠올렸는데 아기 엄마 중 한 사람이 말했다. 골프 얘기 하나 보네요. 우리 남편도 요새 푹 빠졌어요. 시간 날 때마다 스크린골프장에 가서 산다니까요. 어디 가서 딴짓하는 것보단 낫죠. 다를 것도 없어요. 저 아는 사람 내기로 골프 치다가 차 한 대 날렸대요. 그 순간 수영은 새로운 대화 주제 하나를 떠올렸는데 방에서 잠들어 있던 아기 하나가 으앙 울음을 터뜨려 때를 놓쳤다. 다른 아기 하나도 깨어나 울기 시작했다. 두 사람이 아기를 달래고 나면 이야기하자고 마음먹었지만 둘 다 금세 돌아오지 않았고 그사이 수영은 오렌지를 집어 먹으며 하고 싶던 이야기들을 다 까먹어버렸다.

두 사람이 다시 돌아왔을 때는 여전히 할 말이 없었고, 오렌지가 참 달아요, 하고만 말할 수 있을 뿐이었다.

"아 맞다, 근데. 낮에 출발 때부터 거슬렸는데."
수영은 영재가 무슨 말을 할지 짐작되었다.
"트렁크에서 뭐가 굴러다니는 것 같은데."
영재는 졸음 때문인지 취기 때문인지 말투가 느려졌다.

발음이 살짝 꼬인 것을 보면 취기에 가까울 것이다. 수영은 글쎄, 하고, 뭐가 굴러다니는지 모르겠다는 투로 대꾸했지만 실은 알고 있었다. 골프공이었다. 골프공이 트렁크에서 굴러다니고 있었다.

수영이 처음 골프공을 주운 것은 어느 밤 처음 가보는 동네에서였다. 운전에 재미를 붙이기 시작한 무렵이었다. 영재와 함께 출근을 할 때도 수영이 운전대를 잡았다. 퇴근할 때에는 번갈아 하기도 했지만 영재가 퇴근 후 운동을 시작하면서부터는 수영 혼자 차를 타고 집에 갔다. 학교와 집이 그리 멀지 않았고 영재는 운동 삼아 걸어다니겠다고 했다. 그렇게 혼자 집으로 돌아가는 첫 번째 날에 수영은 자신이 혼자서 차를 운전하고 가는 것이 태어나 처음이라는 사실을 깨달았다. 그것도 집에 도착해 주차할 빈자리를 찾다가 깨달은 것이었다. 옆에는 늘 훈수를 두는 영재가 있었다.

며칠째 혼자 집으로 가던 수영은 집에서 자길 기다리는 사람은 아무도 없으며 일찍 가서 할 일도 딱히 없다는 것을 깨닫고 아무 데로나 한번 가보기로 했다. 목적지를 염두에 두지 않고 그때그때 내키는 대로 핸들을 꺾은 뒤 도착한 곳은 이전에는 한 번도 가본 적 없는, 이름도 들어본 적 없는 낯선 동네였다. 지하철 노선도에서 그 비슷한 이

름을 본 것도 같았지만 둘러보니 가까운 곳에 지하철역이
있는 것 같지도 않았다. 도시가 끝나는 곳의 경계 같은 곳
이었다. 오래된 주공아파트가 있고 그 너머로 고가도로가
지나고 있었으며 그리고 그 너머에는 아무것도 없다고 해
도 좋을 들판과 산 따위가 이어졌다. 고층건물이 어둠 속
에서 멀게 보이고 5층짜리 아파트단지에 불이 켜진 집은
거의 없었다. 어둠 속에서도 건물들은 오래되고 낡은 느
낌을 주었으나 그게 실제로 그런 건지 단순히 밤이기 때
문인 건지 수영은 헷갈렸다. 그러나 찬찬히 살펴보면 수
십 년 전에 지었을 법한 스타일의 건물들이라는 것을 눈치
챌 수 있었고 그것은 외곽에 와 있다는 느낌을 주기에 충
분했다. 수영은 생각보다 금세 외곽으로 나와버렸다는 사
실에 놀랐다. 버스나 지하철을 타고 다닐 때 도시는 빠져
나갈 수 없는 미로 같았는데. 수영은 자신이 서 있는 곳을
다시 둘러보았다. 일정한 간격으로 은행나무가 늘어서 있
었고 비슷한 밝기의 가로등 중 유난히 노란 불빛을 발하는
것이 있었다. 수영은 거기까지 가보자고 생각했다. 지나는
사람은 아무도 없었고 지나는 차들도 없었다. 멀리서 차가
지나는 소리가 바람 소리처럼 들렸다. 수영은 천천히 도로
를 따라 그 가로등 아래에 도착했다. 차창으로 약간 텁텁
한 밤의 기운이 쏟아져 들어왔다. 그 노란 가로등 불빛 아

래에 한참을 주차해두고 있었다. 마지막으로 시계를 봤을 때 59분이었다. 다시 또 봤을 때는 2분이었다. 많은 시간이 지난 것 같았다.

수영은 비상등을 켜둔 채 내렸다. 다니는 차가 거의 없어 위험할 것 같지는 않았다. 외진 도로여서인지 수영의 차 외에도 고속버스와 덤프트럭 몇 대가 듬성듬성 서 있었다. 옮겨 심은 지 얼마 안 된 가느다랗고 볼품없는 은행나무와 희멀건 불빛을 쏟아내는 가로등 아래를 지나간 사람은 손에 꼽을 정도일 것 같았다. 수영은 몇 발짝을 걸었다. 밤의 들판은 안개와 먼지가 뒤섞여 뿌옇게 흐렸고 축축했다. 충동적으로 멀리까지 나와 생전 처음 들어보는 도시에 왔다는 데 도취되었던 것도 잠깐이고 이내 수영은 자신이 무얼 하고 있는지 알 수 없어서 기분이 나빠졌다. 그때 은행나무 아래에 떨어져 있는 하얗고 동그란 것을 발견했다. 골프공이었다. 공은 새것처럼 깨끗하고 윤이 났다. 공을 주워 들고서 주변에 골프장이 있는 건 아닌가 둘러보았지만 버려진 듯 빈 들판과 산 따위가 전부였다. 수영은 그 후로도 자주 아무데로나 차를 타고 나가 시간을 보내고 집으로 돌아갔다. 그러다 우연히 몇 개의 골프공을 더 줍기도 했다. 어느 날은 그걸 발견하고 수집하기 위해 돌아다니는 것 같은 기분도 들었다. 거기에 어떤 의미가 있었을까? 별 의미도 없을 것 같았고 실제로도 그랬다. 영재도 운동을 하느라 그만큼 늦었기 때문에 영영 모를 것 같았다.

영재가 일찍 돌아온 날이었다. 소파에 앉아 TV를 보고 있던 영재가 현관으로 들어서는 수영을 향해 어디 다녀왔어? 하고 물었을 때 수영은 잠깐 바람 좀 쐬러, 하고만 말했다. 영재는 더 자세한 설명은 필요하지 않다는 듯 고개를 돌리고는 자신이 일찍 온 이유를 설명했다. 영재는 벤치프레스를 하다가 어깨인대가 늘어나 당분간 운동을 할 수 없다고 말했다. 잠깐 쉬다가 회복되면 다시 운동을 할 것처럼 굴었지만 그 후로 영재는 완전히 운동을 접었다. 함께 출근을 하고 함께 퇴근을 하고 함께 저녁상을 차려 TV를 보며 식사를 하고 나란히 누워 잠드는 생활이 이어졌다. 수영은 좀처럼 잠이 오지 않아 수차례 눈을 깜박이면서 자신의 드라이브에 의미가 없지는 않았다는 걸 뒤늦게 깨달았다.

영재는 트렁크에서 나는 소리의 정체를 밝히겠다는 듯 차에서 내려 비틀거리며 뒤쪽으로 가더니 트렁크를 쿵쿵 쳤다. 수영은 망설이다가 문을 열어주었다. 취기 덕택에 바닷속 터널 안이라는 무서움은 완전히 극복한 것처럼 보였다.

한참 만에 돌아온 영재가 손에 쥔 것은 골프공은 아니었다.

"피워도 돼?"

담배였다. 누가 피우고 넣어놨는지 알 수 없지만 반 이상은 비어 있었고 라이터가 들어 있었다. 수영은 그게 왜 거기 들어 있는지 알 수 없었다. 수영은 흡연자가 아니었고 영재도 결혼하고 반년쯤 후에 아이를 갖기로 계획하면서 담배를 끊었었다.

"어디서 났어?"

"몰랐어? 냄새에 예민하니까 알 거라고 생각했는데. 알면서도 모르는 척하는 거라고. 가끔 피웠어. 스페어에 넣어놓고. 밤에 몰래몰래 나와서. 차에 앉아서. 창문 열고."

가끔 담배를 피운다는 것은 알고 있었다. 눈감아줄 수 있는 수준이었다. 그런 날은 자일리톨 껌을 열심히 씹으면서 들어왔고 옷에는 다 날아가지 못한 담배 냄새가 났다. 하지만 차에 담배를 넣어두고 차에서 몰래 피워왔다는 것은 몰랐다. 차는 영재가 결혼 전부터 타던 것이라 영재의 명의였지만 결혼 후에는 수영이 더 많이 사용했다. 수영의 물건들이 더 많았다. 수영이 생각하기로 차는 수영만의 공간이었는데 이제 와 보니 영재에게도 그랬던 것이다.

"스페어?"

"스페어타이어 있는 공간."

"트렁크에 타이어가 있다고?"

수영의 말에 영재는 불도 안 붙인 담배를 입에 문 채로 웃었다.

"넌 역시 운전만 할 줄 알지 차에 대해선 아무것도 모르네."

"무슨 뜻이야?"

수영이 묻자 영재는 그런 질문이 이상스럽다는 듯 눈을 깜박이며 대꾸했다.

"무슨 뜻이냐니. 운전은 할 줄 알지만 차에 대해선 모른다는 뜻이지. 스페어 타이어는 트렁크 바닥 밑에 있어. 그건 누구나 다 아는 거라고."

"그래? 몰랐네."

"상식이야."

영재는 라이터를 들고만 있을 뿐 불을 붙이진 않았다.

"트렁크에서 굴러다니는 건 뭐였어?"

수영은 영재가 자신이 넣어놓은 골프공을 발견했는지 궁금했다.

"담배 피운 건 뭐라고 안 하네."

물론 자신을 속였다는 것은 유쾌하지 않았지만 실제로

담배를 끊었건 아니건 피운 흔적을 그럭저럭 없앨 수 있었다는 점만으로도 수영은 영재를 그냥 내버려두고 싶었다. 담배를 끊는다고 해서 뭐가 크게 달라질 것 같지도 않았다.

"안 끊을 거야?"

마지못해 묻는 수영의 말에 영재는 보란 듯이 불을 붙이며 말했다.

"하긴 너도…… 밤마다 나가니까."

수영은 이번에야말로 무슨 뜻이냐고 물으며 모르는 척하고 싶었다. 수영은 혼자서 차를 몰고 교외로 나가는 일을 포기하지 못했다. 모두가 잠든 밤에 몰래 집을 나가는 것을 같은 집에 사는 사람이 모를 리가 없다고 생각은 했다. 하지만 가끔은 반복되는 외출에도 아무런 제재를 가하지 않는다는 점 때문에 정말 모르고 있을지도 모른다는 생각도 했다.

영재는 오랜만의 담배인 듯 한 모금을 깊게 빨아들이면서 창을 열었고 차창에 팔을 괴고서 머금었던 연기를 다시 길게 내뱉었다. 마치 자기가 다시 담배를 피우고 있다는 게 믿기지 않는다는 듯 고개를 저었다.

"그래서, 어딜 다녀오는 건데?"

담배는 못 본 척 넘어갈 수 있었다. 하지만 아내가 밤마다 차를 타고 달려 나가서는 한 시간씩 돌아오지 않는데

여태 모른 척했다는 데 대해 수영은 화가 났다. 자신이 그
것을 숨긴 것보다 그걸 모른 척한 영재에게 더 큰 문제가
있다고까지 생각했다. 이렇게까지 자신에게 무신경할 수가
있는 것인가. 수영이 대답하지 않자 영재는 다시 물었다.

"도대체 왜 그러는 건데?"

수영은 무슨 대답이든 하고 싶었다. 침묵하면서 영재가
말하는 방향대로 이야기가 흘러가도록 내버려두고 싶지
않았다.

"골프공 때문이야."

말해놓고 보니 정말 그 때문이라는 생각이 들었다. 그
러나 아니었다. 어쩌면 운전을 한다는 그 자체 때문일지도
몰랐다. 낮의 번잡함에 비하면 텅 비었다고 해도 좋을 새
벽의 한가로움 때문일지도 몰랐다. 찹찹한 밤의 공기, 차
분해지는 머릿속, 아무렇게나 달려가 도착한 완전히 낯선
동네에서의 생경하면서도 익숙한 느낌, 그런 것들을 이유
로 댈 수도 있었다. 그러나 수영은 그런 것들에 대해서 말
하지 않았다. 누군가는 거듭된 유산을 이유로 들지도 몰랐
다. 그러나 그런 것만은 아니었다. 그것만은 자신 있게 말
할 수 있었다.

영재는 어떤 이유를 듣기도 전에 짧아진 담배꽁초를 차
창 밖으로 튕기며 말했다.

"다 알고 있었구나."

그래서 수영은 아무런 설명도 할 수 없었으며 도대체 뭘 알고 있었다는 건지도 알 수 없었다. 영재는 트렁크 속에서 가져왔다며 불룩한 주머니 속에서 골프공을 꺼냈다. 차 문을 반쯤 열고 밖으로 던졌다. 골프공은 뒤로 데굴데굴 굴러갔다.

"미안."

낮게 웅웅거리는 목소리여서 퍼뜩 인식할 수 없었지만 분명히 그런 말이었다. 수영은 여전히 아무것도 알 수 없었다. 알지 못한다는 것을 감추려고 아무 말도 하지 않았다. 도대체 뭐가 미안한데? 하고 물어야 할까 고민할 때 자리를 떴던 앞차의 여자가 돌아왔다. 여자는 수영을 향해 이제 곧 움직일 거예요, 하고 말하고는 차에 올라탔다.

여자가 그렇게 말한 뒤에도 한참 동안이나 차는 움직이지 않았다. 수영은 핸들에 머리를 기댔다. 차가 움직이기 시작한다면 잠시도 참지 못하고 뒤에서 빵빵거리는 소리가 날 터였다. 그러나 아무리 기대해도 그런 소리는 들려오지 않았다. 수영은 고개를 숙인 채로 아직도 터널이 무너질까 겁이 나냐고 영재에게 물었다. 대답이 없어 고개를 들어보았더니 영재는 창에 머리를 기댄 채 잠들어 있었다. 어쩌면 술에 취해 자신도 모를 소리들을 지껄였던 건지도 몰랐다.

수영은 몇 해 전 대교가 완공되었을 때 영재와 함께 구경을 갔던 일을 떠올렸다. 휴게소의 전망대에 서자 대교의 시작과 끝이 한눈에 보였다. 밤이었고 대교는 필요 때문인지 멋 때문인지 쏟아지는 조명으로 빛나고 있었다. 반은 중간에 있는 섬까지 상판이 다이아몬드형 주탑으로 된 긴 다리였는데, 그 섬에서부터 영재와 수영이 발붙인 땅까지 이어진 것은 없었다. 수면 위로 드러나는 것은 그랬다. 저 부분이 바닷속 터널이구나. 영재였는지 수영이었는지 누가 그렇게 말했다. 둘이 동시에 말했는지도 모른다. 그렇다고는 들었지만 실제로 보니 다리가 중간에 끊어진 것 같았다. 나중에 중간에 있는 섬에도 한번 내려보자고 이야기했었는데 알고 보니 대교는 섬을 경유하기만 할 뿐 그 섬에 내릴 수는 없게끔 설계되어 있었다. 가려면 배를 타야만 했다. 섬과 육지 사이의 없는 다리를 배경으로 두 사람은 사진을 찍었다. 휴대폰으로 찍었는데 나중에 폰을 바꿀 때였는지 실수로 다 지워버렸다.

드디어 차들이 움직이기 시작했을 때에도 영재는 깨어나지 않았다. 터널 천장의 전광판의 숫자가 조금씩 작아지기 시작했다. '해저깊이 38m 지점', '해저깊이 20m 지점'.

수영은 천천히 차를 몰아 나가면서 사고의 흔적 같은 것을 마주하길 기대했다. 박살이 났을 헤드라이트의 파편들, 어떤 조각들, 스키드마크, 충돌 흔적이 남은 가드레일이나 벽……. 그러나 조금 전 사고가 일어났을 게 분명한 그 자리에는 경찰차 한 대만 서 있을 뿐 아무것도 없었다.

터널 입구 근처에서는 누군가 경광봉을 흔들고 있었는데 가까워지고 보니 마네킹이었다. 차량 통행이 뜸한 심야를 이용해 도로면에 도색 작업을 하고 있었다. 또 얼마쯤 더 지나자 갓길에 레커차 두 대가 서 있었다. 운전자인 듯 보이는 두 남자가 차에서 내려 담배를 피우고 있었다. 아마 늦게 도착해 사고 차량을 견인할 기회를 놓쳐버린 듯했다. 아무 흔적도 없지만 아마 사고는 있었을 거라고 수영은 생각했다. 어떤 일들은 아무 흔적도 남기지 않고 사라지게 마련이다.

터널을 빠져나와 시내로 들어서기 전 공단 지역을 지날 때 영재는 깨어났고 영재가 긴 하품을 끝마치는 것을 기다렸다가 수영이 말했다.

"무슨 일 있었는지 알아?"

영재는 여전히 눈을 감고서 아무런 대답을 하지 않았다. 미안하다고 말하던 자기는 다 잊어버린 듯한 표정이었다. 수영은 대답을 기다리는 것을 포기하고 말했다.

"사고가 엄청 심하게 났더라."

"정말?"

"10중 추돌이었어. 승용차 하나는 완전 찌그러져서 경차였는지 중형차였는지도 모르겠더라. 앰뷸런스가 두 대나 와 있고 사람들이 막 실려가고."

수영은 자신이 왜 그런 끔찍한 거짓말을 쏟아내는지 알 수 없었다. 영재는 찡그려 눈을 뜨고서 창밖을 보았다.

"안 믿겨."

수영은 그에 대해서 좀 더 우기며 실랑이를 벌이고 싶은 마음도 있었으나 그런 단계들을 모두 생략해버릴 수 있는 것을 생각해냈다.

"정말이야. 나중에 블랙박스 확인해봐."

영재는 그러겠다고 했다. 그러나 진짜 확인하지는 않을 것이다. 그 일은 이미 지나가버렸다. 그때 영재는 잠들어 있었다.

차는 모든 풍경을 지나쳐서 집으로 향했다. 코너를 돌 때는 여전히 트렁크 속에서 무언가 굴러다니는 소리가 났다.

대교를 지나고부터는 길이 뻥 뚫렸다. 자정이 지나서인지 지나는 차도 거의 없어 수영은 속력을 냈다. 영재가 좀 천천히 가, 라고 말해도 알겠다고만 할 뿐 브레이크로 발을 가져가지 않았다. 하지만 강 위의 다리를 지날 때는 옅게 안개가 깔려 있었기 때문에 서서히 속력을 줄였다. 멀리 앞쪽이 잘 보이지 않았다. 오른쪽 뒤에서부터 갑자기 달려온 큰 화물트럭이 부앙, 경적을 울리며 추월해 지나간 다음이었다. 새끼손톱만 한 우박이 갑자기 후두둑 쏟아지기 시작했다. 수영과 영재는 깜짝 놀라 처음에는 아무런 말도 못 하고 어, 어? 당황해하다가 이윽고 웃음을 터뜨렸다. 누가 먼저였는지는 알 수 없었다. 왜 웃음이 터졌는지도 몰랐다. 차가 망가지지 않을까 하는 고민을 제쳐두고서 두 사람은 우박이 쏟아지는 내내 폭소를 터뜨렸다. 속력은 점점 더 느려졌고 뒤에서 오는 차들이 차례로 경적을 울리며 지나갔다.

"조심해."

영재의 말에 수영은 웃음을 멈췄다. 우박도 점점 잦아들어 다리를 건너자 더 이상의 우박은 없었다. 그곳에서는 우박 같은 게 떨어진 흔적도 찾을 수가 없었다.

아직 집에 완전히 가까워지기 전에 영재는 토할 것 같다며 차를 세워달라고 했다. 수영은 한적한 도롯가에 차를 세웠다. 영재가 차에서 내려 가로수 하나를 붙들고 토하기 시작했다. 수영도 비상등을 켜둔 채 차에서 내렸다. 간간이 지나는 차가 있었지만 크게 위험할 것 같지는 않았다.

외진 도로여서인지 수영의 차 외에도 관광버스 몇 대가 듬성듬성 서 있었다. 옮겨 심은 지 얼마 안 된 가느다랗고 볼품없는 벚나무와 희멀건 불빛을 쏟아내는 가로등도 있었다. 수영은 몇 발짝을 걸었다. 밤의 도로는 안개와 먼지가 뒤섞여 뿌옇게 흐렸고 축축했다. 수영은 자신이 무얼 하고 싶은지 분명하게 알고 싶었다. 트렁크를 열고 모퉁이를 돌 때마다 굴러다니던 골프공을 꺼냈다. 트렁크를 닫고 보니 뚜껑에는 우박에 맞아 생긴 듯 작게 옴폭 팬 자국이 있었다. 손으로 슥슥 문지르자 그저 얼룩이었던 것처럼 거의 보이지 않게 되었다. 수영은 골프공을 벚나무 아래에 버리고 영재에게로 가서 등을 두드려주었다. 영재가 이제 그만, 됐다고 말할 때까지 수영은 영재의 등을 두드렸다.

두 사람은 다시 차에 올라탔다. 안전벨트를 매고 핸드브레이크를 내리고 기어를 주행 모드로 바꾸고 사이드미러로 달려오는 차가 없는지 확인한 다음 수영은 핸들을 왼쪽으로 돌리며 지그시 액셀을 밟았다. 그 모든 절차들 다음에 막 차가 나아가기 시작하는 순간, 꺾은 핸들만큼 바퀴가 돌아가는 것이 느껴지는 순간이 수영이 운전에서 가장 좋아하는 부분이었다. 두 사람은 서서히 집에 가까워졌다. 낯선 것들 사이로 익숙한 것들이 보이기 시작하면 아주 오랜만에 돌아온 기분이 들 것이다. 두 사람은 그 기분을

마주하는 게 두려웠다. ▪

수상후보작

엄마의 완성
구병모

헛꽃
권여선

유령이라 말할 수 있는 유일한
송지현

괄호 밖은 안녕
이주혜

울루루―카타추타
최진영

구병모

엄마의 완성

소설집 『고의는 아니지만』 『그것이 나만은 아니기를』
『단 하나의 문장』 『있을 법한 모든 것』, 중편소설 『바늘과 가죽의 시詩』,
장편소설 『파과』 『네 이웃의 식탁』 『상아의 문으로』 등.
〈창비청소년문학상〉 〈오늘의작가상〉 〈김유정문학상〉 〈김현문학패〉 등 수상.

엄마의 완성

　백 보 양보해서 아궁이 연탄 갈던 시절의 조부모 세대
까지라면 그런 가치관이 통했으려나. 아빠의 어떤 점이 좋
았냐고 물은 어느 날 엄마는 오래 뜸 들이지 않고 세 가지
를 읊었던 적 있는데, 하나는 집 안에 들어온 모든 작은 생
물 가운데 쥐나 바퀴며 거미를 비롯하여 인간보다 다리 개
수가 월등히 많은 절지동물에 이르기까지 이름 석 자만 부
르면 부리나케 달려와 척척 잡아주었다는 것, 다른 하나는
불이 나가면 알아서 조명 덮개를 열어 형광등을 교체한다
든지 삭아서 새는 수도관 따위도 부속을 구해다 수리를 해
냈다는 것, 마지막으로 반찬 투정이라곤 해본 적 없이 제
앞의 그릇을 석석 긁어 비웠다는 것이다. 80대 아니고 그

래도 아직은 40대, 배우자를 향한 기대 수준이 인간적으로 그 정도보다는 높아도 되지 않나 싶은 연배와 세대에 속한 엄마가, 돌아가신 할머니 때나 그랬을 법한 사고—사내가 식솔들 세끼 밥 착실히 벌어먹이고 계집질 노름질 손찌검만 안 하면 최고 일등이지—와 함께 살아온 것은 요즘 추세로 너무 이른 나이에 나를 낳고 생계와 살림에 치여 호사의 마지노선이 낮아서인지, 아니면 시절을 막론하고 그만한 조건을 올 클리어하는 남자가 드물다는 뜻인지, 그건 모를 일이었다.

아무튼 지금은 그런 일을 박씨 아저씨한테 부탁하면 되는 거지? 물었을 때 전화기 너머에서 엄마는 코웃음 치기를, 걔는 나보다 더 겁내더라 벌레, 이랬다. 형광등은? 물으니 걔가 집에 들렀을 때 불 나간 적 없다, 했다. 나는 직접 본 적 없는 엄마의 남자친구를 우리끼리의 대화에서 언급할 때면 꼬박꼬박 아저씨라고 부르기를 고수했다. 너는 개 사진을 봐놓고도 아저씨 소리가 나오냐고 엄마가 퉁바리라도 놓으면, 아이고 내 또래한테 그 연세는 완전 아저씨지 그나저나 엄만 좋겠네 연하 남친도 생기고 동안이기까지, 정도로 마물렀다. 그런 거 할 만한 분 아니면 엄마, 엄마도 손대기 힘든 일 같으면 동네 중고 거래 앱에서 사람 찾아봐, 팁도 주었다. 간단한 문제를 도와달라고 글 올리면 용돈벌이 한다고 와주는 동네 사람도 있고, 좀 기술이 필요한 일 같으면 아예 본인 장비를 정식으로 들고 여기저기 출장 다니면서 수전 갈아주는 사람 열쇠 따주는 사람, 다들 재능마켓 같은 명목으로 등록되어 있더라. 나 어릴 때 우리 현관 철문에 분기마다 붙어 있던 거, 동네 생활 정보지 쿠폰북 기억나지. 그게 다 앱으로 옮겨 간 거야. 그러자 엄마는 조심스레 묻기를, 그 앱이라는 거…… 아무런 허드렛일해줄 사람도 구할 수 있나? 나는 허드렛일의 정의와 범주를 나나 엄마가 각자의 회사에서 맡은 일과 비슷한 걸로 여겼으므로 당연히 가능하다고 대답했다. 그런데 동네 편의점 알바도 하루 이틀 일하다 말 거 아니니까 이력서를 받거나 면접을 보는데, 사무 보조직이라면 정식으로 공고를 내는 게 좋지 않을까? 나의 반문에 엄마는 조금 꾸무럭거리는 투로 말하기를, 그러니까 저기…… 나 병원 좀 같이 가줄 사람도 그런 데서 구할 수 있나?

눈꺼풀에 묻은 잠의 무게에 깔려 허우적거리던 나는 자세를 바로 하고 앉았다. 엄마 어디 아픈데? 못 움직여? 으응 뭐 아니 전혀 그런 건 아니고……. 말꼬리를 흐리는 엄마의 음성에서 나는 그야말로 별일 아니며 또 내가 스스로 말려들었다는 걸 알아차렸다. 엄마가 매사 이런 식인 걸 알면서 눈 뜨고 당한다. 입구가 좁은 가방을 열고 쓸데

없는 서류부터 한 장씩 천천히 뽑아다가 상 위에 늘어놓는 화법. 팔다리라도 못 쓰게 다쳤다면 급한 대로 같은 회사 직원이면서 남자친구인 박씨의 도움을 받는 게 빨랐을 텐데 진실로 원하는 바—사소한 진료인데 박씨와 가기는 좀 애매하고 딸이 동행해줬으면 좋겠어—를 입 밖으로 제대로 내는 게 아니라, 내게서 경악과 우려의 반응이 나오기를, 전혀 그런 거 아니라니 그럼 뭔데 무슨 일인데? 하고 내가 관심 가져 물어봐주기를, 자발적으로 동행해주기를 바라며 원하는 답이 나올 때까지 의미심장한 듯한 말투와 완만한 저속의 주저로 유도하는 것이다. 그냥 원하는 걸 똑바로 말을 해, 엄마 좀, 나 진짜 바빠, 매일같이 정신없다고, 하루에 네 시간이면 많이 자는 날이라고 그랬지 내가, 행간의 의도를 알아서 캐치하기를 바라지 말고, 뭐가 필요한지 뭘 해줬으면 좋겠는지, 말로 하라고! 되면 된다, 안 되면 어렵다 나도 말을 할 테니까, 제발 시간 낭비하지 말자고 그렇게 얘기했는데 왜 늘 내 부탁은 귓등으로도 안 듣고 나중 가서 사람 힘들게 만들어? 경기도의 본가를 뒤로하고 서울 자취방을 얻은 첫째 명분은 밤낮없이 불문곡절인 사무실의 호출에 조금이라도 기민하게 대응하여 근로계약을 부지하기 위함이었지만, 얼굴 맞대고 이런 대화를 매일같이 반복했다간 내가 얼마나 광포해질지를 예감해서

이기도 했다. 이성으로는 분명, 나는 기억하지 못하는 아기 시절 엄마도 나를 아기띠로 둘러업고 무시로 병원에 다녔을 테고 내가 입원이라도 하면 사람 하나 눕기도 힘든 보조침대에서 디스크 탈출 증상을 참아가며 쪽잠을 자는 틈틈이 나를 병구완했을 것을 고려하여 엄마의 유사시에 나도 최소한은 해야 한다는 의무감이 없지 않았건만, 그건 어디까지나 엄마가 전후 맥락과 목적어 혹은 서술어가 생략되지 않은 말로 내게 분명하게 요청해올 때지 이런 식으로는 아니었다. 아무려나 혼자 가기는 조금 겁나는데 사귄 지 얼마 안 된 이성에게 동반을 부탁하기는 더욱 망설여진다면 그건 대장내시경 검사나 치질 진료 계통이겠지 싶어 나는 통화 중 상태로 달력 앱을 열고 스케줄을 점검했다. 젓가락 한 짝 꽂을 틈 없이 촘촘하게 잡힌 촬영 일정이 검정 빨강 파랑 글자와 각종 실선 및 화살표로 나타나 있었다. 한숨을 삼키고, 나한테 여러 번 외근 대타를 부탁했던 선배가 빈말이라도 언제든 신세 갚겠다고 장담했던 걸 상기하며, 엄마는 언제 월차 낼 수 있어, 나도 날짜 맞춰볼게…… 하기가 무섭게 돌아오는 말은 이랬다.

그게 없다, 내가 지금.

의사를 만나기에 앞서 들어간 상담 간호사의 예진실에

서 엄마는 옆에 앉은 내 손을 꼭 붙들고 있었다. 당장 뭔가 미심쩍어서 MRI를 찍거나 조직검사를 받아야 하는 상황이 아니고 아직 아무 일도 일어나지 않았음을 우리 모두 알고 있었는데, 더는 상소의 여지가 없는 선고를 받기 직전이나 되듯 과장하는 엄마의 제스처에 나는 실소를 터뜨릴 뻔했다. 대충만 검색해봐도 별것 아님을 알 수 있는 일에 이러고 나오니 기가 막힌다는 말은 입속에 가두었다. 별것 아니라는 말은 좀 심하다 쳐도, 살아 있는 웬만한 여자에게라면 늦든 빠르든 언젠가는 닥쳐오는 일 아닌가. 고작 이 정도의 일에 선배 찬스를 소모하기 아까웠지만, 안 쓰고 아껴봤자 이 업계 이 포지션의 평균 근속 연한을 이미 넘긴 선배가 어느 날 갑자기 퇴사라도 해버릴 가능성을 고려하면 지금 쓰는 게 나았다. 그래도 고작 이런 일이라는 생각이 내내 뇌리를 가로지르는 건 어쩔 수 없었다. 엄마 그거 중병 든 거 아니고 그냥 자연스러운 거래, 어디서 구글링한 지식을 읊어보았자 아직 어린데 네가 뭘 아니 소리나 듣고 본전도 못 찾을 터였다. 그런 바에야 이미 함께 가겠다 먼저 말 꺼낸 이상 철회하기도 뭣하여 엄마와 밥도 먹고 산책도 하면서 휴일을 즐기자는 생각으로 왔다. 이런 저런 정보성 혹은 홍보성 블로그들을 둘러보면 이 시기의 극심한 기분 변화에 우울감 이야기는 빠지지 않고 나왔으니, 이런 식으로 엄마와 하루를 흘려보내는 것도 한동안의 부채감 청산에 도움 될 터였다.

아무려나 엄마도 인터넷을 쓸 줄 모르지 않고 조그마한 회사도 다니며 사회생활이라는 걸 계속해온 사람이 그만한 의학 정보를 못 찾았을 리 없으므로, 오늘 나를 부른 건 다만 물리적으로 떨어져 지내는 부모들이 자식들에게 흔히 아쉬워하며 타박하는 보편의 안건, 집에 안 오냐 뭐가 그리 바쁘냐 얼굴 잊기 전에 밥이나 한번 먹으러 오라는 뜻이었을 텐데, 이 대수롭지 않은 일에 나까지 같이 예진실로 끌고 들어올 필요가 있나 싶었다.

나로서는 이론으로만 알 뿐 실상은 어림도 못 할 마멸과 모멸의 시기를 이미 겪어냈을 것으로 짐작되는 얼굴의 간호사가 내 쪽을 흘낏 보고는 가볍게 눈웃음을 지었다.

아이구 어머니, 이제 함 봅시다. 여기는 따님이세요?

얼어붙은 엄마 대신 내가 고개를 살짝 끄덕여 보였다.

요즘은 엄마나 따님이나 다들 젊어 보이시니 혹시 몰라서요, 친구랑 같이 왔나 싶고. 두 분 눈가 요기랑 입 요기, 닮은 데 없으면 딱 친구인 줄 알겠어. 근데 뭐 겁난다고 그렇게 따님 손을 꼭 붙들고 그러세요. 자 봅시다. 마지막 생리일이 언제였다고요?

엄마는 머뭇거리다 느린 동작으로 휴대전화를 열었는데

그건 나처럼 생리주기 앱을 사용해서가 아니라, 탁상 달력에 일일이 수기로 표시한 걸 메모장 앱에 옮겨 와서였다.

어 그러니까, 10월 19일요.

지금 그럼 47일 지났는데 아직 없으신 거구나. 그전에는요?

9월…… 보자, 21일이네요.

엄마가 날짜를 읊을 때마다 차트에 수기로 적어 내려가며 간호사는 계속 물었다.

그전은?

어…… 8월 6일요.

오, 잠깐 늘어났네요. 그 앞은?

음, 7월 14일.

7월 14일 다음에 8월 6일이면 이건 또 갑자기 빨라진 거다. 그렇죠? 그 앞은?

6월 18일, 5월 24일.

네, 거기까지. 지금 보시면요. 뭐 25일 만에 한 적도 있고 23일 만에 시작되기도 했고, 갑자기 또 46일 만에 시작하기도 했네요. 흔히 있는 생리불순. 그런데 이게 흔히 있어서 좋을 일이 결코 없고. 여자 몸이 말이지요, 그죠. 아주 전형적으로 우리가, 갱년기 증상 올 때 이렇게 생리주기가 점점 짧아지다가 양이 줄어들면서 점차로 없어지는 분들도 계시고, 찔끔찔끔 아니라 단번에 깔끔하게 끊기고 그대로 끝, 이런 분도 계시고요. 이제 완전 끝인 줄 알고 그냥 외출하셨는데 갑자기 다시 확 쏟아지는 것처럼 그래버려서 깜짝 놀라갖고 오시는 분들도 계셔요. 이거 말고 다른 불편하신 데는요?

어 그러니까, 얼굴에 열도 좀 많이 오르고…… 집에 불안 때도 자는 동안 괜히 덥고…….

엄마는 평소 나와 통화하면서는 그런 얘기를 한 적 없었다. 통화 시간 자체가 길지 않기도 했고, 대화 중 몸에 대한 세부 언급이 늘어나는 건 어찌 보면 불건강의 증거라고도 할 수 있었으므로, 밥은 먹고 다니냐 잠은 좀 자냐 외에 서로 몸에 대한 대화를 나누는 일이 별로 없기도 했다. 열이 오른다든지 덥다든지, 그게 정말 지금 진행되는 신체 변화가 맞기나 한 건지 아니면 간호사의 질문에 뭐라도 대답을 해야겠어서 기분에 불과한 것을 부풀려다가 증상이라고 끼워 맞추는 중인지 나는 알 수 없었다.

그러시구나. 어지럽기도 하고?

그건 워낙 오래된 거라서, 관계있는지 모르겠어요.

심장이 좀 빠르게 뛰신다든지.

그렇지, 그거예요, 맞아요.

간호사의 말에 맞장구치는 엄마의 모습은, 사주를 건네

받은 무속인이 당신 성격 이렇다고 슬쩍 던져주면 그렇지 정확해요 소름 돋네, 덥석 물어다가 공연히 더 많은 정보를 상대방에게 흘려주곤 본질적으로는 자신이 원하는 미래의 언어를 들을 확률을 높이기 위해 복채를 내밀 준비가 된 손님 같았다.

갱년기에 흔한 자율신경 증상인데 이게 어느 날 갑자기 두꺼비집을 확 내린다, 그런 식으로가 아니라 조금씩 서서히 왔을 거거든요.

그럼 저 갱년기가 맞는 거지요? 갱년기라서 끊긴 거고.

글쎄요, 그래서 끊긴 건지는, 이제 우리 선생님이 초음파 한번 봐주시고, 피 검사 해봐야 나오는 거고요. 그런데 그에 앞서서 원래 생리불순이 좀 있으셨던 편인지, 때가 아닌데 했다든지, 그런 적이 얼마나 자주 있었는지.

전혀요. 자랑은 아니지만 주기 하나만큼은 칼 같았어요. 28일에서 32일, 그 교과서적인 주기를 벗어나본 적이, 평생을 걸쳐서 없어요. 애를 갖고 낳고 하는 기간을 제외하면요, 애 태어나고 딱 여덟 달 지나서 다시 시작한 뒤로도요. 그래서 실은 지난번 23일 만에 했을 때도 이게 뭐지 왜 벌써 나오지 싶긴 했는데, 전조 증상이었던가 봐요.

23일이 정상 주기라고 보긴 어려운데, 그래도 사람 몸이 스트레스도 받고 예외라는 게 있기도 하거든요. 일시적인 거라면 큰 문제가 아닐 수도 있고, 보통 주기보다 짧다고 다 비정상은 아니다. 이런 말씀을 드리고요. 지금 우리 어머니 연세가 사실은, 폐경이 오기 시작하는 시기가 맞긴 한데요, 정반대 경우도 있을 수 있는 때거든요. 혹시 임신 가능성은 없으신지.

푸하학.

웃음을 터뜨린 건 내 쪽이었는데 어쩐지 조용해서 돌아본 엄마의 표정이 굳어 있었고, 간호사는 자리에서 일어서며 말했다.

그래도 모르니까 우리 어머님, 검사 하나만 먼저 넣을게요. 이런 건 명확하게 해야지 나중에 실수가 없으니까.

소변을 받아서 종이컵을 제출하고 둘러보니 대기실 소파가 거의 만석이었고, 전광판에 뜬 대기 환자 명단은 뒤늦게 발견된 중세의 경문 두루마리인 양 길게 펼쳐져 있었다. 앞 환자들이 들락거리는 빈도나 진료실 체류 시간의 패턴을 대충 보니 이대로라면 의사를 만나기까지 한 시간은 족히 걸릴 터였고, 엄마가 앉아서 초조해하는 걸 그리 오래 보고 싶지 않았던 나는 그로부터 10분쯤 지났을 때 데스크를 지키는 내 또래 간호사에게 다가가 조심스레 물었다.

그, 죄송합니다만 혹시 결과 좀 빨리 알 수 있을까 해서요.

간호사는 눈을 한번 치뜨고 보더니 사무적으로 대답했다.

오늘 예약 없이 오신 거여서 차례 맞춰 호명해드릴 거고요, 이따 선생님 뵙고 결과 들으실 거예요.

예, 그게 좀, 당연히 기다렸다가 진료는 진료대로 받을 거긴 한데요, 아까 제출한 소변검사 결과만 먼저 들을 수 있을까 해서요.

선생님 뵙고, 결과 들으시고, 진료 받으실 거예요.

직전과 같은 말을 끊어 반복하는데 뵙-고↗, 들으시-고↗, 억양에 맞춘 고갯짓으로 간호사는 나직하게 그러나 강경한 입장을 나타냈다. 뭐, 나도 안 되는 거 알면서 물었다. 한 사람이 무슨 결과든 먼저 받아보겠다고 나서면 너도나도 절차를 건너뛰려고 하며 체계가 없어진다. 그 과정에서 검사 결과가 잘못 전달되거나 사소한 혼선이라도 빚어지면 의료진의 책임이 된다. 그런 무질서를 나 또한 견디기 힘들면서도 공연히 치신머리없이 예전에 엄마 하던 짓을 흉내 내보았다. 우리 아이가 41도인데 먼저 좀 안 될까요. 어머님, 여기 안 아픈 아이들이 없어요. 그러니까 애가 너무 축 처져 있는데 해열진통제라도 우선 좀……. 어머님, 정 급하시면 1층 약국에서 일반의약품 사서 일단 먹이시든지요……. 열 살쯤이었을 나는 고열과 혼몽 간에도 엄마 왜 저래 엄마 제발 쪽팔려 죽겠어, 입술을 달싹였을 것이다. 나고 자라는 동안 미래에의 전망이나 진취적 기상 대신 상대적 박탈감부터 자연스럽게 체득하며 넘을 수 없는 벽의 아득한 높이를 체감하고 사회생활이니 조직문화 같은 명분으로 VIP한테는 알아서 기는 스킬을 습득한 이들은―일단 VIP는 우리가 다니는 이런 건물 한 층을 차지한 개인병원에 몸소 찾아오는 대신 병원을 자기 저택으로 불러들일 테고, 설령 온다 한들 우리와는 다른 출입문과 통로를 쓰겠지만―반드시 그 반대급부라고만은 할 수 없겠으나 평범한 이들 사이에서 벌어지는 이런 사소한 불공정을 눈감지 않으며, 어쩌면 사안이 사소할수록 불의를 응징하는 투사처럼 떨치고 일어난다. 이틀이 멀다 하고 도시락 쓰레기 하나 제 손으로 못 버리는 VIP들을 따라다니는 나부터가 그랬다. 그러니까 언제였더라, 문득 떠오른 어느 날의 지극히 일상적인 일들, 예를 들면 촬영장에서 육두문자를 듣고, 로드매니저가 끼어들어 피사체를 진정시키지 않았다면 귀싸대기라도 날아갔을 법한 상황에서 놓여난 뒤, 협력처에 반납해야 할 의상을 양어깨에 싸 짊어진 채로 은행 문 닫기 전에 지시받은 잡무 처리를 위해 기다리던 중, 번호표도 뽑지 않은 50대 여자가 이제 막 빈 창구로 천연덕스럽게 다가가 말을 시작하는데 창구 직원이 지금 이 간호사처럼 딱딱거리며 번호표 차례대로 기다려주십시오, 정의봉이라도 평등하게 휘둘러주는 게 아니라 거기 문제를 먼저 해결해주는 모습을 보고, 그쪽이 은행 입장에서는 VIP라는 걸 알 리 없었던 나는 뚜껑이 열려 이게 지금 차례가 맞는 거냐고 드잡이를 하고, 이 과정에서 타폴린 소재의 보따리가 찢어져 옷이 바닥에 다 쏟아진 다음, 내 월급으로는 블라우스 한 장 사기 힘든 브랜드의 옷이 바닥에 흩어지는데 몇 벌은 육중한 유리문이 열리고 닫히는 바람결에 링크 위의 스케이트처럼 미끄러지다 마침 들어오던 손님들의 발에 밟혔던 기억 같은 것……. 아무튼 이러고 망연자실 기다릴 바에는 결과의 정밀도가 떨어지더라도 그냥 약국에서 스틱 사다가 두 줄 나오는지 먼저 확인하고 올 걸 그랬다.

엄마, 약국 가서 그거 사 올까? 기다리는 동안 한번 더 해볼래?

엄마는 목소리를 한껏 죽이고 신경질적으로 내뱉었다.

이중으로 돈을 왜 써, 정신머리 없는 것 좀 보라지.

아, 그거야 엄마가 답답할까봐 그렇지. 그럼 계속 불안해하면서 기다리든지.

아까 다 내보내서 지금 나올 것도 없다.

알았다고. 아무 일 없을 거야.

없지 그럼.

그렇게 말하는 표정은 암만 봐도 없지 그럼 같은 게 아니었다. 그러게 걱정될 일을 애초에 왜 만든담, 소리는 입밖으로 내지 않았다. 우리는 나란히 앉아 호명될 때까지 각자의 휴대전화를 들여다보았다. 엄마라고 그러고 싶어 그런 것도 아닐 테고, 위험한 날이 아닌 줄 알았는데 정신 차리고 보니 애매한 날이었을 수도 있고, 엄마는 만날 칼 같다 칼 같다 입에 달고 살았지만 시나브로 몸속의 칼날이 무디어지지 않았으리란 법 없는데, 나는 그 모든 경우를 제쳐두고 마지막으로 헛소동일 가능성에 걸었다. 위험한 날에 피임을 확실히 했지만 손톱이나 반지에 긁혀 뚫리는 바람에 백 퍼센트 방어는 실패했을지 모른다는 망상에 불과하리라는 거였다. 그래야만 했다. 그거여야만……. 나는 생리주기 앱 화면을 가만히 내려다보고 있었다. 너는 그런 걸 다 적어두냐고, 모든 여자들이 너처럼 하느냐고 물었던 남자는 앱에서 한눈에 보여주는 기록에 따라 귀찮은 단계를 생략해도 된다는 생각으로 나중엔 자기가 더 열심히 챙겼다. 몸의 규칙과 주기에 의존하는 완전무결하지 않은 피임법이었다. 그는 매번 혼잣말인 척, 이걸 끼면 기분도 전혀 안 나고 불편하다고 했는데, 설령 내게 압박감이나 죄책감을 줄 의도가 전혀 없었다고 주장한들 그 말이

내 몸을 존중하지 않는 쪽에 가깝다는 것만은 느낄 수 있었다. 언젠가는 이 부분을 제대로 짚고 넘어가기 위해……보다는 그저 낄 때마다 불편이니 기분 타령만이라도 반복 좀 안 했으면 좋겠어서, 사전 설명 없이 우리 이거나 같이 보자고 유튜브 동영상을 하나 틀어서 들이댔다. 산부인과 의사가 구독자들의 질문 가운데 몇 개를 뽑아서 대답하는 영상이었는데, 그중 한 구독자의 질문이 이랬다. 위험한 날을 포함하여 그 앞뒤로 사흘씩만 끼면 안전할까요? 의사는 단호하게 대답했다. 여러분 우리가요, 무엇을 위험이라고 일컫는지 그 의미부터 규정을 좀 폭넓게 할 필요가 있는데요. 일단 물어보신 것만 대답해드리면 뭐든 백 퍼센트 완벽한 건 없지만, 피임을 위해서라면 그 정도 날짜를 사수하는 건 기본 중의 기본, 최소한이라고 꼭 염두에 두시고요. 그런데 그냥 제 소신이라고 해야 할지, 입장을 솔직히 말씀드리면요. 본격적으로 딱 맘먹고 임신해야겠다, 그 이외의 나머지 날들은 예외 없이 다 착용하시라고 권장합니다 저는. 의학적 이유가 몇 가지 있긴 한데 알기 쉽게 가봅시다. 우리가 살면서요, 계획에 없던 임신만 위험해요? 잡다한 병균이나 바이러스 같은 것들은 어떡할 건데. 그러면 우리 여자분들 어떻게 하느냐. 끝나고 잘 씻으면 되겠지, 이러고 너무 막 청결하게 거품 내서 씻다가 유익균 다

죽이고 면역력 깨지지, 오히려 염증 생겨서 병원 오신다고. 염증으로 인한 결과가 다 같지 않아요, 무증상자는 방치해서 큰 병 키우지요? 유증상자는 보통 불편감 가려움 냄새 다 같이 오니까, 그거 없애보겠다고 더 자주 씻어서 더 병나. 그런데 이렇게 무한의 굴레에 빠지는 여성분들의 경우는 보통, 그 파트너분들도 무지해요. 제가 만나본 환자분들만 기준으로 할 경우, 여성분들 말씀하시는 파트너라는 게 대부분은 남성들인데요, 이분들은 모르면 알아볼 생각을 하든지 최소한 가만히 입이라도 다물고 있으면 중간이라도 가는데, 잘 안 씻어서 생기는 병 아니냐, 또 여자 탓한다고. 그러는 자기들은 관계 직전에 꼭 목욕재계도 완벽하게 하고 멸균 상태로 눕는 것도 아니면서. 조금 전까지 휴대폰 만지작거리던 손가락을 익스큐즈도 없이 상대방 몸속에 넣는 사람들이 태반이야. 그럼 이 전후 포함한 과정에서 누가 내 몸을 지켜줄 건데요. 그는 건성으로 곁눈질하면서 이 아줌마는 쌍꺼풀수술을 했네 코도 좀 높였네 젊어 보이려고 기를 쓰는 모습이나 화장 방식 같은 게 의료인으로서의 믿음이 가지 않는 얼굴이라고 훈수를 두듯이 구시렁대다가 끝내는 아 뭐 이런 걸 보냐며, 더 참지 못하고 영상을 꺼버렸다. 그즈음에는 나도 휴일이 따로 없던 근무에 더해 야근에 치여 그와 만나는 빈도 자체가 줄기도 했고, 감정 소모도 줄이려 더는 그것에 대해 언급하지 않았다. 언제 마지막으로 만났더라, 두 달은 넘지 않았을 텐데, 그때도 아마 서로 휴일이 매번 안 맞다가 간신히 만났는데 그 만남의 무게가 예전 같지 않았고, 시간을 어떻게 보냈는지 기억나지 않고, 다만 세 시간짜리 대실 공간에 범람하던 값없는 말들과 식어빠진 배달 음식의 기름 냄새가 떠올랐다. 너는 연예인 자주 만나니까 이제 별 느낌 없겠네. 걔는 그렇게 얼굴이 조막만 하다며. 걔는 실제로 만나보면 사람 알기를 우습게 안다더라, 머리는 텅텅 비어가지고. 걔는 스폰이 어마어마하다지. 어? 안 만나보고 어떻게 아느냐고? 커뮤니티 게시판 같은 거 한 페이지만 훑어봐도 다 나오는데 뭐. 오락이나 스포츠에 가까운 험담 사이사이로 이제 관계의 종말을 암시하는 듯한 몸짓들, 표정들도 떠올랐는데, 내 마음을 빙점 이하로 떨어뜨린 건 대충 이런 말이었을 것이다. 너는 허구한 날 모델이랑 배우랑 뒤쫓아다니면서 시중들다가 괜히 헛바람 들고 그럼 안 된다? 그때 나는 그러지 말았어야 했다. 그 말을 들은 즉시 겉옷과 가방을 챙겨 자리를 떠나거나, 최소한 사람을 뭘로 보는 거냐고 반박했어야 했다. 화보 촬영장의 패션 어시스턴트 일을 하는 건 맞는데 보조 노동이라는 말을 두고 굳이 시중든다는 말로 표현하지 말아달라고 요구했어야 했다. 나 스스로 내 업무가 전근대의 대감댁 몸종 이하라고 느껴지는 순간이 얼마나 잦든 간에. 헛바람 들기는커녕 숨 쉴 틈이나 있나 싶게 일하는데 별말을 다 한다며 웃어넘기곤 헐거운 관계의 이음매를 더듬으려는 노력을 하지 말았어야 했다. 단춧구멍만큼 그어진 칼자국으로 새어 나가는 마음을 수습하려는 시도를 접었어야 했다. 곧바로 지방 촬영 몇 군데를 돌고 당분간 다시 시간 내기 어려울 텐데 만나는 동안 좋은 낯으로 우호적인 시간을 보내는 게 낫다고 믿으며, 매 순간 선명히 드러나는 경멸과 내장을 흔드는 환멸 위로 뚜껑을 덮고 지내온 결과가 이거다.

그게 없다, 나야말로 지금.

마침내 만나본 의사도 예진실의 상담 간호사와 비슷한 연배로, 평생 숨통을 틀어막아온 계절에서 진작 벗어난 자의 온화한 여유 같은 게 엿보였다. 우리가 앉자 병원용 키트를 먼저 들어 보이며 미소와 함께, 예, 음성입니다. 임신 안 하셨어요. 나에게 들려주는 결과도 아닌데 일차로 안심이었다. 나머지는 갱년기 증상에 맞추어 호르몬제를 처방받든지 알아서 할 일일 테니 그럼 나는 이제 먼저 대기실로 나가보아도 되느냐고 물을 타이밍을 재고 있었다. 아무리 한 칸 더 안쪽 진료실에서 벌어지는 일이라고 해도, 이제 곧 엄마가 검사대에 올라가 눕는데 그 과정을 미닫이 한짝 사이에 둔 채 밀착 마크하고 싶은 딸은 없지 않을까. 아마 엄마는 아무렇지도 않다고 할 것이다. 여자라면 누구든 임신과 무관하게 평생에 걸쳐서 몇 번은 눕지 않을 수 없는 검사대, 너를 낳기 위한 과정에서 허구한 날 올라가 누워본 자리이며 의사 간호사는 물론 실습 나온 학생들한테도 아랫도리를 활짝 벌리고 드러냈다고, 여자는 애 한번 갖는 순간 그 몸이 공공재야 가족한테건 의사들한테건, 같은 소리나 했던 적도 있었다. 그런 얘기를 듣게 된 건 내가 수능시험을 앞두고 전에 없던 생리불순으로 고생하면서 병원 가기를 망설이던 때였다. 나는 모의고사 답안지를 맞춰보다 말고 벌컥, 공공재는 엄마 때나 공공재였지 지금 내 또래 여자들 중에 그거 용납할 여자 없고 예전보다 실습 동의서 같은 것도 제대로 되어 있다고, 엄마는 지난번에도 무슨 시아버지가 손주 밥 잘 먹나 보겠다고 모유 수유하는 안방까지 따라 들어오더라 같은 시절 이야기를 하더니 나한테 왜 이러느냐고, 아랫도리니 활짝이니 품위 없는 소리 좀 하지 말라고, 지금 우리가 집에 있으니 망정이지 바깥이었다면 상상만으로도 끔찍하고 창피해 죽겠다고, 필요 이상으로 성질을 냈을 것이다. 일 핑계로 집 떠나 서울 자취방을 얻기 전까지, 엄마는 시위하자는 게 아니라고 주장하면서도 수시로 그런 식이었고 그때마다 나는 듣기 싫다는 제스처에 있는 힘껏 과잉의 억양과 포즈를 실었다. 그래, 엄마는 젊은…… 지금으로 치면 어리다고 할 만한 나이에 나를 낳고 내 치다꺼리에 치인 상태 그대로 지금까지 와버렸다는 거잖아, 알았어 알았다고, 그만 좀 하라고, 내가 몸을 가누게 되고부터는 도대체 얻을 수 있는 일자리 하나 없어서 알음알음으로 작은 사무실에 다니며 소박한 월급으로 식구 입에 풀칠했다는 얘기를 앞으로 몇 번이나 더 해서 나한테 죄책감을 가지라고 요구할 건데? 최소한 지금보다는 책 한 줄 읽을 시간이라도 낼 수 있던 재작년, 대학에서 초청한 작가의 강연을 듣고 온 어느 날, 책 안에 담긴 해외 배낭여행과 차곡차곡 쌓아나간 커리어를 비롯하여 여러 건강한 에피소드와 용기를 심어주는 말들보다 더 인상적이었던 건, 한번 움직일 때 강연료만 기백인 그 스타 에세이스트가 내 엄마와 꼭 같은 나이라는 사실이었다. 강연이 끝난 뒤, 아르바이트로 푼푼이 모아왔던 적금을 부분 인출하여—이 지출로 인해 집 탈출 시기가 조금 늦어졌다—엄마에게 손가락만 한 샘플이 아닌 백화점의 화장품 일습을 안기며 아무 소리 말고 아침저녁으로 바르라고 했다. 이듬해 각 용기를 다 비운 엄마의 피부에 광채가 조금 도는 듯싶은 플라세보효과는 얻었지만, 명문대를 졸업하고 3개 국어를 자유로이 하며 자신을 위해서만 소비하고 스스로만을 돌보면 되는 독신의 인플루언서에 비해 엄마에게 부족했던 것이 외모 문제 바깥에 자리한다는 사실을 확인할 수 있었다. 삶은 간결체가 아니었고, 삶이라는 문장은 명료하고 담백한 주어와 동사로만 이루어져 있지 않았다. 서로 다른 주의와 가치를 지닌 자들이 뭐라고 하든 간에 태어났으니까 그냥 사는 것, 먹고 싸고 노동하고 돌보다 죽는 게 전부인 것을 삶이라고 부르고 싶지 않았다. 내가 없었다면 엄마가 가질 수 있었을지도 모르는 것들, 형용사와 부사를 비롯하여 질박하지 않은 장식들이 붙은 문장을 향한 조바심으로, 나는 몰아댔을 것이다. 엄마, 책도 좀 읽고, 세상 돌아가는 것도 알아보고, 사무실 사람들하고 시시한 잡담이나 뒷담화만 할 게 아니라 시민강좌 같은 것도 좀 찾아다니면서 듣고, 피트니스라도 끊든지…… 엄마 연세가 너무 아깝지 않느냐고, TV에 나오는 저 세상 연예인들 얘기가 아니라 그냥 아무 길거리 지나가는 엄마 또래 사람들이 어떤지 아느냐고, 지금보다 열 살은 젊게 살 수 있는데, 젊음이 얼굴뿐 아니라 정신에서 오는데……까지 말했을 때 엄마는 울음을 터뜨렸을 것이다. 전문대 나왔다고 네가 엄마를 괄시하는구나,를 시작으로 예의 레퍼토리를 읊기 시작했을 것이고, 나는 나 태어나기 전 시대의 방송 3사 드라마에서도 민망하다든지 구태의연하다고 안 쓸 법한 대사를 뱉었을 것이다. 아 그러게 누가 나 낳으랬냐고 또 내 탓이냐고! ……거기까지 거슬러 올라가 헤매던 사고가 현실로 돌아왔을 때는, 이미 엄마가 미닫이 안쪽의 진료실에서 할 거 다 하고 나온 다음이었다.

난소 크기를 재보니까 지금 생리를, 어떻게든 하셔야 하는 시기로 보이거든요.

난소의 크기라는 의학의 언어를 부드럽게 구사하는 의사가 일차 판정을 내려주니 엄마는 이제 완전히 불안에서 놓여난 듯 보였는데 그렇다면 결국 갱년기 운운했던 건 엄마의 몸이 잠깐 일으킨 착란일까, 아니면 정말로 그렇게 되어가고 있는 길목 어디쯤이라 간과되기 일쑤인 증상인 걸까. 그러나 태어난 이상, 삶을 중단하지 않은 이상 우리는 모두 그렇게 되어가고 있는 길목 어디쯤에서 헤매는 거 아닐까.

그러면 우리는 이런 경우에 신체 노화로 인해 난소 기능이 좀 떨어졌다, 예전 같지는 않다는 걸로 보고요. 이 부분을 좀 더 정확히 판단하기 위해 피검사를 실시해야 하는 거고요. 특히 에스트라디올 수치라는 걸 주의해서 보아야 하는데요. 그건 여포기, 배란기, 황체기에 따라 정상 범위가 다릅니다. 그 수치가 확연하게 기준점 이하로 떨어지면

폐경기라고 간주할 수 있고요. 그렇지 않다, 수치가 정상 범위라도 불구하고 계속 생리가 시작되지 않는다 하는 경우라면, 프로게스테론 성분의 생리 유도 주사를 맞아서 자궁내막이 탈락하라고 도와줘야 하는 거예요. 무슨 얘긴지 이해가 잘 되셨을까요?

솔직히 에스트 뭐라는 데서부터는 나도 의사의 설명을 이해할 수 없었지만, 일단 갱년기라고 확정된 건 아니며 오늘 채혈부터 하고 사흘 뒤 검사 결과를 들으러 와야 그 다음 진료 방식을 결정할 수 있다는 절차만은 알게 되었다. 그 주사라는 거, 맞으면 부작용은 없나요? 뭐라도 거들어야 할 것 같은 분위기여서 내가 묻자 의사는 살짝 미소지었다. 따님분처럼 젊은 친구들도 몇 달 건너뛰고 하면 맞는 주사인데요, 저는 없다고 말씀드릴 수 있지만 사람에 따라 오심이라든지 피로라든지, 개개인의 기분상 다를 수는 있다 하는 정도네요. 설령 무슨 자잘한 부작용이 있다고 하더라도 자궁내막이 두꺼워지게 방치하고 나서 찾아오는 결과보다는 백배 낫다, 이 사실만큼은 명백합니다. 이어서 탁상 달력의 숫자 칸을 손가락으로 쓸어가며 엄마에게 보여주었다. 폐경기 수치가 아니라는 결과가 나왔을 때는, 그렇다고 그 자리에서 곧바로 생리 주사를 맞으시는 게 아니고요. 우리가 보통…… 여기요, 이 날짜까지는 한번 기다려보시라고 말씀드리고 있어요. 이 정도 날짜면 우리 어머님께서 마지막 생리를 하신 지 60일이 넘는 거거든요. 이 시기가 지났는데도 시작이 안 된다, 그러면 호르몬제를 투약해서 나올 것 나오게 도와줘야 한다는 거예요. 엄마는 의사의 설명을 다 이해했는지 모르지만 고개를 주억거리고 간호사의 안내를 받아 채혈실로 이동했다.

어쩌지 엄마, 나 오늘 휴가도 어렵게 낸 거라 다음번 진료는 같이 못 올 거 같은데. 누군가와 수시로 카톡을 주고받는 모양이던 엄마는 문득 고개 들고 흔쾌히 대꾸했다. 어, 그렇지, 일해야지. 한번 왔으니 이젠 혼자 알아서 올 수 있다. 나도 연거푸 월차 내긴 눈치 보이고 금방은 못 와. 일단 좀 있어봐도 된다니까, 여러 번 오가느니 아예 60일 지나서 예약 잡고, 그때 피검사 결과도 같이 듣고 주사는 필요하면 맞든지, 한꺼번에 하지 뭐. 엄마는 이제부터가 오늘의 본 목적이라는 듯 말을 이었다. 걔가 퇴근길에 자리 잡아놓았단다. 저녁 먹고 가라. 오늘 아니면 그 친구랑 언제 얼굴 보고 인사 나누겠니.

박씨와 둘이 제도권의 계약을 체결하자는 뉘앙스로 간이라도 본 게 아닌 다음에야 왜 내 얼굴을 그쪽과 터야 하는지 이의를 제기하고 싶었지만 오늘 하루는 엄마 비위를 맞춰주기로 작정하고 왔으므로 잠자코 따라갔는데, 엄마가 앞장서서 들어간 곳은 집 근처 무한리필 고깃집이었다. 인당 19,800원으로 갈빗살 무한 제공에 볶음밥이 포함되는 대신, 갈비 아닌 다른 부위의 살을 먹고 싶다거나 냉면 혹은 찌개가 필요하면 추가 지불하는 방식으로, 나나 엄마의 평소 식사량을 생각했을 땐 가성비가 떨어지는 곳이었다. 불판에서 기름 튀는 소리와, 그 소리에 지지 않기 위해 사람들이 한껏 높이는 목청이 뒤엉켜 식당 안은 아비규환이었다. 여기서…… 사람을 만나? 인사를 나눠? 아니 뭐 만날 수도 나눌 수도 있긴 한데, 편안하고 오랜 친구들 같으면 오다가다 술 한잔하게 모이자든지 망년회를 제안할 만한 곳이긴 한데……. 당혹감의 세목을 따질 겨를도 없이 구석 자리에서 박씨가 일어나 손을 흔들어 보였고, 엄마는 웃으며 그리로 성큼성큼 다가갔다. 엄마가 전에 보여준 사진은 대체 얼마나 보정 필터를 씌웠던 건지, 동안이네 엄마 사람 잘 잡았네 말치레로 때웠던 일이 무색하게 박씨는 그 나이에 맞는 얼굴이었다. 초면인 우리는 서로 마주 보며 안녕하세요, 입을 열긴 했지만 피차 소리는 잘 들리지 않았을 터라 결국 눈인사에 가까운 묵례가 되었다. 그 뒤로는 딱히 할 말이 없었으므로 나는 두 사람이 나누는 회사 이야기나 흘려들으며 고기를 굽기 시작했다. 아유 이런 걸 오자마자, 제가 할게요, 박씨가 나서는 시늉을 했지만 엄마는 손을 내저으며, 됐네요, 우린 놀다 왔고 자긴 일하다 왔잖아. 그리고 이런 건 여자가 잘해. 나로선 입 대신 손을 움직이는 게 어딜 봐도 나은 자리였으므로 처음부터 끝까지 맞는 데라곤 '자긴 일하다 왔잖아'뿐인 그 말에 딱히 토 달지 않고 고기를 구웠는데 그다음 박씨가, 일 얘기 나왔으니 말이지만 저도 내년이면 서른여덟이다 보니 슬슬 제 일을 찾아보고 싶고요…… 그러자 엄마의 대꾸, 아이고 내 앞에서 나이 얘기하네 이 사람, 그럼 회사 일은 자기 일이 아니냐? ……나도 언제까지나 옷 보따리 싸 들고 종종거리면서 화려하고 카리스마 넘치는 피사체의 비위만 맞추고 살 게 아니라 언젠가 내 이름으로 된 패션 기사도 수록하고 싶고 포트폴리오도 만들고 나 자신의 일을 해보고 싶은 건 맞으며, 남의 돈을 받아먹고 사는 젊은 노동자 가운데 그만한 포부 전혀 없는 사람 찾기가 더 어렵겠지만, 박씨의 말은 어딘가 좀 석연치 않았다. 제 일을 '해보고' 싶다 아니라 '찾아보고' 싶다고, 열여덟도 스물여덟도 아닌 서른여덟에. 제 일을 찾아보고 싶어요. 제 일을 (할 방도를) 찾아보고 싶어요. 세밀히 따지자면 최소한 뭘 하고 싶은지는 안다는 의미에서 후자가 그나마 나을지 모르나 그건 최악과 차악 외에 다른 선택지라곤 없는 투표용지 같았고, 그는 아무래도 지금 몸담은 회사에서 월급 받아가며 사는 게 그나마 안전할 듯싶었다. 누구든 언젠가는 한 손에 다 쥘 수 없는 크기의 열망과, 자신에게 가장 알맞은 현실 사이의 각도를 재는 날이 올 것인데, 그에게는 지금이 그때여야 할 것 같았다. 그나저나 아무리 열심히 구워도 도대체 불판에 고기가 남아나지 않아 고개 들어보니, 살점이 익기가 무섭게 박씨가 냉큼 집어다 먹고 있었다. 그의 볼살이 떨리는 걸 보면 아직 입에서 우물우물 씹고 있는 모양이라 3인분의 고기가 다 끝장나기 전에 엄마도 한 입은 먹을 수 있을 줄 알았는데, 엄마는 박씨가 먹는 모습을 흐뭇하게 바라보더니 기껏 한 점 집어다가 파 마늘과 함께 상추에 싸서는 아예 그의 얼굴 앞에다 내밀어 대기하고 있었다. 쌈도 좀 싸서 먹어, 고기만 먹으면 대장에 안 좋대. 우물거리고 끄덕이고를 동시에 하느라 그의 볼살은 두 배로 진동을 일으키고 있었다. 따님도, 제가 아직 뭐라고 불러야 마땅한지 모르겠는데요, 굽지만 말고 앉아서 좀 드시지 그러세요, 하고 박씨는 불판에 남아 있던 마지막 두 점 가운데 한 점을 집어 먹으면서 말했다. 나는 고기를 뒤집던 손을 잠깐 멈추고 그를 빤히 바라보았다. 눈이 마주치는가 싶더니 그는 말없이 자기 앞의 소주잔을 비웠다. 그에게서 시선을 천천히 거둔 뒤 탈칵 소리 나게 집게를 내려놓고 리필 요청을 하려는데, 엄마가 또 시작이었다.

애, 근데 여기 갈빗살밖에 안 파나.

눈 감고 명상 중이라면 모를까 선명한 한글 볼드체의 메뉴판을 빤히 올려다보면서 그리 말하는데 그러니까 제발, 이번에는 갈비 말고 다른 걸로 시키자고 요청이나 제안을 명시할 수 없을까. 그러면 나도 사정을 설명하기가 한결 나은데.

엄마. 정해진 거 말고 다른 부위는 추가 요금이 발생하는데?

아 그런가, 그치만 먹을 때 잘 먹어야지 언제 또 우리 만나서 먹는다고.

추가 요금에 민감한 반응을 보일 줄 알았는데, 엄마는 의견을 완전히 접는 것도 아니고 그렇다고 통 크게 지갑을 여는 것도 아닌, 이도 저도 아닌 말로 또다시 결정을 내게 미루었다. 그럼 어떻게 할까요, 내가 물어봐주기를 바라는 건가, 그보다는 처음 만나는 아저씨에게 좋은 인상을 남기도록 내가 선뜻 나서주기를 바라는 것일지도 모른다. 엄마, 오늘은 딸이 한턱 쏠 테니까 걱정 말고 팍팍 시켜요……. 그러나 나는 아직 능력이 없었고, 회사를 다니면서 포트폴리오로도 쓰기 힘든 경력에 대한 대가를 지불하기만으로도 이미 한계에 이른 참이었는데, 그런 형편을 솔직히 드러냈다간 돈도 안 되는 회사 그만 때려치우라든지 반지하 월셋방 정리하고 집으로 들어와서 다니라든지 같은 소리나 돌아올 것 같아 담아두고만 있는 처지였다. 내 코가 석자인데 언제까지 엄마의 이런 마음 계산까지 대신해주면서 소통이라는 이름의 감정노동을 해야 하는지 모르겠어서, 나는 엄마가 기대할 것 같은 반응은 쏙 빼고, 엄마가 병원비나 키트 한 개 값마저도 아까워했다는 사실을 상기시켰다.

엄마. 아까 나 약국 간다 할 때는…….

아유 됐어 애! 뭔 쓸데없는 소리를 하고 앉았어 정신없게.

역시 그 일에 대해서는 박씨에게 아직 혹은 언제까지나 말하고 싶지 않은 건지, 그런 일 자체를 남사스럽다고 여기는 것일지도 모른다. 기름 끓는 소리에 섞인 내 한숨 소리도 못 들었을 것이다.

그럼 어쩔까요? 뭘 더 시켜, 말아? 원하는 걸 말씀하세요.

글쎄, 모르겠네 나도, 그냥 좀 비싸지 않은 걸로 네가 알아서 시켜보든지.

엄마. 고기든 질 좋은 채소든, 우리한테는 비싸지 않은 게 없다? 19,800원이라는 테두리 너머에 있는 건 뭐든 예산을 초과하는 거라고. 이 아저씨가 드시는 소주도 다 별도 요금이야…… 같은 소리는 하지 않았다. 시켜보든지

(말든지), 아니라 시켜줘, 분명하게 말해달라고 하기도 지쳤다. 엄마가 모른다면 나도 모른다 이제. 어차피 딱 보아하니 돈은 박씨가 낼 것 같지는 않고, 술도 들어갔겠다 그는 엄마 집에서 자고 갈 테지. 테이블당 규정 이용 시간이 100분이어서 술과 고기를 더 많이 해치울 시간이 부족하고 깊은 대화를 단정히 나누기도 어렵다는 점이, 이 상황에서 유일하게 안심되며 동시에 비참해지는 포인트였다.

결국 술이 그리 센 편도 아니었던 박씨를 우리 둘이 부축해서 거실 카펫에 뉘어놓았다. 엄마가 결혼 전부터 쓰던 거라는 카펫은 색도 다 바래고 털은 다 주저앉아서 카펫으로서의 모양도 기능도 부재하나 아직까지 깔려 있는 이유는 순전히 폐기물 처리 비용이 아까워서일 거였다. 박씨의 가방과 외투를 안방 옷걸이에 걸려고 엄마를 따라 들어왔는데, 스위치를 올리자 바 형태로 된 형광등 세 줄에서 맨 끝 한 줄이 깜박이는가 싶다가 이내 빛의 살갗이 벗어져버렸다.

엄마. 이거 오늘 나간 거야?

이 정도라면 수시로 전조 증상이 있었을 법했는데, 엄마는 등 돌리고 옷을 갈아입으면서 내 쪽은 보지 않고 얼버무렸다.

어, 안 그러더니 갑자기 저러네. 됐어, 불은 아직 두 개나 들어오는걸. 퇴근하면 집에서 씻고 자기 바쁜데 뭐 환할 필요 없다.

조명 덮개는 무거운 유리 소재이며 사방의 고정 나사를 풀어서 열어야 했다. 부엌 의자를 갖고 와서 받치면 혼자서 형광등을 갈기가 아예 불가능한 것은 아니지만 그러자면 유리 덮개를 여닫는 과정에서 의자를 여러 번 오르내려야 하니, 가뜩이나 무릎이 안 좋은 엄마 혼자서 하기보다는 내가 올라가든지 한 명은 밑에서 보조하든지 하는 게 나을 터였다.

형광등 여분 안 사놨어? 지금 나 있을 때 갈자.

저 사이즈 요즘 잘 안 나오더라. 나중에 마트 가야지 집 근처 슈퍼엔 없던데.

집 근처 슈퍼를 한번 살펴서 재고를 확인했을 정도라면 이 형광등은 언제부터 깜박거리기 시작한 걸까. 나는 열린 안방 문 밖으로 카펫에 드러누운 박씨의 발을 한 번 바라보고, 브래지어 끈이 파고들어 위아래로 출렁이는 엄마의 겨드랑이와 등살을 바라보고, 이제 두 번째로 깜박이기 시작하는 가운데 형광등을 올려다본 뒤 배 속 깊은 어딘가에서 길어올려지는 한숨의 우물을 가까스로 목구멍 부근에서 인사로 변환하여 토해냈다.

그럼 엄마, 나 갈게. 푹 쉬어.

자고 가지, 시간도 이런데.

엄마는 끝내 이게 내 딸이라고, 무슨 대학을 나왔고 지금은 멋진 패션 잡지 일을 하며 영화배우들의 사인도 여러 장 갖고 있다고 박씨에게 맑은 정신으로 제대로 인사시키고 싶은 모양이었지만, 나는 저런 상태의 박씨가 깨어나 나를 보면 민망해할지 모르는 데다, 어리지 않은 자식의 존재를 말로만 들었을 때와 눈으로 볼 때가 또 달라서 현실의 질량에 휘청거릴 수도 있다고, 두 사람의 시간을 좀 더 단단히 쌓아올리지 않은 상태에서 내 실물을 너무 일찍 상대방에게 오픈한 것은 그리 바람직한 선택이 아니며, 나이 차든 환경이든 무엇을 구실로 삼든 간에 언제 해체되어도 이상하지 않은 두 사람 관계의 끝을 오히려 좀 더 빨리 앞당기는 요인이 될지 모른다고 얘기하는 대신, 가장 간편한 핑계를 댔다.

오늘 휴가 냈잖아. 내일 아침 일찍 출근해야 해서, 준비할 게 좀 있어.

남은 형광등 두 개 중 하나가 또 한번 깜박거리며 빛의 살비듬을 털어냈을 때, 옷을 다 갈아입은 엄마는 손사래를 쳤다.

그래, 얼른 가라. 저놈의 형광등도 고물인데.

형광등이 나의 체류 여부를 결정하는 건 아니었지만, 더 머물다간 그 신경질적인 점멸의 무게에 짓눌려 내가 절멸하고야 말 것 같았다.

늦게까지 잠을 이루지 못하고 어둠 속에서 공연히, 아직 그렇다고 결정나지 않았는데도 휴대전화로 '완경 선물 세트' 같은 것을 검색했다. 좋든 싫든 또 다른 계절의 길목에 진입하는 시기가 엄마에게 온 거라면 뭐라도 깜짝 선물을 해줄까 싶은 마음 정도는, 효심의 유무와 관계없이 나한테 디폴트로 장착되어 있었다. 초경 선물세트는 그 구성품의 종류와 성능이 어땠든 간에 검색 결과가 다양하게 나왔는데 완경 선물세트는 국내 중소기업에서 제작하는 선물 박스를 포함하여 한 손으로도 꼽을 수 있을 만큼 극히 한정적이었고, '갱년기 엄마를 위한'까지 입력해야 단품으로 석류 추출 영양제 같은 자질구레한 결과가 떴다. 이제 시작하는 몸, 아이를 낳을 수 있는 몸, 비유의 적절성 여부와 무관하게 '수확'이 가능하다고 간주되는 몸과, 그 반대로 이제 닫혀가는 몸, 필수 기능을 잃었으며 소위 시장 경쟁력이 떨어진다고 인식되기를 넘어 수지가 맞지 않는, 심지어 일종의 파산 상태로 치부되기까지 하는 몸에 대한 관심 유무 차이일까. 사회문화 맥락을 제거하고 경제 논리에만 집중하자면 앞으로는 완경기 인구가 초경기 인구를 넘어설 텐데, 조만간 기업 입장에서는 완경 쪽이 더 돈이 될 것임에도 그 시장을 섣불리 개척하기 어려운 건 사람 따라 증상이 천차만별이어서겠지. 초경을 시작하는 여자아이들을 위한 선물세트는 그나마 합당한 비용으로 실용적인 박스를 구성할 수 있었다. 최소한 그들에겐 무엇이 필요한지가 명료하니까. 순면 생리대부터 예쁜 디자인의 요일별 주니어 속옷 세트나 생리통을 완화하는 하복부 찜질팩, 생리대를 휴대하는 데 쓰이는 귀여운 캐릭터 파우치. 그런데 갱년기 여성을 위해서 요일별 요실금 전용 방수 팬티 같은 걸 박스 구성품으로 삼기는, 내가 업체 대표라도 좀 망설여질 것 같았다. 대중적 보편적 증상이야 있겠지만 그게 예외 없이 모두에게 나타난다고 하기가 어려운 것이다. 절대적으로 피를 흘리게 되어 있는 초경과는 다른 일이, 몸에 벌어지는 것이다. 무엇보다 패키지를 개봉했는데 안에 든 것이 요실금 팬티라는 사실을 알았을 때 환한 미소를 짓는 엄마를 떠올리기가 어려웠다. 그렇게 몇 페이지를 넘기고 나니 팬티니 영양제니 무엇 하나 총체적으로 미감이 떨어지지 않는 게 없었다. 내가 이런 거 꼴도 보기 싫은데 엄마가 퍽이나 좋아하겠다. 더하여 나는 실제의 내 삶, 입에 들어가는 것이나 몸에 걸치는 것이 얼마나 부실하든 간에 눈으로는 하루 종일 고급스럽고 찬란한 것들을 보는 업무 덕분으로, 조금이라도 조악한 건 물론 그저 그런 정도의 디자인까지 용납하지 못하는 눈이 되었다. 지극히 제한된 선택 범위 안에서 그래도 상자 디자인이 모던 심플하여—실은 무슨 금붙이라도 넣어 이렇게 비싼가 궁금해서—클릭해본 선물 세트의 구성품은 이랬다. 기본적으로는 갱년기 여성이 주로 맞이하는 증상과 그 원인, 그 시기의 적응과 통과 요령에 대해 의학적인 설명을 최소화하고 알기 쉽게 조언하는 얇은 미니 책자가, 구시대의 임신 출산 보조 책자나 산모 아기 수첩 느낌으로 들어 있었다. 시도 때도 없이 얼굴에 열이 오르는 엄마를 위한 알루미늄 쿨러는 평소 냉동실에 넣어두었다가 필요할 때 꺼내서 갖다 대는 둥근 바 형태로, 모델들이 메이크업 전에 부은 얼굴을 가라앉힐 때 쓰는 것과 같은 역할을 하는 것으로 보였다. 가만히 있어도 식은땀이 줄줄 나는 엄마를 위한 손수건은 플라워 타입과 스퀘어 타입 두 가지 디자인 가운데 택일할 수 있었는데, 그 어느 쪽도 상자 안에 함께 구성된 상품인 괄사의 색상과는 그리 어울리지 않았다. 향기가 오래가는 비누로 만들었다는 파스텔 톤의 장미 한 송이도 있었다. 마음이 편안해지는 은은한 향수를 담았다는 보디샤워젤은 용기 디자인이 작고 세련되어서 향수와 착각할 법

하며, 용량이 적으니 몇 번만 써도 바닥날 것 같았다. 이럴 바에는 그냥 빈 상자를 사다가 내가 이것저것 디자인도 하고 알아서 채워 넣는 게 나을지도 몰랐는데, 이 세트가 내세우는 독보적인 가치는 다음부터였다. 이제 삶의 다른 단계로 나아가는 엄마에게 전하는 위로와 응원의 문구—인생의 문이 닫힌다고 생각지 마세요. 또 다른 문을 여는 시기가 된 것입니다. 완경은 곧 완성과 같습니다. 하나의 인생을 완성하신 당신께 바칩니다 기타 등등—가 기입된 그림엽서 세트(10매)는 오로지 이 선물 세트 프로젝트를 위해 프로 일러스트레이터가 직접 참여하여 각기 다른 그림을 담았다고 한다. 마지막으로 세 개의 음원이 담긴 CD 한 장, 1번과 2번 트랙은 나는 처음 들어보는 이름이지만 아무튼 기성 시인이 완경을 맞이하는 엄마를 위해 쓴 시를 전문 성우가 낭독한 것이고, 3번은 아마도 이제 막 시작하는 레이블의 신인 가수가 엄마를 사랑하고 격려하는 노래를 부른 것이었다. 아이템 하나하나에서 저작권…… 저작권…… 부르짖는 메아리가 에밀레종의 소리처럼 울려퍼지는 것만 같았고, 눈으로 보이는 구성품의 규모나 퀄리티에 비해 가격이 왜 높은지 알 수 있었다. 어쨌든 이런 종류의 선물 세트란 생필품이라기보다는 기분상의 문제와 관련된 사치품이라고 할 수 있는 만큼, 차라리 같은 값으로 여성용 유산균이나 사다가 향수니 꽃이니 포장도 없이 민무늬 재생 종이 가방에 넣어 안기는 게 엄마한테는 합리적인 소비로 여겨질 것이었다.

계약직 어시스턴트에게는 법인카드가 주어지지 않으니 매달 미리 개인적으로 지출해야 하는 교통비와 식대 등의 촬영 경비, 월급이 입금되는 즉시 방세와 통신비와 카드값으로 녹아버리고도 마이너스를 기록할 숫자를 헤아리면서, 나는 예산 최대치를 점점 떨어뜨리다 그대로 전화기를 쥔 채 잠에 떨어졌다.

검색어 알고리즘 덕분에 며칠 내내 SNS나 웹사이트에 들어갈 때마다 상하좌우를 가리지 않고 갱년기 영양제 광고가 떴다. 나의 망설임을 타박하고 판단력을 무디게 하는 종용의 언어들이 휴대전화 화면 구석구석을 수놓았다. 완경을 맞이한 엄마에게 인생의 2막을 축하한다는 메시지를 넣은 주문 제작 데코 케이크와 루넁 비닐에 싼 돈다발이 뽑혀 나오는 꽃바구니를 선물한 인스타 인플루언서의 쇼츠도 떴다. 꽃바구니 옆에는 출산과 가족 돌봄을 비롯한 그간의 전적인 희생에 대한 고마움의 뜻으로 아버지가 준비했다는 핸드백이 놓여 있었는데, 방방곡곡 아웃렛에 대거 유통된 몇 시즌이나 지난 재고였지만 내 월급으로는 단한 개도 못 사는 이탈리아 제품이었다. 그 옆으로는 중년 대상의 기초 화장품 세트가 비추어졌는데, 군대에서 휴가 나온 남동생이 용돈을 모아 사준 것으로 가격이나 브랜드 상관없이 그 마음이 기특했다고 한다. 그러나 무엇보다도 딸이 직접 쓰고 낭독해주는 감사와 위로의 편지에 눈물이 맺히는 엄마……라는 자막과 의미 모를 BGM이 잔잔히 흘러가는 뒤편으로, 그 어머니의 얼굴이 클로즈업되었다. 댓글창에는 쇼츠 제작자가 최상단에 고정한 본인 코멘트가 있었다. 결코 큰 비용이 필요하지 않아요. 정성을 담은 편지 한 통으로도 마음을 전할 수 있답니다. 말 한마디로, 글 한 줄로, 태어난 순간부터 엄마에게 진 천냥 빚을 갚아보세요……. 명품 핸드백만 안 보였어도 나는 그 입바른 말을 믿을 뻔했고, 실은 믿었던들 내가 살가운 언어로 편지를 쓴다든지 그럴 성격도 못 되었다. 해당 영상의 댓글창은 어머님 그동안 고생 많으셨습니다, 어머님의 건강을 기원합니다, 어머님의 완경을 축하합니다……로 도배되었다. 다들 남의 집 어머니 완경을 경사스럽게 여기는 분위기였다.

축하할 일이 맞긴 한 건지, 뭘 축하해야 할지 모르겠는 기분이 되었다. 병마와 싸워 이겨낸 사람에게는 회복을 축하하고, 아기를 낳은 사람에게는 출산을 축하하고, 어려운 일을 해낸 사람에게는 성취를 축하하는 일에 익숙한데, 생리가 없어지고 몸이 좀 더 늙고 골다공증과 우울증을 비롯한 신체 안팎의 고통이 늘어나는 사람에게 축하라니. 댓글 창에 아낌없이 뿌려진 축하와 덕담은 자식을 낳아 키워낸, 일종의 임무를 완수했다고 간주되는 어머님을 향한 것이었다. 확고한 결단까지 내렸다곤 할 수 없으나 지금 같아선 일생 누군가의 어머님이 될 의향이 없는 나 같은 사람도 25년 뒤 이날을 맞이했을 때 동일한 축하를 받을 수 있는 것인지, 그렇다면 축하의 목적어는 무엇이 되는지 의문이 들었다. 아이를 낳지 않은 친구들끼리 파티 룸을 빌려다가 누군가의 완경을 축하하며 샴페인을 터뜨리는 모습을 상상해보았는데, 브라이덜 샤워와는 달리 그림이 선명하게 그려지지 않았다.

그나저나 엄마는 내가 다녀간 뒤로 여태 소식이 없고, 이미 지난주에는 혈액검사 결과가 나왔어야 하는데, 정말 다음번 월차를 쓸 수 있을 때까지 두고 볼 셈인가 싶었다. 왠지 엄마 쪽 문제가 어떻게든 결론이 나야 내 문제로 돌아올 수 있을 것만 같았고 그러자 아직 생기지도 않은 일, 즉 두 줄이 뜬다면 어떻게 할지로 고민의 바통이 넘어갔다. 그걸 염려하기보다 테스터부터 사는 게 빠르다는 걸 모르지 않은 채로 그에게 어떻게 알려야 할지, 알리기나 해야 할지 여러 경우의 수가 머릿속에 빽빽하게 수놓아졌다. 오로지 수술비 때문에, 이미 부식되어 녹슨 관계의 문고리를 붙들고 매달리는 순간을 피할 길 없게 되는 장면 같은 것. 반반 부담하자고 하면 그쪽이 어찌 나오려나, 세상에 흔히 널린 여느 파렴치한 빌런들처럼 그거 내 애 맞아? 이러고 나오기라도 하면. 혹은 메시지를 읽은 즉시 차단을 박아버리면 어떻게 대응해줄까, 그보다 수술을 위해 사실을 감추고 단순 병가나 낼 수 있을지 같은 사소하면서도 현실적인 걱정에 이르기까지.

사무실에 가방을 내려놓기가 무섭게 치프 에디터의 명을 받고 협력처에 사죄하러—무슨 건인지는 사건 개요와 앞뒤 맥락을 간략하게 들었으나 도무지 내 담당이 아니라 영문을 모르겠고 일단 사무실에서 그런 일들 포함 궂은일은 막내 몫이며 머리를 숙이는 모습을 보여주어야 한다는 건 알았지만, 암만 생각해보아도 내가 간다고 그쪽이 수긍하기는커녕 성의가 없다든지 높은 사람 불러오라고 더 길길이 뛸 것 같은데, 사회 초년생인 나도 할 만할 예상을 치프가 안 한다는 점이 의아했다가 곧 알아차린바, 치프는 어쩌면 그냥 나한테 엿 한번 더 먹는 경험치를 쌓아주려는 것인지도 모른다—뛰쳐나가는 길에 엄마의 카톡이 왔다. 본문 없이 덩그러니 전송되어 온 사진은 혈액검사 결과 용지를 찍은 것 같았다. 뭔가 고대 사원소 마법의 주문을 외우는 것 같은 알파벳과 숫자 조합으로 이루어진 여덟 자리의 보험 코드가 떠 있었고, 그 옆으로 무엇의 약자인지 알길 없는 FSH, LH, TSH 등의 대문자와 ECLIA라는 단어가 나열되어 있었으며, 소수점 숫자들이 잔뜩……. 이걸 내가 왜 보고 있어야 하는지, 도대체 내가 이걸 보고 무엇을 어떻게 알 수 있다는 말인지, 검색이라도 해서 알려달라는 뜻인지, 안 그래도 신산스러운 마음을 있는 힘껏 동여매어야만 협력처에 가서 퍼부어질 한 바가지의 모욕을 견딜 수 있을 것인데 이 미당에 한가롭게 스무고개라도 하자는 셈인지 화가 솟구치기 직전, 또 하나 문자가 도착했다.

기다려보길 잘했지 오늘 막 시작했다 괜히 주사 맞을 뻔했네 결과도 죄다 기준 범위 내 수치란다 혈액검사비가 아깝네

세상에 구전 설화나 미신처럼 전해 내려온 수많은 개인의 느낌과 주관적 경험의 열거가 아니라 과학과 의학의 논리가 지시하는 명확한 숫자 덕분으로 비록 임시라곤 해도 일단의 결론이 내려지기는 한 듯했다.

응 축하

안심한 바람에 반사작용 수준으로 툭 던지듯 짧은 답장을 보냈는데, 나는 이번에는 또 무얼 축하한다는 걸까 모르겠다는 심정이 되어서 곧바로 딴소리를 이어 붙였다.

형광등은? 여전함?

엄마는 안방 천장을 찍은 사진을 보내왔다.

저번 날 네가 알려준 대로 앱에서 사람 구해서 갈았어 근데 마트에도 형광등 재고가 하나밖에 없더라 완전 죽은 것만 갈아주고 계속 깜박이는 건 아예 빼주고 갔어 그래서 결국은 여전히 두 개야

박씨는 뭐 하고 앱에서 사람을? 묻는 대신 나는 이렇게 전송했다.

잘했네

나는 박씨가 뭐 하는지 궁금하지 않았고 앞으로도 궁금해하지 않으며 그가 엄마와 언제까지 교류할 사람인지 또한 가늠하지 않을 것이었다. 그들의 관계 속에 나열된 현실적인 숫자의 의미와 무게를 판독하지 않을 것이었다. 둘 사이에 펼쳐진 카펫을 어떤 몸짓과 단어로 채울지는 그들이 알아서 할 일이었고, 그렇게 생각하자 나는 내가 얼마나 엄마 몸 밖의 타인인지를 실감할 수 있었다.

더 길게 대화를 주고받을 시간은 없었으므로 전화를 가방에 넣고, 전철역으로 통하는 상가로 뛰어들어갔다. 그때 문득 계산대와 진열대를 오픈해놓은 약국이 보였다. 조금 멈칫거리다가 다음번 열차 시간을 확인한 뒤 약국 앞으로 다가가는 내 발걸음에 문득 리듬이 실렸다.

엄마의 완경은 아직 오지 않았고 엄마는 누구나와 마찬가지로 완성되어가는 길목 어딘가에서 서성이는 사람이었으며 환한 광채를 발하는 불빛은 아직 두 개가 남아 있었다. ∎

권여선

헛 꽃

1965년 안동 출생.
1996년 〈상상문학상〉 수상.
소설집 『처녀치마』 『분홍 리본의 시절』 『내 정원의 붉은 열매』 『비자나무 숲』
『안녕 주정뱅이』 『아직 멀었다는 말』 『각각의 계절』,
장편소설 『푸르른 틈새』 『레가토』 『토우의 집』 『레몬』 등.
〈오영수문학상〉 〈이상문학상〉 〈한국일보문학상〉 〈동리문학상〉 〈동인문학상〉
〈이효석문학상〉 〈김유정문학상〉 〈김승옥문학상〉 〈만해문학상〉 등 수상.

헛꽃

'언니야! 밖에 눈이 많이 와. 커튼 걷고 눈구경 좀 해.'

혜진이 보낸 메시지를 보기 전까지 혜영은 밖에 눈이 오는지 알지 못했다. 커튼을 들춰보니 혜진의 말대로 눈이 많이, 아주 많이, 그야말로 펑펑 쏟아지고 있었다. 눈은 이미 놀이터와 경비실 지붕과 주차된 차들 위에 한 뼘가량이나 쌓여 있었다. 세상에, 혜영은 놀라 혼잣말을 했다. 언제부터 이렇게 온 거야? 혜영은 커튼을 붙들고 서서 한참 동안 눈이 내리는 걸 바라보았다. 그러다 갑자기 의아해졌다. 혜진은 어떻게 알았을까?

언제부턴가 혜영은 하루 종일 커튼을 열지 않고 지냈다. 그런데 언제 혜진에게 그런 얘기를 했는지 기억나지 않았다. 언젠가 자기도 모르게 툭 말하고는 잊어버렸을 것이다. 아니면 혜진이 왜 굳이 '커튼 걷고'라는 말을 콕 집어 했겠는가. 언제 그런 얘기를 했는지도 기억나지 않았지만 혜영은 자신이 언제부터 커튼을 닫고 살게 되었는지도 정확히 기억하지 못했다. 그러나 아마 그때쯤이었겠지 싶은 때는 있었다.

지난봄 신숙이 왼쪽 무릎 인공관절 수술을 받기 위해 병원에 입원했을 때 혜영은 일주일 넘게 간병을 하러 들어갔다. 그 일로 혜진과 거의 의절할 뻔했다. 신숙의 수술이 있기 며칠 전 혜영은 집 앞 단골 술집에서 혜진과 술을 마시던 중에 조심스럽게 병간호 얘기를 꺼냈다. 혜진은 대번에 인상을 찌푸리더니 다다다다 반대 의견을 쏟아놓았다. 지난번에 엄마 신우신염 때도 그렇고 엄마 위 샘종 수술 때도 그렇고 병간호하느라 그렇게 힘들어했으면서 왜 이번에 또 하려고 하느냐, 불면증에 방광염에 우울증에 또 무슨 병을 얻어서 나오려고 그러느냐 하면서. 혜진의 말은 구구절절 옳았지만 혜영은 어쩐지 그 옳음이 마음에 들지 않아서 변명하듯 말을 늘어놓기 시작했다. 그럼 엄마가 자식 둘을 낳아서 여태껏 고생하며 키우다가 지금 늙어서 수술받는다는데 아무도 돌보지 않으면 어떡하느냐, 나라도 해야 하는 게 아니겠느냐, 내가 하겠다는데 왜 네가 화를 내느냐 하고. 그때 혜진의 얼굴에 떠오르던 묘한 표정의 연쇄를 혜영은 잊지 못한다. 무슨 말인지 알겠는데 알겠어서 더 혐오스럽다는 표정이 먼저, 그다음에는 이런 대화를 하고 있어야 하다니 참 기막히고 피곤하다는 표정, 마지막으로 언니한테 미안은 한데 내가 왜 미안해야 하는지 모르겠다는 표정. 혜진은 잠시 침묵을 지키다 체념한 듯, 나는, 나는, 언니 생각해서 화내는 건데, 언니가 너무 자학적인 효도를 하니까 그렇게까지 안 해도 된다는 얘기를 하는 건데, 하더니 약간 흥분하면서, 그런데 언니, 거기서 자식 둘 얘기가 왜 나오며 아무도 돌보지 않는다는 얘기는 왜 나오는 거냐고, 결국 내가 안 하니까 언니가 한다는 얘긴데 거긴 통합 병동이라 간호 간병이 다 되는데 무슨 내가 돌봄을 방기하는 천하의 불효자식인 것처럼 나한테 죄의식을 덮어씌우려 하느냐고 말했다.

내가? 그때 혜영은 집게손가락으로 자신을 가리켰는데 왜 그런 연극적인 제스처를 했는지 스스로도 알지 못했다. 아마 '자학적'이라는 혜진의 말 때문이었는지 모른다. 내가? 내가 너한테 죄의식을 덮어씌운다고? 아니, 하고 혜영은 천천히 고개를 저었다. 나는 오히려 혜진이 니가 나를 조종하려는 것 같다고, 엄마에게 잘 대하지 못하도록, 냉정하게 대하도록, 니가 엄마를 조련하는 방식을 나한테까지 강요하는 것 같다고 혜영은 말했다. 그 말이 끝나자마자 혜진은 무슨 말도 안 되는 소리를 하느냐고, 무슨 내가 조련을 하고 강요를 하느냐고, 그럼 언니가 엄마 때문에 힘들고 괴로워하는 꼴을 가만히 보고 있어야 하느냐고, 그저 잘한다 잘한다 천하의 효녀다 칭찬만 해주면 되겠느냐고 소리를 질렀다. 혜영은 깜짝 놀라 주위를 돌아보고 애, 애, 단골 가게에서 망신살 뻗치게 이게 무슨 짓이니, 나는 엄마가 아니라 너 때문에 못 살겠다, 혜진이 너 때문에 더 힘들고 괴로워 죽을 것 같다고 속삭이듯 말했다. 혜진은 아연한 얼굴로 입을 꾹 닫았다.

그때 혜영은 결심한 대로 대학병원에 들어가 신숙의 병간호를 하고 신숙이 재활 병원으로 옮겨 재활 치료를 받는 내내 간병인 문제와 병실 문제, 기타 의료 문제 등을 조율하고 처리했다. 두 달 좀 지나 신숙이 재활 병원에서 퇴원하고 병원 일에서 놓여나면서부터, 오히려 그때부터 혜영의 내부에서 서서히 뭔가가 조금씩 악화되기 시작했다. 우울이 더 깊어지고 무기력해졌다. 이명이 심해지고 불면에 시달렸다. 어림짐작으로 아마 그때 어느 즈음부터 잠에서 깨도 커튼을 열지 않고 하루 종일 어둑한 실내에서만 지냈던 것 같다. 거의 외출을 하지 않았고 신숙과도 가끔만 연락했고 혜진과도 가끔씩만 만났다. 그 가끔 만난 어느 날에 무심코 커튼 얘기를 했을 테고 혜진은 그 말을 듣고 속으로 거 보라고, 내가 뭐랬냐고, 그럴 줄 알았다며 마음에 새겨두었는지 모른다. 그런 생각을 하니 혜영은 서글퍼졌다.

혜영은 커튼을 조금씩 열어보았다. 반쯤 열었을 때 더는 힘들다고, 더는 열 수 없다고 느꼈다. 마치 커튼 고리가 무언가에 딱 걸려 꿈쩍도 하지 않는 것처럼 어떤 강력한 물리적 저항이 느껴졌다. 혜영은 더 여는 걸 단념하고 반쯤 열린 커튼의 경계선 뒤에 의자를 갖다놓고 앉아 눈 오는 걸 구경했다. 셀 수 없이 많은 눈송이들이 허공을 하얗게 뒤덮으며 쏟아지고 있었다.

아파트 단지 너머로 보이는 눈 쌓인 산의 능선이 너무 아름다워 하염없이 바라보다 보니 혜영의 머릿속은 점점 잿빛 슬픔으로 가득 차오르는 듯했다. 곧 눈이 그칠 것이고 눈이 녹을 것이고 또 봄이 오고 꽃이 피고 산은 푸르러질 것인데 그때에도 산은 여전히 아름답겠지만, 언젠가 단풍이 들고 낙엽이 지고 앙상한 나무들로 희끗해질 것이고 우뚝한 바위가 드러난 초겨울 산도 역시 아름다울 것이지만, 혜영은 산이 겪을 그 모든 변화들이 너무 생생해서 못 견디게 슬퍼졌다.

어느 순간 슬픔이 차올랐다가 어느 순간 아련하게 잦아드는 일이 여러 번 반복되었다. 산의 아름다움이 시간을 통과하면서 자아내는 아득한 무채색 슬픔의 아우라가 혜영의 내부에서 느린 호흡을 하는 것 같았다. 이 지극한 슬픔에 비하면 지금 당장 눈 오는 순간의 아름다움이 주는 즉자성은 아무 의미도 감동도 없는 얇은 환각에 불과할 뿐인 것 같았다. 이것은 또 무슨 우울의 증상인가, 혜영은 가슴을 누르고 눈물을 글썽거리며 생각했다.

어느 순간 눈이 내리는 희끗한 풍경의 스크린 위로 오래전 여름날 호되게 넘어졌던 기억이 환영처럼 떠올랐다. 혜영은 눈이 나쁘고 다리가 부실해 평생 자주도 넘어졌다. 10여 년 전 유재가 죽기 전날에도 혜영은 전철역에서 넘어져 발목을 심하게 접질리는 바람에 부고를 받고도 장례식장에 갈 수 없었다. 유재가 죽은 곳은 차로 두 시간 정도 걸리는 지역의 요양원이었는데, 혜영이 운전을 할 수 없었으므로 신숙과 혜진은 택시를 타고 내려가 상을 치르고 돌아왔다. 그 일로 혜영은 신숙에게서 발목은 괜찮으냐는 말 대신 하필 할머니 돌아가시기 전날에 딱 맞춰 넘어지는 세상 데퉁맞고 불효막심한 손녀가 너 말고 또 어디 있겠느냐는 소리를 몇 번이고 들어야 했다. 신숙에게 입바른 소리를 톡톡 잘 해대는 혜진이 그때는 옆에서 아무 말도 하지 않았던 게 기억난다. 운전을 하지 못하는 자기한테 공연히 불똥이 튈까봐 그랬는지 모른다. 그냥 언니 선에서 막아줘, 그런 식. 가끔 혜진은 그렇게 얄밉게 굴었다. 그건 그렇고, 그때는 여름이 아니라 늦가을이었고 혜영이 떠올린 기억도 그때의 일은 아니었다.

더 오래전, 아주 오래전 일이었다. 혜영은 보는 듯 보지 않는 듯 쏟아지는 눈에 시선을 던져둔 채 옛 기억 속으로 빠져들었다. 중학교 하복을 입고 있었으니 열서너 살 무렵이겠다. 흰색 반팔 상의에 남색 치마를 입고 흰 끈을 맨 남색 운동화에 남색 가방을 들었다. 학교에서 집으로 돌아가는 중이었다. 토요일이어서 오전 수업만 했는지 여름방학에 보충수업을 받고 가는 길인지, 기억 속의 그때는 한여름 대낮이었다. 집에 가려면 버스 종점에서 내려 긴 언덕을 넘어야 했다. 아주 더운 날이어서 언덕을 오르느라 땀이 났다. 드디어 언덕 꼭대기에 이르렀고 내리막이 시작되었다. 그때 언덕을 내려오며 무슨 생각을 했던가. 유재가 늘 타박하던 대로 '헹맹'이 빠져 있었던가. 갑자기 돌부리에 걸려 다리의 균형이 무너지고 앞으로 고꾸라질 것을 예감하는 순간 혜영은 타는 듯한 공포를 느끼며 가방을 놓쳤다. 속수무책으로 넘어진 후 한동안 일어나지 못했다. 그렇게 넘어진 채로 얼마나 시간이 흘렀는지 모른다. 잠시 정신을 잃었는지도 모른다.

어렴풋이 감각이 돌아왔을 때 혜영은 세상이 어쩐지 조금 변해버린 것 같다고 느꼈다. 나뭇잎은 짙푸르고 햇볕은 따갑게 내리쬐고 매미는 우렁차게 울어대고 사방이 무섭도록 시퍼런 활력으로 가득차 있었지만 혜영에게는 왠지 모든 것이 좀 엷고 멀고 아득해진 듯했다. 땀이 줄줄 흐르고 온몸이 뜨겁게 달아올랐지만 이상하게 서늘한 고요 속에서 자신의 몸이 말갛게 삭아가는 것만 같았다. 또 얼마나 시간이 흘렀을까. 그동안 지나가는 사람도 하나 없었다. 혜영은 정신을 차리고 몸을 일으켰다. 말려 올라간 치마를 내리고 상처를 살폈다. 턱 밑, 손바닥, 팔꿈치가 까졌고 두 무릎을 심하게 다쳤다. 무릎 살이 짓이겨진 자리에 흙 알갱이와 피와 진물이 섞여 있었다.

혜영은 일어나 내던져진 가방을 찾아 들고 천천히 걷기 시작했다. 걸을 때마다 양쪽 무릎이 찌릿하고 화끈거렸다. 찢긴 피부가 당겨지고 눌리면서 어떤 몹쓸 짐승이 양쪽 무릎을 번갈아 씹어대는 것 같았다. 한 발 한 발 내디딜 때마다 한 번의 벌, 또 한 번의 벌이 내리는 것 같았다. 그래, 이건 벌이다, 하고 혜영은 생각했다. 왠지 모르지만 그 시절 혜영은 학교에서도 집에서도 자주 벌을 받았다. 그래서 불운한 일이 생기면 또 벌을 받는구나 생각했다. 벌은 아무 이유 없이 내리는 것이고 자신은 그저 내리는 벌을 받아들이면 됐다. 그렇게 생각하면 마음이 편했다. 벌을 받을 때면 세상이 점점 멀어지고 자신이 점점 자유로워지는 느낌마저 들었다. 아무도 내 고통을 알지 못한 채 나 혼자만 고통 속에 안전하게 유폐되어 있는 느낌. 조금도 억울하지 않았고 아무렇지도 않았다. 그래, 뭐 더, 기꺼이 더, 더 많은 벌을 받아들일 수 있을 듯했다. 고통 속에서야 혜영은 비로소 자기답게 존재하는 듯했고, 그런 만족감이 오만가지 벌과 불운을 견딜 수 있게 했다. 벌을 받고 나면 한동안 아무도 없는 공간을 찾아 숨어 있거나 방문을 잠그고 혼자 있는 버릇이 생겼다. 그런 고요 속에 잠기기라도 한 듯 혜영은 기묘한 평온 속에서 무릎의 통증을 느릿느릿 씹으며 걸었다. 영원히 집에 도착하지 않고 영원히 걸으면서 영원히 무릎이 씹히는 벌을 받으면 좋겠다고도 생각했다.

그후 집까지 어떻게 왔는지는 기억나지 않는다. 문간에서 있던 혜진이 언니야 하며 달려오다 놀라 멈춰 서서 작게 비명을 지르고 얼굴을 찡그리던 모습, 가엾게 여기는 것인지 무섭게 여기는 것인지 모를, 곧 울 것 같은 표정으로 말없이 바라보던 게 기억난다. 혜영은 자신의 비참한 몰골을 동생에게 마음껏 전시하면서 이상한 수치심과 자부심을 동시에 느꼈다. 한 발 한 발 내디딜 때마다 아프고 부끄러워 눈물이 나올 것 같았지만 동생 앞이라 의연히 걸어야 한다고 생각했고 그걸 해내는 자신이 자랑스러웠다. 그렇게 혜영은 동생의 경악한 시선을 타고, 마치 잠긴 방문을 열고 나오듯, 다시 이 하찮은 세상으로 돌아올 수 있었다.

무릎에는 두꺼운 딱지가 앉았고 간지러워서 살그머니 딱지의 가장자리를 떼어내다 보면 어디선가 저년 저 손잽신 좀 보라고, 세상 데퉁맞게 넘어지고 다니는 헹맹 빠진 년이 꼭 흉 지고 덧날 짓만 골라서 한다고 야단치는 유재의 목소리가 들려왔다. 왜 할머니는…… 자꾸 나한테…… 저년…… 손잽신…… 데퉁…… 헹맹…… 그런 말을…… 엄마는 왜 그냥…… 모른 척만 하고…… 할머니를 따라 하고…….

신숙은 유재의 냉혹한 훈육으로부터 딸들을 보호하거나 감싸려 들지 않았다. 때로는 일부러 더 부추기는 것 같기도 했고 때로는 개입하고 싶은 걸 억지로 참는 것 같기도 했다. 고깝고 서럽던 혜영의 마음은 자라면서 점점 딱딱해져 굳은살이 박였다. 유재가 혼을 내거나 욕을 하면 속으로 또 시작이시네, 하거나 왜 또 저러셔, 하고 못 들은 척했다. 그게 안 될 때면 방문을 걸어 잠그고 어둑한 구석에 한

동안 틀어박혀 있었다. 할머니는 그냥 아무것도 아니고 엄마도 그냥 그렇고 세상 다 하찮다는 그런 마음만 들었다. 이해할 수 없는 고통, 위로받지 못한 고통은 쌓이고 굳어져 결국 세상을 무섭도록 하찮게 만드는지도 모른다고 혜영은 생각했다. 어쩌면 그건 고통받는 존재의 자기방어인지도 모른다. 세상도 하찮고 나도 하찮고, 나같이 하찮은 존재는 아무리 하찮은 대접을 받아도 마땅하다고 생각해야 살 수 있게 되는지도, 그런 대접을 대수롭지 않게 감내할 뿐 아니라 자기도 모르는 관성으로 그런 대접을 불러일으키는지도, 그래서 하찮은 마음은 점점 더 무서운 형태의 그림자를 자기 삶에 드리우게 되는지도.

혜영은 결혼도 이혼도 하찮게 했다. 아니, 그걸 결혼이나 이혼이라고 부를 수나 있을지 모르겠다. 스물아홉 살 가을 무렵에 혜영은 선배 교사와 함께 간 작은 카페에서 선배의 지인을 만났다. 그는 그 카페의 오랜 단골이라고 했다. 그후로 셋은 자주 그 카페에서 술을 마셨다. 굳이 약속을 하지 않아도 거기 가면 자연스럽게 만나졌다. 혜영은 주로 버번위스키를 넣은 칵테일을 마셨는데 보통 서너 잔씩 마시곤 했다. 그렇게 하루 술값으로 적지 않은 비용을 지불하는 게 그 당시 혜영의 유일한 사치였다. 때로 그가 사주는 독한 위스키를 마실 때도 있었다. 선배는 늘 취할 때까지 마시고 테이블에 엎드려 잠들곤 했는데 술자리가 끝날 무렵이면 혜영과 그가 선배를 깨워 택시에 태워 보냈다.

만난 지 반년도 되지 않은 서른 살 초봄에 혜영은 그와 결혼을 했고 결혼한 지 반년도 되지 않은 그해 여름에 헤어졌다. 결혼하고 일주일도 안 되어 이혼하기로 합의했기 때문에 초봄에서 여름까지의 몇 달도 그와 같은 집에서 살기만 한 것뿐이었다. 여름방학이 되어 혜영이 지방에 교육연수를 받으러 내려간 사이에 그가 짐을 뺐고 집에 돌아온 혜영은 혼자가 되었다.

그들이 헤어질 예정이라는 말을 듣고 신숙은 펄쩍 뛰었다. 시도 때도 없이 전화를 걸어 도대체 왜 이혼하려는지 (혜영이 혼인신고를 하지 않았다고 얘기했음에도 신숙은 끝까지 이혼이라고 말했다) 골백번도 더 캐물었지만 혜영은 어떤 속시원한 대답도 해줄 수 없었다. 혜영 스스로도 이유를 알지 못했기 때문이다. 결혼을 준비하면서부터 이런저런 갈등이 있었고 갈등의 원인은 양쪽 집안에서 골고루 제공했다. 우여곡절 끝에 결혼식을 마치고 혜영은 이제 모든 갈등으로부터 자유로워졌다고 느꼈다. 신숙도 유재도 없는 집에서 사는 건 혜영의 인생에서 처음 있는 일이었다. 하지만 신혼여행을 다녀온 지 일주일도 안 되어 그가 혼인신고를 하자는 말 대신 헤어지자는 말을 했을 때 혜영은 그 상황이 도무지 낯설면서도 너무도 익숙한 데 놀랐다. 왜, 하고 혜영이 물었지만 그는 속시원한 이유는커녕 어떤 이유도 말해주지 않았다. 그가 침묵하는 동안 혜영은 자신이 결혼한 남자가 어떤 사람인지 전혀 알 수 없다는 생각이 들었고, 이 남자가 어떤 사람이든 헤어지자는 이유 따위 말해주지 않아도 될 정도로 자신을 너무도 하찮게 여기고 있다는 걸 알았고, 마지막으로 자신에게 이런 일이 벌어질 거라는 걸 이미 알고 있었다는 이상한 확신이 생겨났다. 혜영이 일단 알았으니 조금 더 생각을 해보자고 말하자 그는 그래, 너는 조금 더 생각을 해, 하지만 나는 결심이 섰어, 내 생각은 바뀌지 않아, 라고 말했다. 그 말을 들은 혜영은 그렇다면 그렇게 하자고 동의했고 그는 알았다고 했다. 혼인신고를 하지 않았으므로 그들은 집과 살림을 나누기만 하면 되었다. 그 일은 다행히 매우 상식적인 수준에서 합의가 되었지만 양쪽 모두에게 적지 않은 빚을 남겼다.

혜영과 그가 결혼한다는 소식을 전했을 때 단골 카페의 주인 부부는 말할 수 없이 기쁜 표정을 지었다. 그 표정 속에 둘의 결혼을 축하하는 마음 외에 다른 마음도 깃들어 있었음을 혜영은 다음 날 주인 부부 중 아내 쪽, 언니라고 부를 정도로 친하던 여자 주인과의 은밀한 면담을 통해 알게 되었다. 그녀는 그가 외상으로 진 술값에 대해 혜영이 인지하고 있는지, 아, 몰랐구나, 그리 많다고 할 수는 없지만 우리 형편에는 상당히 부담이 되는 금액이라고, 둘이 결혼도 앞두고 있으니 결혼 전에 그 빚을 청산해주면 좋겠다고, 그러니까 그와 의논하여 술빚 탕감 플랜을 알려달라는 조심스럽지만 강력한 요청을 했다. 외상값의 규모는 혜영의 입이 딱 벌어질 정도였다.

그때 접었어야 했을까. 스물아홉, 서른 무렵의 혜영은 그럴 수 있는 사람이 아니었다. 결혼 상대의 뜻하지 않은 약점을 알게 되었을 때 그 약점에 비추어 그의 됨됨이를 재평가해보는 온당한 정신과 합리적 능력이 당시의 혜영에게는 완전히 결여되어 있었다. 결혼을 접기는커녕 결혼하면 어차피 둘이 함께 감당해야 할 몫이니 결혼 전에 자신의 적금을 깨서라도 그 빚을 미리 청산하는 게 좋겠다고 생각했다. 그러나 그때보다 두 배 더 나이를 먹은 지금이라고 다를까. 혜영은 자신 있게 대답할 수 없었다.

누구나 청춘 시절 한때 의미 없이 열심히 드나들던 곳이 있을 것이다. 술집이든 카페든 바든 그 장소에 붙박인 한 시절의 기억이 있을 것이다. 오늘은 가지 말아야지 하다가도 해가 지고 어두워지면 거기에 가지 않으면 안 될 것 같아 안절부절못하던 시절이 혜영에게도 있었다. 그 시절이 혜영에게 남긴 것이라곤 불타는 짧은 연애와 결별, 예상했던 것보다 훨씬 더 심각한 경제적 손실, 그리고 여전히 불확실한 미래에 대한 가중된 불안뿐이었다. 그나마 좋았던 점이라면 더 이상 신숙과 유재와 함께 살지 않아도 된다는 것이었다. 그러나 따로 살면서도 혜영은 그들의 생활비를 적잖이 보태야 했고 혜진의 용돈도 챙겨줘야 했다. 그렇게 34년을 벌고 명퇴를 하자 기다렸다는 듯 신숙이 온갖 병치레를 하기 시작했다.

한집에서 남남으로 살던 몇 달 동안 그와 말을 주고받은 게 몇 번 안 되는데, 어느 날 새벽에 술을 먹고 들어온 그가 너는 말이야, 헛꽃이다, 헛꽃이야, 라고 말한 것은 혜영의 기억에 또렷이 새겨져 있다. 술기운 때문에 발음이 불분명한 데다 생전 처음 듣는 말이라 혜영은 무슨 말인지 알아듣지 못했고 처음엔 혹시 무슨 욕인가, 이 남자가 욕을 할 사람이기까지 했었나 생각했다. 그가 미간을 좁히고 가만히 서 있는 혜영을 내려다보며 헛꽃이 뭔지 너는 모르지, 알 리가 없지, 헛꽃은 자기가 헛꽃인지 모르니까, 했다. 그러곤 갑자기 기분이 좋아졌는지 흥겨운 추임새까지 넣어 헛꽃, 헛꽃, 헛꽃 하고 중얼거리며 자기 방으로 들어갔다. 헛꽃, 헛꽃, 헛꽃. 새타령 같기도 하고 딸꾹질 같기도 했다. 헛것 비슷한 말이려니 여기고 오랜 세월 그 말을 잊었다. 행맹을 잊듯 헛꽃도 잊고 살았다. 영영 잊은 줄로만 알았다.

그 말들이 다시 떠오른 건 지난봄, 단골 술집에서 신숙의 병간호 문제로 언성을 높이던 그날 혜진이 마지막으로 던진 말 때문이었다. 헤어지기 전에 혜진은 내가 정말 이런 말은 안 하려고 했는데, 하고 말을 꺼냈다. 안 하려고 했으면 하지 말지 싶으면서도 혜영은 또 무슨 말일까 듣고 싶기도 했다. 언니는 꼭 주두성자 같아, 라고 혜진은 말했다. 주두성자라니, 그건 또 무슨 말일까 생각하는데 혜진이 빠르게 덧붙였다. 언니의 효는 점점 도를 넘어 강박적으로 진행되는 경향을 보인다는 게 내 생각이야. 왜 점점 더 높고 왜 점점 더 좁은 기둥에 왜 점점 더 오래 자신을 붙들어 두려고 하는지, 왜 그렇게까지 스스로를 사지로 몰아넣어 버릇하는지 나는 이해를 못 하겠어. 그런 사람이 주두성자야? 혜영이 물었지만 혜진은 앞으로는 언니가 그러건 말건 절대 아무 간섭도 하지 않을게, 어쩌면 언니는 그런 희생적인 삶을 즐기는지도 모르니까, 그런 삶이 주는 희열을 내가 가로막고 훼방 놓는 건지도 모르니까, 라고 자기 할 말만 하고 몸을 돌려 가버렸다.

엄마를 병간호하려는 게 이토록 비난받을 일인가, 의아해하던 혜영의 머릿속에 뜬금없이 내가 헛꽃이어서 그런가, 하는 생각이 떠올랐다. 아니면 내가 헹맹이 빠져서 그런가, 하는 생각도 들었다. 헛꽃, 헹맹, 그 말들의 뜻이 정확히 무엇인지 그때까지도 혜영은 알지 못했다. 그래서 주두성자와 헛꽃, 헹맹은 같은 결의 말인가, 왜 다들, 할머니와 그 남자는 그렇다 치고, 하나밖에 없는 동생마저 내게 그런 해괴한 말을 갖다 붙이는가, 그렇게만 생각하고 말았다.

일주일 넘게 병간호를 하러 들어가면서 혜영은 아주 두꺼워서 오래 읽을 수 있는 장편소설 두 권을 챙겨 갔다. 짐이 꽤 무거웠지만 신숙과 함께 지낼 시간이 끔찍해 그런 육중한 부적이라도 가져가지 않으면 불안해서 견딜 수 없었다. 두 권의 책은 대하 장편소설 중 앞의 두 권이었는데 첫 권을 미처 다 읽지도 못하고 일주일이 지나갔다.

신숙이 낮잠을 자는 동안 책을 펼쳐 읽으려고 하면 신숙의 거센 숨소리와 코 고는 소리가 거슬려 집중하기가 어려웠다. 엄마가 숨을 쉬고 있다. 엄마가 숨을 쉬고 있어. 혜영은 마치 일어나서는 안 되는 일이 일어나고 있기라도 한 듯 속으로 그 말을 반복해 중얼거렸다. 좁은 일인용 병실은 쓰고 떫고 구린 신숙의 숨 냄새로 가득했다. 병실 창문을 조금 열어두고 싶었지만 신숙이 허락하지 않았다. 혜영은 가끔 그 냄새 때문에 병원 로비의 공용 화장실에 가서 토하곤 했고, 아무도 나무라지 않았지만 구토에 죄책감을 느꼈다. 비좁은 보호자 침대에 누우면 건물 사이로 비스듬히 꺾인 하늘이 보였다. 보통은 낮은 뭉게구름이 깔린 연푸른 하늘이 보였고, 때로는 잔뜩 흐린 하늘이, 해 질 무렵이면 연보랏빛 저녁 하늘이 보였다. 혜영은 신숙이 코 고는 소리를 들으며 자신이 저 하늘을, 손에 잡힐 듯 가까이 보이는 저 하늘을 평생토록 그리워했고 지금도 사무치게 그리워한다는 기이한 생각에 울었다.

신숙은 대학병원에서 퇴원하고 곧바로 환자 이송 차량에 실려 재활 병원으로 옮겨 갔다. 혜영은 두 달 넘게 재활 병원을 드나들며 틈틈이 소설을 읽는다고 읽었지만 두 권도 채 다 읽지 못했다. 신숙이 재활 병원에서 퇴원해 자기 집으로 돌아간 후에야 혜영도 홀로 칩거하면서 남은 권들을 천천히 다 읽을 수 있었다. 드디어 소설의 마지막 권 '에필로그'에 이르렀을 때 뜻밖에도 혜영의 눈앞에 오래전 그 말이 요괴처럼 튀어나왔다.

헛꽃.

두 여성이 다른 한 여성에 대해 이야기하면서 "그녀는 헛꽃이야"라고 말하는 장면이었다. 너는 말이야, 헛꽃이다,

헛꽃이야, 헛꽃이 뭔지 너는 모르지, 알 리가 없지, 헛꽃은 자기가 헛꽃인지 모르니까, 헛꽃, 헛꽃, 헛꽃. 새타령 같기도 하고 딸꾹질 같기도 한 그 말. 30년 넘게 모른 척하고 살아온 그 말의 난데없는 출현에 혜영은 놀랍고 두려워 눈을 뗄 수 없었다. 눈을 돌리면 그 말이 연기처럼 사라져버릴 것 같았다. 커튼을 닫고 살게 된 것은 어쩌면 그때부터인지도 모른다고, 혜영은 펑펑 쏟아지는 눈을 보며 생각했다. 인터넷으로 헹맹과 헛꽃과 주두성자를 찾아 헤매던 그 무렵부터인지도.

헹맹. 소리로만 듣던 말이라 처음에는 한자어인가 싶어 '행맹'을 찾아봤다. 행동하는 데 맹하다, 행동이 어리석다, 뭐 이런 뜻이 아닐까 싶었는데 그런 한자어는 없었다. 하긴 유재는 늘 혜영과 혜진에게 헹맹이 없거나 빠졌다고 야단을 쳤는데, 헹맹이라는 말 자체에 맹하거나 어리석다는 뜻이 포함되어 있다면 그 뒤에 없거나 빠졌다는 말을 굳이 붙일 필요가 없었다. 그렇다면 헹맹 자체는 무언가 긍정적인 뜻을 가지고 있어야 했다. 마땅히 있어야 하는데 없거나 빠져서 문제라는 뜻일 테니까. 뜻밖에 '헨멘'이라는 일본어가 있었다. '편면片面', 즉 '한쪽 면'이라는 뜻이었다. 사람에게 한쪽 면이 빠졌다, 한쪽 면이 없다고 말하는 건 무슨 의미일까. 양면이 있는 물체라면 절반이 빠졌거나 없는 것이고, 육면체라면 육분의 일이 빠졌거나 없다는 말이리라. 인간은 몇 면체이기에 헹맹이 빠지면 자꾸 데퉁맞게 넘어지게 되는가. 일본어 활용 예문을 보니 '레코드의 한쪽 면'이라든지 '식빵의 한쪽 면' '종이의 한쪽 면'처럼 양면체에 주로 쓰이는 말 같았다. 그러니까 결국 유재가 한 말, 하이고! 이 헹맹이 빠진 년아, 라는 말은 세상에! 너는 있어야 할 절반의 면이 빠져 달아난 여자로구나, 반편이로구나, 하는 뜻이었다. 그리고 그 말을 듣고 산 지 50년이 넘어서야, 그 말을 한 사람이 죽은 지 10여 년이 넘어서야 비로소 혜영은 그 말뜻을 알아먹게 된 것이었다. 일본에서는 어린 여자애들에게나 어딘가 모자란 듯 보이는 사람들에게 이런 말을 쓰는지, 그래서 일제강점기에 이 말이 들어와 널리 쓰이게 되었는지 혜영은 알 수 없었다. 다만 유재가 태어나 자란 시기가 1920년대이니 아마 그랬을 가능성이 높다고, 어렸을 때 유재는 이런 말을 수도 없이 듣고 자랐을 테고, 엄마가 되어서는 자연스레 자기 딸인 신숙에게, 할머니가 되어서는 이미 독립된 나라에서 태어난 손녀들에게 식민 잔재로 얼룩진 몹쓸 말을 물려주게 되었으리라고 혜영은 짐작할 뿐이었다.

주두성자라는 말은 혜진이 암시한 대로 기둥과 연관이 있었다. '주두'는 기둥 주柱에 머리 두頭, 즉 기둥머리, 기둥 꼭대기를 뜻하는 말이었고, 주두성자란 높은 기둥 위에 올라가서 수행하는 성자를 이르는 말이었다. 그 기둥이 돌기둥이어서 '석주石柱성자'라고도 한다고 했다. 최초의 주두성자인 성 시메온 스틸리테스는 자신을 추종하는 사람들을 피하기 위해 기둥 위에서 고행과 설교를 했다고 전해지는데 그가 평생 동안 지낸 기둥은 모두 네 개였고 마지막에 거처한 기둥의 높이는 무려 20미터나 되었다고 했다. 20미터라면 얼마나 높은 높이일까 찾아보니 아파트 7층 높이쯤 되었다. 그렇다면 혜진의 말대로 성 시메온의 신앙은 점점 도를 넘어 강박적으로 진행되는 경향을 보였을까. 그래서 점점 더 높고 점점 더 좁은 기둥에 점점 더 오래 자신을 붙들어두려고 했을까. 마침내는 언제 떨어질지 모르는 아파트 7층 높이의 좁은 돌기둥에서 수행하면서, 그렇게 스스로를 사지에 몰아넣는 자학적인 삶에서 희열을 느꼈을까. 그건 그렇다 치고, 혜진은 정말 혜영이 성 시메온처럼 위태로운 효도를 자학적이고 강박적으로 수행하고 있다고, 그렇게 생각했을까.

헛꽃은 '열매를 맺을 수 없는 꽃'이라고 되어 있고 반대

말은 '참꽃'이었다. 모든 식물이 그렇진 않지만 산수국이나 산딸나무 같은 경우 벌이나 나비를 유혹하기 위해 커다란 헛꽃을 피우고 그 아래에 혹은 그 복판에 암술과 수술이 있는 자디잔 참꽃을 피운다고 했다. 헛꽃은 겉보기에 크고 화려하지만 알맹이는 없는 가짜 꽃, 참꽃으로 벌과 나비를 몰아가는 삐끼 꽃이었다. 공동체의 생식에 복무하기 위해 자신에게 아무 이득도 없는 사기를 열심히 치지만 정작 공동체에서는 배제된 존재, 한쪽 면만 빠진 게 아니라 가장 핵심적인 면이 빠진 존재, 그럴듯해 보여 가까이 다가왔다 이건 가짜로구나 알맹이가 없구나 알게 되어 이용만 하고 가버리는 개새끼들의 통로 같은 존재. 나 또한 그런 존재였나. 혜영은 아니라고도 그렇다고도 대답할 수 없었다. 커튼을 열 수도 닫을 수도 없어서 결국 닫고 지내는 것, 그것은 스스로 그렇다고 인정하는 것인가 부인하는 것인가. 아니면 모든 걸 모른 척 어둠 속에 덮어두려는 것인가.

그칠 줄 모르고 내리는 눈과 뿌연 눈안개가 드리운 건너편 산의 희디흰 능선을 바라보며 혜영은 아름다움만 아우라를 가진 게 아니었구나 생각했다. 미열이 나고 가슴이 죄어들며 더 이상 숨을 쉬기가 힘들어졌다. 나쁜 말의 아우라는 이런 것이었구나. 혜영은 의자에서 일어나 진땀을 흘리고 숨을 헐떡거리며 커튼을 닫기 시작했다. 박힌 못이 시간이 흘러 빨갛게 녹슬고 삭으면 더 위험해지듯이, 자신의 내부에 박혀 있던 나쁜 말들이 시간을 통과하면서 더 독하고 쓰라리고 사무치는 고통의 폭풍을 불러오는 게 느껴졌다. 무릎이 씹히는 아픔보다 더 혹독한, 마음이 씹히는 아픔이 혜영의 허리를 꺾이게 만들었다. 커튼이 빈틈없이 닫히고 실내가 어두워지자 비로소 고통이 잦아들고 겨우 숨이 쉬어졌다.

잠시 후 어둑한 가운데 이명이 시작되었다. 위이이잉과 삐이이잉 사이 어딘가에 있는 소리, 의미도 없고 생명도 없고 분절도 없고 시간도 공간도 없는 소리, 무의 기계가 작동하는 소리, 무가 무를 생산하고 무가 무를 잡아먹는 소리, 이명 속에서 무는 무한히 생산되고 무한히 살육된다. 모든 것이 헛되고 헛된 무간지옥의 무목적적인 음 같은 이명의 소리를 가만히 듣고 있자니, 혜영은 자신을 둘러싼 삭막한 세계를 이 소리보다 더 소름 끼치도록 재현한 것은 어디에도 없는 듯 느껴졌다.

그녀는 헛꽃이야, 라고 말한 여성은 소설의 여자 주인공인 나타샤. 그녀는 헛꽃이야, 라는 말을 듣고 있는 여성은 나타샤의 오빠 니콜라이의 부인인 마리야. 그러니까 둘은

시누올케 사이이다. 그녀는 헛꽃이야, 라고 일컬어진 여성
은 소냐. 그녀는 두 여성과 아무 사이도 아니다. 아니, 지금
은 아무 사이가 아니지만 예전에는 그렇지 않았다.

혜영은 소설 첫 권으로 돌아가 소냐에 대한 부분만을 따
로 찾아 읽기 시작했다. 주인공이 아니어서 그다지 많이
등장하지 않는 소냐를 다시 찾아 읽으면서 혜영은 생짜로
찢어지는 여러 갈래의 감정을 맛보았다. 고아인 소냐는 로
스토프 백작 집에 얹혀살면서 그 집 딸인 나타샤와 같이
자라고 그 집 아들인 니콜라이와 결혼을 약속한다. 그러니
까 소냐는 나타샤의 단짝이자 머지않아 올케가 될 사이였
다. 그러나 15년이 흐른 지금 옛날 소냐의 자리는 모두 마
리야의 것이 되었다. 단짝의 자리도 올케의 자리도.

서른 살의 독신 여성인 소냐는 여전히 로스토프 집안,
즉 결혼한 니콜라이의 집에 얹혀살면서 니콜라이의 어머
니를 자기 어머니처럼 보살피고 니콜라이의 자식들을 자
기 자식처럼 챙기며 헌신한다. 마리야는 니콜라이가 고아
출신인 소냐를 버리고 자신과 결혼하는 데 자신의 막대한
재산이 영향을 끼쳤다는 걸 알고 있었기 때문에 소냐에 대
한 남편의 죄뿐 아니라 자신의 죄도 절절히 느끼고 있다.
희생자인 소냐는 한결같이 성실하고 선량해서 마리야는
그녀를 어떤 면으로도 비난할 수 없다. 그래서 그녀를 사

랑하자고 골백번 다짐하지만 왠지 그럴 수 없을 뿐만 아니라 종종 마음속에서 그녀에 대한 까닭 모를 반감이 솟구치는 걸 느낀다.

고민 끝에 마리야가 시누이이자 마음의 벗인 나타샤에게 이런 부당한 마음에 관해 고백하면서 '헛꽃 장면'은 시작된다. 마리야의 고백을 듣고 나타샤는 복음서에 마치 소냐를 가리키는 듯한 대목이 있다고 말한다. 신심 깊은 마리야가 놀라서 그게 뭐냐고 묻자, 누구든지 있는 사람은 더 받겠고 없는 사람은 있는 것마저 빼앗길 것이다, 라고 답한다. 그리고 소냐는 없는 사람이라고, 왜 그런지는 모르지만 소냐는 빼앗기는 사람이고 모든 것을 빼앗겼다고, 전에는 자기도 니콜라이와 소냐가 결혼하기를 바랐지만 왠지 그런 일이 일어나지 않을 거라는 예감이 들었다고 말한다. 마침내 나타샤는 이렇게 단언한다. 그녀는 헛꽃이라고, 자기는 그녀가 너무 가엾지만, 그녀는 우리가 느끼는 것만큼은 느끼지 않는다는 생각이 든다고. 마리야는 그후 소냐를 보면서, 소냐의 모든 헌신과 봉사가 왠지 항상 너무나 작은 감사로밖엔 받아들여지지 않는 걸 보면서, 나타샤의 말대로 소냐가 헛꽃의 운명을 사는 것 같다고 생각한다.

묵묵히 고된 일을 도맡아 하는 여성이 있다고 하자. 가족들은 그런 상황을 당연하게 받아들이지만 때로 새로 들어온 식구나 새로 사귄 이웃들이 그녀의 과도한 희생과 노동에 놀라 만류하거나 그걸 좌시하는 가족들을 비난할 때면 정작 당사자인 그녀는 아무 말이 없고 꼭 누군가 나서서 이렇게 말하곤 한다.

내버려두라고, 자기가 좋아서 하는 일이라고.

그녀는 그렇다고도 아니라고도 말하지 않는다. 그렇다거나 아니라는 말조차 할 수 없을 만큼 그녀는 자신을 지우고, 감정과 언어를 지우고, 텅 빈 무의 지옥 속에 너무 오래 갇혀 살아왔다. 선하고 과묵하고 인내심이 많고 희생적인데 자꾸 겪다 보면 어딘가 수동적이고 둔감하고 반복과 상투적 관념으로 가득 찬 기계인형처럼 느껴지는 사람, 소냐는 그런 사람, 원하는 걸 한 번도 제대로 가져본 적 없는 사람, 그래서 스스로 무엇을 원하는지 알 수 없게 되어버린 사람, 마침내 자기도 모르는 사이에 가진 걸 모두 양보하고 빼앗기고 어두운 절망 속에서 살게 된 사람, 한 번도 살뜰한 위함을 받거나 보호를 받거나 대변해줌을 받은 적이 없기 때문에 자신이 마모되고 파괴되고 침묵되는 것이 아무렇지가 않은 사람. 그렇다, 그녀는 침묵하는 것이 아니라 침묵되었다. 그녀는 다쳤고 그 누구도 그녀가 다쳤다는 것을 모르지만, 그녀가 행하는 고된 노동의 반복은 일종의 정형 행동이며 그 노동이 멈추지 않는다는 사실이야말로 그녀의 상처가 절대적으로 회복 불가능하다는 것을 증명한다.

나타샤는 마리아에게 소냐는 우리가 느끼는 것만큼은 느끼지 않는 것 같다고 말한다. 이 말은 우리와 달리 그녀에게는 내면도 감정도 없으리라고, 모욕도 불안도 열렬한 분노와 증오도 없으리라고 말하는 것과 같다. 과연 그러한가, 나는 소냐와 같은 사람인가, 혜영은 자문하고 또 자문했다. 그런데 사람들이 그런 생각을 해도 되는 걸까. 한 사람을 놓고, 그녀는 없는 사람이라고, 빼앗기는 사람이라고, 그녀의 소망과 욕망을 무시해도 된다고, 그녀의 헌신과 희생에 감사하지 않아도 된다고, 그녀는 헛꽃일 뿐이라고, 그녀의 내부는 헛꽃 속처럼 텅 비어 있다고, 감히 인간이 인간에게 그런 참혹한 판단을 내려도 되는가.

아니, 안 된다. 실제로 그런 사람은 없다. 에필로그를 다시 읽으며 혜영은 몇 번이고 주먹을 쥐었다 폈다. 마지막 장면에서 소냐는 축일을 맞아 오랜만에 집안사람들이 모여 웃고 떠드는 가운데, 보이지 않는 구멍처럼, 차 시중을 들기 위한 사모바르가 있는 탁자에 꼼짝도 않고 앉아 있다. 그것이 끝이다. 더 이상 그녀의 목소리, 그녀의 생각, 그녀의 마음에 대한 서술은 없다. 하지만 혜영은 안다. 그녀의 마음은 커튼이 닫혀 어둡고 그 마음의 구석구석에는 돌보지 않은 지 오래되어 음침한 거미줄이 늘어져 있다. 그녀의 내부는 헛꽃처럼 텅 비어 있는 것이 아니라 그 깊은 곳에 아무도 알려고 하지 않아 아무에게도 발견된 적 없는 스산한 지옥이 깃들어 있다. 그 마음의 지옥을 혜영은 지금 이명의 형태로 생생히 듣고 있는 듯했다.

혜영이 방문을 잠그고 커튼을 치고 어둠 속에 혼자 있는 버릇이 생긴 것은 아마 열두어 살 무렵이었을 것이다. 어느 날 유재가 혜영이 있는 건넌방으로 들어와 방문을 잠갔다. 유재는 툭하면 방문을 잠그곤 했는데 그건 혼자 있기 위해서가 아니라 신숙의 눈치를 보지 않고 손녀들을 마음껏 혼내기 위해서였다. 그날도 유재가 혜영을 마음껏 혼내는데 혜영이 뭐라고 말대꾸를 했다. 큰 소리는 아니고 웅얼거리는 소리로. 유재가 다시 말해보라고 해서 혜영은 조금 큰 소리로 말했다. 말이 끝나기도 전에 유재가 갑자기 손을 치켜들어 혜영의 뺨을 내리쳤다. 손바닥이나 종아리에 매를 맞은 적은 있었지만 뺨을 맞은 적은 처음이었다. 혜영은 놀라 맞은 뺨을 싸쥐고 유재를 올려다보았다. 유재도 놀란 얼굴이었다. 유재는 갑자기 무릎을 꺾고 혜영과 눈을 맞추고는 뺨에서 혜영의 손을 천천히 떼어냈다. 엄마한테 말하지 마라. 유재는 두려움에 떨고 있었고 그런 유재는 한없이 작아 보였다. 혜영은 엉겁결에 고개를 끄덕였다. 유재가 일어섰고, 그러자 유재는 다시 거대해졌다. 두 번 다시는 그따위 행세를 안 할 거지? 혜영은 이번에는 고개를 끄덕이지 않았다. 그러나 유재는 마치 혜영이 고개를 끄덕이기나 한 듯이 그래, 그럼 이제 나가자, 하고 잠긴 방문을 열었다. 혜영은 유재가 나가기를 기다렸다 방문을 닫고 잠갔다.

헛꽃, 헛꽃, 헛꽃. 그는 어디서 그런 말을 알아 와 혜영에게 붙이게 되었을까. 그가 떠난 집에 혼자 살던 때에도 혜영은 커튼을 치고, 들어올 사람이 아무도 없는데 방문을 잠그고, 어둠 속에 혼자 앉아 있곤 했다. 어린 날과 젊은 날, 그 많은 날들에 혼자 문을 잠그고 어둠 속에 앉아 있던 자신의 마음에 대해 혜영은 생각해본다. 타인과의 접촉 차단, 세계와의 연결 중지. 더는 훼손되고 싶지 않으니 제발 나를 좀 가만히 내버려두라는 간청.

그 깊은 고립의 요구 아래 도사리고 있던 감정은 어쩌면 '슬픈 모멸감'이 아니었을까. 슬픈 것은 자신이 가엾어서이고, 모멸감이 드는 것은 자신이 못나서이다. 자신이 한없이 가엾고 못나게 느껴지는 그 마음. 가엾고 못난 존재에 대해, 행맹이 빠진 헛꽃 같은 존재에 대해 사람들은 흔히 동정심을 느끼지만, 그 존재가 하필 자신일 때, 동정의 방향이 스스로를 향할 때 우리는 슬픈 모멸감을 느끼는 게 아닐까. 그러니까 자신에 대한 동정을 풀어 말하면 슬픈 모멸감이 되는 것이 아닐까. 혜영은 어느새 울고 있었다. 나는 나를 동정하는구나, 아무도 동정해주지 않아서, 그게 슬퍼서 나라도, 한 면이 빠진 내가, 그것도 핵심적인 면이 빠진 내가, 남은 반을 또 갈라, 반면의 내가 남은 반면의 나를 가엾게 여기며 어둠 속에서 슬퍼하고 있구나, 이명을 친구 삼아.

갑자기 어디선가 요란한 벨소리가 울리는 바람에 혜영은 깜짝 놀랐다. 벨소리 때문에 이명이 희미해졌다. 돌아보니 침대 머리맡에 놓인 휴대전화의 불빛이 어둑한 실내에서 빛나고 있었다. 화면에는 '엄마'라고 떠 있었다. 받지 않을까 하다 받았더니 낯선 여자의 목소리가 쏟아져나왔다.

"저기요, 여기 아파트 주민인데요, 할머니가 쓰러졌어요. 대신 전화 좀 해달래서 하는 건데, 빨리 와봐야 할 것 같은데."

"왜, 왜요? 엄마가 왜……"

혜영이 더듬거리며 물었다.

"몰라요. 넘어졌나 봐요. 일단 구급차는 불렀거든요."

"구급차요?"

"내가 아니고 여기 아저씨가 불렀어요."

"여기 아저씨요?"

"아, 경비요, 경비 아저씨요. 할머니가 일어나지도 못하고, 여기 아저씨가 일으키려고 하면 아파서 막 소리 지르고요. 뼈가 잘못된 것 같대요. 여기 어디냐면요, 아파트 뒤편 주차장인데요, 내가 차를 못 빼고 있어요. 차 빼려고 나왔는데 할머니가 꼼짝도 못 하고 누워 있어서. 구급차가 와야지 뺄 것 같은데……. 아, 왔다, 왔어. 오는 소리 들려. 폰은 구급차에 전달할게요. 이만 끊어요."

혜영은 감사하다고 하고 전화를 끊었다. 찬 눈에 온몸이 문대진 듯 얼얼한 느낌이었다. 엄마가 넘어지셨다. 뼈가 잘못된 것 같다. 옷을 갈아입으면서 혜영은 자신이 눈 내리는 걸 보면서 오래전 호되게 넘어진 기억을 떠올려서 엄마가 넘어지셨나 하는 생각이 들었다가, 아니, 무의식중에 엄마가 눈길에 넘어질 것 같은 걱정이 있어 자기도 모르게 오래전에 넘어진 일을 떠올렸나 싶기도 했다.

가방을 챙기던 혜영의 손이 갑자기 바들바들 떨리기 시작했다. 나쁜 생각을 물리치려고 혜영은 고개를 저었다. 입술이 떨렸다. 나도 한번 해보자. 어느 순간 괴이하게 솟구친 욕망을 혜영은 도무지 제압할 수가 없었다. 아니, 안 된다. 나는 할 수 없다. 나도 한번 해보자고. 할 수 있어. 알고 싶어서 그래. 뭘 알고 싶은데? 늘 그렇게 말해버릇하던 그녀의 마음이 어떤 것이었는지. 알지 마. 아니, 한번 경험해보고 싶어. 안 돼, 나는 못 해. 뭘 못 해? 해봐! 그녀가 살아 있었다면 지금 분명히 그렇게 말했을 거라고. 안 돼! 난 죽어도 못 해! 대립하는 마음 한가운데서 갈팡질팡하다, 마치 커튼 고리가 무언가에 딱 걸려 꿈쩍도 하지 않듯, 혜영의 모든 생각이 뚝 멈추었다. 모든 게 의미가 없었다. 자신의 마음을 살피고 짚어보는 일도 더는 싫어졌다. 혜영은 기꺼이 굴복하기로 했다. 혜영은 소리 내어 말했다.

"하이고! 이 헹맹이 빠진 년아!"

말은 순식간에 끝났지만 혜영은 자신의 목소리, 숨소리, 어조, 입술의 움직임과 표정까지 놀랄 만큼 유재와 흡사하리라는 것을 알았다. 고요하고 어둑한 실내에 말의 살기가 퍼져 나가는 게 느껴졌다. 개새끼들의 통로, 라는 생각을 하면서 자신도 모르게 흠칫했을 때보다 더 두렵고 시원한, 더 미칠 듯한 쾌감과 죄책감이 찾아왔다.

혜영은 가방에 넣으려던 휴대전화를 꽉 움켜쥐었다. 하고 보니…… 왜 이런 말들을…… 하는지 알 것 같았다. 이런 말들을 하는 것과 하지 않는 것은 어마어마한 차이였다. 이런 말들을 과감히 내뱉어버리는 행위는 세계의 색다른 진동을 경험하는 일이었다. 나쁜 단어 하나, 더러운 문장 하나가 그것과 연동된 모든 언어의 사슬을 뒤흔들어 혜영의 세계를 미세하게 사악한 각도로, 사악한 색채로, 사악한 형태로 바꾸었다. 어둡고 무거운 정신의 바닥에 균열이 생기고 그 틈새로 은은한 독기가 새어 들어오는 게 느껴졌다. 실내의 공기조차 묘하게 싸해져 있었다. 단죄하고 모욕하고 짓밟는 말들은, 그 말을 하는 주체를 힘으로 팽창시키고 언급되는 대상을 왜소하게 쪼그라뜨렸다. 어차피 나빠진다면 차라리 이렇게, 모계의 핏줄답게 나빠지는 게 순리인 것도 같았다. 혜영은 내친김에 미친 사람처럼 나쁜 말을 쉴새없이 쏟아내고 싶은 충동을 느꼈다. 그러면 오히려 나쁜 말들의 사슬로부터 풀려나 자유로워질 수 있을 것 같았다.

"아아, 이……."

무슨 욕인가를 토해내려 입을 벌리는 혜영의 눈앞에 난데없이 신숙이 눈길에 쓰러져 있는 모습이 떠올랐다. 신숙은 차디찬 눈 위에서 꼼짝도 못 하고 누워 있었다. 오래전 돌부리에 걸려 넘어진 자신처럼 신숙도 눈길에 넘어지면서 가방도 놓치고 지팡이도 놓쳤을까. 쓰러진 채로 잠시 정신을 잃었을까. 어렴풋이 감각이 돌아왔을 때 세상이 왠지 조금 엷고 아득해진 것처럼 느꼈을까. 그렇게 세상이 점점 멀어지고 자기 혼자만 고통 속에 안전하게 유폐되어 있다고 느꼈을까. 그렇게 기묘한 평안 속에서 영원히 눈 위에 누워 영원히 얼어가고 싶다고 생각했을까. 아니, 그럴 리가 없다. 신숙은 눈 위에서 일어나려고 벌레처럼 꿈틀거렸을 것이다. 바르작거렸을 것이다. 그러나 엄마는 일어나지 못한다……. 영원히…….

어느 순간 다시 이명이 들려오기 시작했고 혜영은 실내가 한결 어두워진 것을 느꼈다. 거의 캄캄할 지경이었다. 짙은 어둠 속에 신숙이 일어나려고 꿈틀거리고 바르작거리는 모습이 잔영처럼 남아 있었다. 아! 그래도 일어나지 못한다……. 혜영은 고개를 흔들었다. 이명이 흩어졌다. 제발 고관절만은 아니어야 할 텐데, 라는 걱정과 동시에 그 정도면 고관절 골절이 확실하리라는 예감이 들었다. 앞으로 신숙이 겪어야 할 기나긴 고통과 그동안 자신이 수행해야 할 가혹한 의무가 떠올랐다. 그러자 마음이 바빠졌다. 한시도 지체할 수 없었다. 며칠 집에 못 올지도 모르니 가방에 수면제와 신경안정제를 넉넉히 챙기고 혜진에게 전화를 걸었다. 두어 번 울리지 않아 금세 혜진이 받았다.

"언니야, 눈구경 좀 했어?"

천진하게 묻는 혜진에게 혜영은 뭐라 말해야 할지 마음

을 가다듬느라 잠시 침묵을 지켰다.

"눈도 오는데 한잔할까? 내가 눈길을 뚫고 언니네 집 쪽으로 갈게. 두부김치 해서 한잔하자."

"혜진아……."

혜영은 낮고 음산한 목소리로 말했다.

"지금 우리가 그럴 때가 아니야."

"응? 언니야, 왜?"

혜진의 떨리는 목소리를 들으며 혜영은 아주 오래된 익숙함을 느꼈다. 자신을 올려다보며 울먹이던 어린 날의 혜진의 얼굴을 코앞에서 내려다보는 듯했다. 언니야, 이거 봐라! 신나게 놀 거리나 재미난 읽을거리를 들고 기대에 차서 웃는 혜진의 얼굴에 대고 혜영은 수도 없이 혜진아, 지금 우리가 그럴 때가 아니야, 라는 말을 해왔고 혜진의 얼굴이 불길한 실망으로 무너지는 것을 수도 없이 보아왔다. 유재와 신숙이 혜영을 불러 그들 자매가 하려고 하는 무엇을 하지 못하게 하고 하기 싫은 무엇을 하도록 시켰을 때, 나가 놀려는데 마늘을 까라거나 방 청소를 하라거나, 새로 사 온 만화책을 보고 있는데 두부나 콩나물을 사 오라거나 했을 때, 혜영은 전령사처럼 그 말을 혜진에게 전하러 갔고, 아무것도 모르고 철없이 헤헤거리던 혜진이 우리가 지금 그럴 때가 아니라는 혜영의 말에 나쁜 전갈의 내용을 듣기도 전에 미리 잔뜩 울상이 되는 것을 지켜보며, 유재와 신숙이 자신에게 행사했던 권력을 자신이 어린 혜진에게 행사하는 데서 오는 이상한 희열을 맛보곤 했었다. 그것은 참으로 잔혹한 폭력이었는데, 그 속에는 상대의 기분에 대한 배려라고는 눈곱만큼도 없이, 상대의 기분과 아무 상관 없이, 오히려 상대가 평안하고 기쁘고 즐거우면 그럴수록 자신이 순식간에 그것을 파괴해버릴 수 있다는 데서 오는 오만과, 자기 말의 효과가 극대화되는 걸 즐기는 가학적인 마음이 있었기 때문이다.

"아아, 혜진아……."

혜영의 눈에서 눈물이 흘렀다. 그래, 혜진이 있었지. 소냐와 달리 자신에게는 동생인 혜진이 있었다는 사실을 혜영은 난생처음인 양 깨달았다. 혜진은 자신을 헛꽃으로 대하지 않은 유일한 사람, 자신이 헛꽃이 될까봐 걱정해준 유일한 사람이었다. 신숙의 병간호를 하겠다고 했을 때 극구 반대했고, 자식 둘이 어쩌고 늙은 엄마가 어쩌고 하면서 딱 유재와 신숙이 했을 법한 상투적인 말을 자신이 중언부언 늘어놓았을 때 제발 그러지 말라는 듯 지긋지긋하고 복잡한 표정을 지었다. 혜진의 말대로 신숙이 입원한 통합 병동은 간호 간병이 다 되는데 자신은 왜 극구 간병을 하러 들어갔을까. 왜 그런 자학적이고 강박적인 효심을 발동시켰을까. 진심으로 자신이 희생하는 모습을 보임으로써 혜진의 죄의식을 자극하려 했던 걸까. 혜영은 알 수 없었다. 그러나 무엇보다 분명한 사실은 그날 자신이 혜진에게 돌이킬 수 없는 몹쓸 짓을 했다는 것이었다. 혜진이 그럼 언니가 엄마 때문에 힘들고 괴로워하는 꼴을 가만히 보고 있어야 하느냐고, 그저 잘한다 잘한다 천하의 효녀다 칭찬만 해주면 되겠느냐고 소리쳤을 때, 그때 혜영은 과장되게 주위를 돌아보며 얘, 얘, 단골 가게에서 망신살 뻗치게 이게 무슨 짓이니, 나는 엄마가 아니라 혜진이 너 때문에 더 힘들고 괴롭다고 말했다. 신숙이 평생 자신에게 했던 그대로, 나는 너 때문에 못 살겠다고, 너 때문에 힘들고 괴로워 죽을 것 같다고 속삭였던 것이다.

"혜진아…… 혜진아…….."

혜영은 울음을 참았다.

"으응? 언니야, 왜 그래?"

혜진이 물었다.

"조금 전에 엄마가 구급차에 실려가셨대. 데통맞게 눈길에 넘어지셔서!"

여기까지 말하고 혜영은 어억 어억 소리 내어 울기 시작했다. ■

* '헛꽃'과 관련된 소설은 레프 톨스토이의 『전쟁과 평화』(박형규 옮김, 문학동네, 2017).
* 주두성자 성 시메온과 관련된 내용은 버트런드 러셀의 『행복의 정복』(황문수 옮김, 문예출판사, 2009); 김형부 마오로의 「성스러운 고요 속 자신의 존재조차 잊으려 한 수도자들」 『가톨릭평화신문』, 2024. 3. 27. 참조.

송지현

유령이라 말할 수 있는 유일한

1987년 서울 출생.
2013년 『동아일보』 등단.
소설집 『이를테면 에필로그의 방식으로』 『여름에 우리가 먹는 것』 등.
〈한국일보문학상〉 등 수상.

유령이라 말할 수 있는 유일한

우현은 얼마 전에 내 동생의 연락을 받았다. 함께 저녁을 먹으면 어떻겠느냐는 연락이었고, 1년 만이었다. 우현에겐 마감 기한이 지난 일 하나가 남아 있었다. 때문에 초조한 마음이 들었지만, 그러겠다는 답장을 보냈다. 동생이 예약해두겠다던 식당은 이학면옥이라는 갈빗집이었다. 우현은 시장을 산책하는 걸 좋아했고, 시장 초입에 있던 그 가게를 두어 번 지나쳤던 것을 기억해냈다. 걸어서 15분도 걸리지 않는 곳이었으므로 밀린 빨래를 하고 시간이 남으면 일까지 조금 한 뒤에, 그러니까 집에서 하루를 충분히 보낸 뒤에 천천히 나가도 되겠다고 생각했다.

그 식사를 하기로 한 것이 오늘이었다. 우현은 시간과

장소를 다시 한번 확인한 뒤 우리 가족을 떠올렸다. 나는 항상 가족에 대해 나쁘거나 웃기게 말했다. 우현은 늘, 우리 가족이 나쁜 것은 알 수 없지만 웃기진 않다고 생각했다. 어쩌면 가까운 사람의 기억은 더 심하게 왜곡되는 건지도 몰라, 생각하며 우현은 조금 더 누워 있기로 했다. 하루 중 유일하게 빛이 잘 드는 시간이라 철수는 침대에 없었다.

거실로 나온 우현은 인스턴트커피를 녹이면서 메일을 확인했다. 마감 기한이 일주일 정도 지났지만 아직까지 연락은 오지 않았다. 이번에 맡은 일은 프로젝트성으로 기획된 책 표지에 들어갈 일러스트를 그리는 것으로, 아는 형이 소개해주었다. 우현은 책 표지 일러스트 그리는 일을 좋아했다. 책을 읽고, 떠오른 이미지를, 그린다. 그린다의 영역이 우현이 개입해야 하는 부분이라면 이미지가 떠오르는 일은 자연스럽게 느껴졌다. 책을 읽으면 반드시 어떤 이미지든 떠오른다. 그게 좋았다. 글자를 읽지만 마침내 글자는 사라지고 하나의 장면으로 남는다는 것이. 형은 일을 맡기며,

네가 하는 게 맞는 것 같다

고 했다. 왜 자신에게 이 일을 맡겼는지는 어렴풋이 알 수 있었지만, 형의 선택이 옳았는지는 지금으로선 알 수 없었다. 책을 다 읽고 났는데도 아무 이미지가 떠오르지 않았

기 때문이다. 정확히 말하자면 하나의 이미지가 떠오르긴 했다. 그런데 그게 책의 내용과는 전혀 상관없다는 게 문제였다. 책의 내용과는 상관도 없는 그 장면이 대체 왜 떠오른 건지, 아니 어디서 비롯된 이미지인지, 혹은 기억인지, 그것도 아니라면 어디서 본 장면인지조차 알 수가 없었다.

우현은 노랗게 물든 거실을 바라보았다. 철수는 창 앞에 앉아 있었다. 해가 들어오는 이 짧은 시간마다 철수는 꼭 창 앞을 지켰다. 창살 모양으로 드리운 빛줄기 한가운데에 앉은 철수의 털 가장자리가 빛났다. 그리고 그 뒤로 꼭 철수만 한 그림자가 늘어져 있었다. 고양이도 자신의 그림자를 바라볼까. 그게 자신의 그림자라는 걸 알까. 궁금해하며 철수 옆에 가서 앉아보았다. 철수는 아파트 단지에 내린 빛의 이동을 오래 응시하다 코를 벌름댔다. 바람에 실려 온 냄새를 고심해서 맡는지 눈까지 지그시 감았다.

이제 아주 가느다란 빛줄기만 남았고 거실도 어둑해졌다. 아직 오전인데도 그랬다. 철수는 고양이다운 여유롭고 유연한 자세로 기지개를 켜더니 침실 쪽으로 느릿느릿 걸어갔다. 오늘의 할 일을 다 마쳤다는 듯한 태도였다. 우현은 휴대폰으로 그 장면을 찍었다. 저녁에 내 동생을 만나면 보여줄 생각이었다. 찰칵, 하는 소리에 철수가 잠시 뒤를 바라보곤 이내 방 안으로 들어갔다. 아마 지금부턴 침대 구석에 누워 종일을 보낼 것이다.

커피를 다 마셨는데도 도무지 일을 하고 싶은 생각이 들지 않아서 일단 베란다에 널어둔 빨래를 걷기로 했다. 빨래는 방금까지 햇빛을 머금고 있어선지 따뜻하고 바삭했다. 잘 건조된 빨래들을 바구니에 옮겨 담다가 우현은 지금 자신이 아주 평화로운 순간에 놓여 있다고 생각했다. 그러나 동시에 내일이 되어서도 이 장면이 떠오를지는 의문이라고도, 생각했다.

오래도록 남게 되는 장면은 어떤 기준으로 선택되는 걸까. 우리가 바라본 대부분의 순간들은 삶에 아무런 영향도 주지 못하고 사라졌다. 어찌 되었든 미래에 무사히 도착한 장면들만이 기억이라고 불리게 된다고, 그렇지만 무사히 미래에 도착한 그 기억들조차 왜곡되거나 다른 사람의 기억과 혼동되거나 한다고, 그런 쓸데없는 생각을 하면서 우현은 빨래를 마저 걷었다.

*

우현이 표지 일러스트를 맡은 책은 10년 전에 일어난 어떤 사건에 관한 내용으로, 르포부터 시나 소설까지 다양한 형식의 글을 다양한 관점에서 다양한 작가가 쓴 것이었다.

그 책에서 반복되는 이미지는 바다에 가까웠는데, 다 읽고 난 뒤 우현에게 떠오른 것은 한 영화관의 풍경이었다.

그 영화관의 유일한 관객은 엔딩 크레디트를 바라보는 연인이다. 정확히 말하면 연인과 나무다. 그림자로만 존재하는 연인의 뒷모습, 무엇보다 그들 사이에는 그들의 앉은 키만 한 나무가 놓여 있다. 마치 연인과 나무, 셋이 나란히 영화를 보는 것처럼 느껴진다. 우현은 그 나무가 율마라는 것을 알고 있다. 그리고 그 커다란 화분을 집까지 옮길 것을 걱정하느라 그들이 오래도록 앉아 있다는 것도. 어째서 이렇게까지 자세히 알고 있는 것일까.

우현은 이 이미지가 어디서부터 비롯한 것인지 며칠째 생각 중이었다. 어째서 바다가 아니라 영화관인지. 물론 내내 골몰하는 것은 아니었고, 그저 이미지가 머릿속을 채우는 순간이 오면, 커피를 마시다가, 빨래를 걷다가, 밥을 먹다가 아주 잠시 움직임을 멈추는 식이었다.

평소대로라면 우현은 나와 상의했을 것이다. 혹시 우리가 함께 본 영화나 사진의 한 장면, 그것도 아니면 소설이냐고 물으면서. 우현이 그렇게 물어올 때면 나도 덩달아 그 이미지의 기원을 찾곤 했다. 간혹 끝내 찾아내지 못하는 것들도 있었다. 우리는 우현이 어릴 때 읽었다던 말하는 비둘기가 등장하는 책(말하는 비둘기만 가지고는 도저히 찾기 불가능했다)의 제목을 찾지 못했고, 독수리와 벽돌(독수리와 벽돌이 대체 어떤 역할을 하는 게임이었는지 우현은 끝내 설명하지 못했다)이 등장하는 게임 타이틀도 알아내지 못했다.

우리는 아래의 대화를 통해 이런 장면들을 찾아냈다.

수많은 까마귀가 나무에 앉아 있어. 영화의 한 장면 같기도 하고. 왜냐하면 나뭇잎이 흔들리던 기억이 나거든.

그리고 더 없어?

음…… 까마귀들의 그림자는 까마귀들과 꼭 닮아 있지.

까마귀 그림자가 까마귀를 닮지 그럼 무얼 닮겠어.

내가 답했고 마침내 찾아낸 이 이미지는 영화가 아닌 사진이었다. 그것은 아직까지도 내 프로필 사진이다. 어떤 장면은 정말 우연히 찾아지기도 했다.

거대한 바닷가재튀김이 있어.

먹어본 거야?

일단 생각나는 건 그게 단데 왜 먹어본 것도 같지?

…….

나는 거대한 바닷가재튀김을 검색해서 몇몇 이미지와 유튜브를 보여주었고 우현은 그것들 모두 기억과 다르다고 했다. 그러면서 덧붙였다.

가재 머리가 아주 빨개.

시간이 지나 우현이 말한 것이 영화의 한 장면이라는 것을 알게 되었다. 새벽에 TV를 돌리다가 우연히 보게 된 영화에서 거대한 바닷가재튀김을 요리하는 장면을 발견한 것이다. 나는 우현에게 화면에 적혀 있는 영화의 제목을 보냈고 우현은 어떻게 찾아냈느냐고 되물었다. 나는 이 영화를 처음부터 보지는 못했지만, 주인공의 딸이 샌들을 신고 발꿈치를 들어 올리는 장면을 좋아하게 되었다. 그 장면은 화면을 아주 크게 채운다.

허공으로 떠오르는 아이들이 나오는 소설과 서로를 바라보지 않고 말하는 소년 소녀가 등장하는 영화와 길게 자라난 풀들 사이로 검은 옷을 입은 여자의 뒷모습이 프린트된 앨범 커버……. 기억의 기원을 찾는 건 재밌었다. 우현이 설명한 장면이 원래의 장면과 얼마나 비슷한지 혹은 다른지 비교하는 일들. 서로가 가진 기억의 왜곡과 빈틈을 찾아내는 일들.

이제 우리는 더 이상 그런 놀이를 하지 못한다.

*

우현은 음악을 좀 틀어둘까 생각하며 CD를 골랐다. 요즘은 CD를 자주 찾게 되었다. 트랙이 명확히 정해져 있다는 것과 누군가가 고심해서 배치한 순서대로 음악을 듣는다는 것이 좋았다. 영화를 보는 방식도 바뀌었다. 이미 본 영화만 다시 봤고 알고 있는 결말이므로 별로 집중하지 않았다. 가지 않는 곳도 늘었다. 원래도 밖에 자주 나가는 사람은 아니었지만 될 수 있으면 우현은 동네로 약속을 잡았다. TV도 보지 않았다. 원치 않는 소식을 부지불식간에 듣고 싶지 않았다. 새로운 것은 가끔만 좋았고 자주 폭력적이었다.

우현은 CD플레이어에 앨범을 밀어 넣었다. 여자의 목소리가 익숙해서 우현은 안심했다. 그리고 잠시 소파에 파묻혀 있다가 결국 오늘도 일을 하지 않기로 결정했다. 대신 저녁 식사 자리에 뭘 입고 가야 할지 고민했다. 정장을 입어야 하나. 우현에겐 정장이 딱 한 벌뿐이어서 그걸 입고 모든 결혼식과 장례식에 다녔다.

경조사에 다니려면 체중을 한결같이 유지해야 해.

우현은 그런 농담을 하곤 했다. 오늘 같은 날에도 정장을 입어야 하나, 생각하며 오늘 저녁 식사에 참석하는 사람들의 이름을 상기했다. 내 동생의 말에 따르면 오늘 모이는 사람은 우리 부모님과 나의 친구 몇 명이었다. 대부분 우현이 한 번쯤 만나본 사이거나 내게서 들어본 이름이었다. 우현이 한 번도 만나본 적 없는 사람은 민경 언니가 유일했다. 민경 언니는 나의 대학 동기로, 내가 재수해서 대학 입학에 성공했을 때 우현은 군대에 가 있었고, 내가 재수를 시작하면서 우리의 연락은 드문드문 이어졌으므로 당시엔 소개해줄 기회가 없었다. 우현과 다시 연락을 시작한 것은 내가 전문대를 졸업하고 우현이 복학을 했을 무렵이었다. 그리고 그때쯤 민경 언니는 결혼을 준비 중이었고 결혼 직후엔 건강이 안 좋아져 나와 자주 만나지 못했다. 그런 식으로 둘은 만날 일 없이 엇갈렸지만 나는 둘에게 자주 서로의 이야기를 전했으므로 둘은 서로를 인지하고 있었다.

만나본 적 없지만 그 사람을 시시콜콜 알고 있다는 사실이 우현은 문득 불편하게 느껴졌고 그러자 저녁 식사에 참석하는 것이 다시금 고민되었다. 하지만 이미 가겠다고 말해두었으니까. 우현은 말해두면 지키는 성격이었다. 말해두고, 지킨다. 반대로는, 지키지 못할 것에 대해선 말해두지 않는다. 확신이 설 때만 말한다. 결국 시간이 지나고 나면 말하지 않는 편이 나았다고 생각되는 일이 더 많았다. 그래서 우현에겐 어디에도 말하지 않은 것이 많은 편이었다.

우현은 오랜만에 꺼낸 정장에 한쪽 다리를 꿰어보곤 이제 새 정장이 필요하다는 걸 깨달았다. 몇 벌의 옷을 입고 벗길 반복하다 결국 아무 로고가 없는 검은색 티셔츠와 청바지를 골랐다. 신발은 좀 신경을 써볼 생각으로 오랜만에 신발장 구석에 있던 워커를 꺼냈다. 내가 좋아하던 브랜드였다. 내가 그 브랜드 신발을 신고 갈 때마다 우현은 그걸 탐냈다. 노란색 실의 박음질이 포인트인 신발이었고, 당시의 우리에겐 가격이 꽤 있는 편이었다. 그리고 첫 월급을 받던 날 우현은 기어코 같은 신발을 샀다. 기분이 좋았는지 신고 있던 신발 대신 이 신발로 갈아 신고 돌아다녔다. 이런저런 옷에 다 잘 어울릴 것 같다,고 했지만 그건 이날 잡힌 물집으로 며칠을 고생하다 신발장에 오래도록 처박아둘 운명을 모른 채 한 말이었다.

우현이 이 신발을 다시 꺼낸 것은 내 장례식장에 가기 위해서였다. 늘어난 곳도 주름이 진 곳도 없었다. 그 뒤로 한 번도 신지 않았으니까 당연한 일이었다. 그런데 어쩐지 노랗던 굽과 실이 모두 까맣게 변해 있었다. 신발을 들고 요리조리 돌려 봐도 어떻게 된 일인지 영문을 알 수가 없었다. 우현이 설마 썩은 건 아니겠지 생각하며 한쪽 발을 신발에 넣고 있는데 우현의 아버지가 현관문을 열고 들어왔다. 그리고 우현이 문 앞에 쪼그려 앉아 있는 걸 보며 물었다.

어디 가냐.

장례식장 가요.

우현의 아버지는 우현을 쓱 훑더니 말했다.

그 구두 대체 뭐냐.

왜요.

까만 구두에 노란 실이 말이 되냐.

…….

그래서 내가 매직으로 다 까맣게 칠해놨다.

아버지, 왜 남의 물건을 맘대로 만지세요.

그렇게 말하는 순간 우현은 웃음이 터졌고 멈출 수가 없었다. 현관에 쪼그리고 앉아서 배가 땅길 때까지 웃었다. 우현의 아버지가 현관에 우두커니 서서 우현을 이상하게 바라봤다. 한참을 웃던 우현은 그 순간 뭔가가 쑥 빠져나간 것 같다고 느꼈다. 그리고 그것이 어떤 끝에 다다른 사람의 마음이라는 걸, 우현은 장례식장에 도착하여 내 사진이 놓인 것을 보고 깨달았다.

*

우현은 이 동네를 떠나서 살아본 적이 없다. 그래서 동네를 걸을 때마다 떠오르는 기억이 아주 많았다. 특히 우현이 나온 고등학교가 집 바로 맞은편 블록에 위치해 있어서 어디를 가려면 늘 그곳을 지나쳐야 했다. 우현은 학교의 후문으로 들어섰다. 2층이 교실이었고, 5층이 미술실이었다. 시간이 이렇게 흘러도 그런 것은 다 기억났다. 한 번쯤은 학교 내부에 들어가 얼마나 달라졌는지 보고 싶다는 생각이 들었다. 계단 근처에 밝은 조명을 설치하는 아이들이 있었고, 우현은 그들을 지나쳐 정문으로 나갔다.

우현과 나는 고등학교 3년 내내 같은 반이었다. 학기 초에는 서로의 이름도 모르다가 1학년 2학기 때 갔던 수련회에서 우리는 친해졌다. 그날 수련회장의 대강당에서는 대대적인 가방 검사가 있었다. 20대 초반의 교관들이 잔뜩 힘을 주며 혹시 마음에 걸리는 물건을 지니고 있다면 자진해서 반납하라고 했다. 침묵이 이어지다 몇몇이 자진하여 술과 담배를 꺼내자, 교관과 선생님 들이 그것을 칭찬하는 것으로 검사가 마무리되었다. 급식실로 이동하여 밥을 먹는 동안 어차피 가방을 뒤지지는 않았을 거라는 둥, 오늘 걷어 간 술로 선생님들이 회식을 한다는 둥의 이야기가 들려왔다. 나는 수련회까지 와서 굳이 숨겨가며 술을 마셔야 하나, 생각했으므로 제육볶음에 열중했다. 다 먹고 나면 더 받을 수 있을까, 아직 배식을 기다리고 있는 아이들의 줄을 바라보고 있을 때 혜원인가 민주인가가 귓가에 은밀하게 속삭였다. 우리 반의 누군가가 술을 숨겨 오는 것에 성공했다는 얘기였다.

대체 누가?

쉽게 그려지는 인상이 없었다. 말을 전해준 친구도 모르는 눈치였다.

오늘 소등하고 가운데 방에서 모여 마실 거래.

나에게 그 이야기를 해준 친구는 산행을 다녀오자마자 씻고 화장을 다시 했다. 저녁엔 장기 자랑 시간이 있었고 다들 보는 둥 마는 둥 했지만 소등 뒤 일정에 대한 기대로 달뜬 채 박수를 치며 호응했다. 점호까지는 시간이 아주 느리게 흘렀다. 친구들은 졸려 죽겠다는 듯 행동했고, 선생님들도 일찍 자라는 짧은 말을 건네고 점호를 끝냈다.

우리는 불을 끄고 이불에 들어가 누웠다. 누워서 기다렸다. 신호가 올 때까지. 신호를 정하지는 않았지만 우리는 예민했고, 그게 무엇이든 알아챌 수 있었다. 그리고 신호가 왔다. 불빛이 깜빡였는지, 누군가 문을 두드렸는지, 기억나지 않지만 어쨌든 우리는 모두 매끄럽게 이불을 빠져나와 약속된 방으로 갔다.

아이들은 이미 술을 마시고 있었다. TV를 작게 틀어놓은 채 최대한 소리를 내지 않고 이런저런 게임을 했다. 평소라면 웃지 않을 농담에도 우리는 조용히, 하지만 숨이 넘어갈 것처럼 웃었다. 들킬 수도 있다는 예감과 소리를 내선 안 된다는 규칙이 우리를 흥분시켰다. 그리고 결국 누군가가 소리를 내고 말았다. 모두가 동시에 손가락을 입에 대고 쉿, 쉿거렸지만, 복도의 불이 켜졌고 누군가 방문을 두드렸다. 그 순간 아이들은 재빠르게 이불 속으로 술병을 치웠다. 나도 술병과 함께 이불 안에 숨어 들어가 숨을 죽였다. 그게 우현의 이불이었다는 건 아주 나중에 알았다.

선생님은 이해한다는 듯 조용히만 하라며 짧게 주의를 주고 사라졌지만, 분위기는 아까 같지 않았다. 허락된 일탈엔 더 이상 긴장감이 없었다. 하품을 하는 아이들이 늘어났고 새벽이 되어 하나둘 방으로 돌아갔다. 나도 혜원인지 민주인지를 따라 내 방으로 가서 잠들었다.

다음 날 집으로 돌아가는 버스에서 나는 우현에게 인사한 뒤 곧 졸기 시작했다. 한참 졸다 일어나니 우현이 옥수수를 먹고 있었다. 휴게소에서 산 옥수수라며 내 손에도 하나 쥐여주었다. 마침 버스가 용인을 지나고 있어서 우리는 놀이공원에 대해 이야기했다. 자고 있는 아이가 많아서 우현은 뒤에 앉은 나를 향해 소곤거렸다.

지금은 사라진 놀이기군데, 정확히 말하자면 타는 건 아니고 어떤 공간으로 들어가는 거였어. 아주 어두운 곳으로 들어가서 헤드폰을 끼고 식탁에 앉는 거야. 어떤 귀족이 마련한 저녁 만찬에 초대받는 콘셉트였어.

나도 그거 알아. 하지만 알고 보니 우리는 만찬의 재료

였지.

맞아. 이거 아는 사람 처음 봤어.

그래?

신기하다.

신기한가.

그 놀이기구의 이름을 기억해내려고 애썼지만 결국 알아내지 못한 채 우리는 각자의 집으로 돌아갔다. 하지만 그 뒤로 우리는 함께 신발을 사러 가거나, 소년과 소녀가 서로를 바라보지 않는 영화를 보거나, 길게 자라난 풀들 사이로 검은 옷을 입은 여자의 뒷모습이 찍힌 앨범을 나눠 듣고, 우정호프라는 단골 술집에서 자주 만나게 될 거였다.

그리고 그 모든 시간에 우현은 하필 내가 자신의 이불에 숨어 있었다는 사실과, 내 이름과 자신의 이름에 똑같이 '우' 자가 들어간다는 사실, 그래서 아이들이 우리의 이름을 합쳐 '정우현'이라고 부른다는 사실, 우리가 자주 가는 호프집 이름이 나의 이름을 뒤집어놓은 것이라는 사실, 그리고 이제는 사라져서 그 누구도 기억하지 않는 놀이기구를 좋아했다는 사실을 필연적인 일이라고 생각했을 것이다.

동시에…… 이 모든 필연이 사실 우연에 불과하다는 것을 누구보다 잘 알고 있으므로, 마음의 파고가 가라앉길, 마음이라는 게 아예 소멸해버리길 바라며 잠들었을 것이다. 그러니 당연히 어느 날엔 나의 죽음을 상상해볼 수도 있었을 것이다. 그 순간 사랑의 기원이 영원히 사라져버린 다는 사실에 안도하는 자신에게 소스라치게 놀랄 수도 있었을 것이다.

그러나 나는 이 모든 것에 대해 영원히 알 수 없게 되어 버렸다.

*

이학면옥은 전면이 유리였는데 김이 서려 건물 전체가 뿌옜다. 간판의 폰트를 비롯하여 모든 게 조금씩 낡아 있었다. 그래선지 들어서기 전엔 칙칙한 인상이었지만 우현이 문을 열고 들어가니 밝은 조명이 구석구석 비추고 있었다. 테이블마다 가림막들이 있어서 그 안쪽을 둘러보는데 동생이 우현을 알아봤다. 우리 가족은 일찍 도착했는지 이미 갈비를 굽고 있었다. 우현이 자리를 잡고 앉자, 아빠가 불판에 고기를 올리다 말고 우현에게 악수를 청했다.

오랜만이네.

네. 건강하시죠?

너무 건강하지. 회사는 잘 다니고?

아. 혼자 일한 지 좀 됐어요.

그게 프리랜선가 뭐 아니냐. 그거 엄청 힘든 거 아니냐.

아빠가 웃으며 말해서 우현도 따라 웃었다. 엄마는 1년 사이에 새치가 많이 생겼다. 하지만 어쩐지 전보다 생기 있어 보였다. 우현이 그렇게 말했더니 엄마가 웃으며 대답했다.

응. 얼마 전에 보톡스 맞았거든. 염색도 해야 하는데 귀찮아서……

별걸 다 말해, 진짜.

동생이 엄마를 보며 눈을 흘겼다. 고기가 익는 사이 내 친구들이 하나둘 도착했다. 동생이 모두를 옆 테이블로 안내했다. 우현과 민경 언니를 제외하곤 다들 장례식 이후 우리 부모님을 처음 보는 자리였다. 그나마 민경 언니도 부모님과 잘 아는 사이는 아니었고 언니가 우리 집에서 하루 자고 갔던 날, 엄마가 언니에게 이마가 예쁘다고 칭찬한 것이 다였다. 언니는 그 이야기를 꺼냈다. 엄마는 기억하지 못하는 눈치였고 언니 옆에 앉은 사람에게 누구냐고 물었다. 언니가 남편이라고 대답하자,

남편도 정우랑 아는 사이?

물었고 대학 동기라 셋이 종종 보는 사이였다고 언니의 남편이 대답했다. 엄마는,

그래. 맛있는 거 시켜 먹어. 다들 불러서 맛있는 거 먹이

고 싶더라고.

메뉴판을 건네며 말했다. 민경 언니네 부부는 양념갈비로 메뉴를 통일하는 게 어떻겠느냐고 물었고 혜원과 민주는 결정에 따르겠다고 했다.

많이 먹어. 이 집 냉면도 맛있어. 옛날부터 우리 가족 외식하던 집이야.

그러더니 엄마는 묻지도 않고 각 테이블마다 소주를 주문했다. 아빠가 엄마의 빈 잔을 계속 채웠고 엄마는 옆에 앉은 우현의 잔을 채웠다. 우현은 소주 몇 잔을 연거푸 받아먹고 얼굴이 새빨개졌다. 동생이 우현의 빨개진 얼굴을 놀리며 물을 따라주었다.

우현은 뜨거워진 얼굴을 손바닥으로 누르며 주변을 둘러보았다. 확실히 아이와 함께 온 가족 단위의 사람들이 많이 보였다. 아이들은 스마트폰을 보고 있었고 부모들은 아이의 입에 식힌 고기를 넣어주기에 바빴다. 아이는 화면에서 눈을 떼지 않고 입을 벌렸고, 부모는 아이가 고기를 씹는 모습을 바라보았다. 그리고 우현은 우리 아빠가 그 가족을 물끄러미 지켜보는 장면을 보고 말았다. 우현은 뜨거운 얼굴을 식힌다는 핑계를 대며 잠시 밖으로 나갔다.

화장실을 찾으러 나온 동생이 우현을 발견했다. 저녁의 바람은 선선했으나 볼은 여전히 뜨거웠다. 우현이,

아직 빨갛지?

문자 동생이,

응. 엄청 빨개,

했다.

사람들 몇 명이 화장실을 찾아 나왔고, 동생은 친절하게 화장실 비밀번호까지 일러주었다. 사람들이 화장실로 몰려가는 걸 보고 우현은 휴대폰을 꺼냈다. 그리고 동생에게 오늘 아침에 찍은 철수 사진을 보여주었다. 동생이 사진첩을 보며 철수의 사진 몇 개를 고르곤 보내달라고 했다. 이학면옥의 유리창은 여전히 온통 흐렸고, 그래서 사람들의 실루엣만이 보였다. 우현은 창을 손가락으로 문질렀다. 손끝이 시원해졌다. 손가락만큼 사람들의 모습이 드러난 것을 보며 우현이 말했다.

처음 왔을 때 며칠 침대 밑에 숨어 있더니 이젠 꽤 익숙해졌는지 자기만의 루틴도 생겼다. 아침마다 꼭 창문 앞에 앉아 있어.

철수 개가 원래 따뜻한 데 좋아해. 언니네 놀러 가면 개가 누워 있는 자리가 보일러 들어오는 자리였다니까.

장례 기간 동안 철수가 혼자 남아 있다는 걸 아무도 생각하지 못했다. 며칠이 지나도 화장실을 치워주지 않아서 철수는 방광염에 걸렸다. 마침내 동생이 우리 집 문을 열었을 때 철수는 문 앞까지 나왔다가 내가 아닌 것을 확인하고는 서랍장 밑으로 기어 들어갔다. 서랍장 아래엔 내 잠옷이 있었다. 동생이 그 장면을 떠올리다가 문득 말했다.

개들은 시간을 냄새로 안대. 주인이 나간 뒤에 점점 옅어지는 주인의 냄새로, 아, 이 정도 옅어지는 때면 집에 돌아올 시간이던데, 하고. 그래서 중간에 주인의 냄새가 밴 옷을 털어주면 시간이 흐른 걸 인식하지 못한다는 거야.

고양이도 비슷하려나.

1년이면 아무리 후각이 좋아도 안 나겠지?

아무래도 1년이면 그렇지 않을까…….

근데 나 후각 되게 좋나봐. 시간이 흐르는 걸 모르겠어.

…….

기억되지 못한 순간은 다 사라지는 걸까. 기억으로 남지 않은 순간을 정말 있었던 순간이라고 말할 수 있을까.

그렇게 말하며 동생이 덧붙였다.

남은 사람이 다 잊게 되면 어쩌나…….

우현은 동생이 울어버릴까봐 걱정했지만 동생은 킁킁거리며 옷에 밴 고기 냄새를 맡더니 씩씩하게 말했다.

철수 사진 많이 찍어줘.

이번엔 엄마가 화장실에 가려고 나왔다가 둘을 발견했다. 동생은 엄마에게 화장실 비밀번호를 일러주었고 엄마는 화장실로 향하다가 둘을 향해 오랜만에 고기를 먹어 소화가 안 될 것 같으니 식후엔 맨발 걷기를 해야겠다고 말했다. 우현은 처음으로 우리 가족이 조금은 웃길지도 모르겠다고 생각했다.

*

맨발로 걸을 수 있는 흙을 찾는 것이 우선이었다. 근처에 시립체육관이 있긴 했지만 바닥이 우레탄이었다. 동생은 엄마에게 꼭 지금, 오늘 해야 하는 거냐고 항의했지만 엄마는 평소처럼 들은 체도 하지 않았다. 아빠는 엄마의 의견에 따르는 눈치였다. 조심스럽게 우현이 엄마에게 물었다.

혹시 운동장은 어떠세요?

상관없어. 그냥 흙이면 돼.

그렇게 해서 모두가 우현과 내가 졸업한 고등학교를 향해 걷게 되었다. 가는 길에 우현은 잠시 빠져나와 편의점에 들러 사람 수만큼 숙취해소제를 샀다. 길을 몰라 모두가 멈춰 서서 우현을 기다렸다.

우리 부모님을 제외하고 맨발 걷기에 참여한 사람은 우현과 민경 언니의 남편뿐이었다. 민경 언니는 파상풍이 걱정된다며 벤치에 앉아 있겠다고 했고, 내 동생은 매일 최대 볼륨으로 맨발 걷기 유튜브 영상을 보는 엄마에게 쌓인 게 많은지 맨발 걷기의 효능을 부정했다. 혜원과 민주는 그냥 걷는 건 괜찮지만 신발을 벗는 건 싫다고 했다.

엄마, 아빠, 우현, 민경 언니의 남편이 일렬로 서서 운동장 가장자리를 돌기 시작했다. 넷은 할 말이 없었고, 아무 말도 하지 않았다. 앞서는 엄마를 따라 아빠가 비슷한 보폭으로 움직였다. 내게 둘의 사이가 별로 좋지 않다고 들었는데 같이 맨발 걷기를 하는 걸 보면 꼭 그렇지도 않은가 보다고 우현은 생각했다. 엄마와 아빠는 벌써 저 멀리에 있던 철봉 근처를 지났고 민경 언니의 남편은 그새 걷기를 포기했는지 민경 언니 옆에 서서 신발을 신고 있었다. 우현은 누군가 운동장 흙을 긁어서 적어놓은 낙서를 발견했다. ㅅㄹㅎ,은 깊게 파여 있었는데 무엇을 ㅅㄹㅎ하는지 알 수 없었다. 뭔가 적혀 있던 것 같긴 한데 발로 지웠는지 모래가 뭉쳐져 있어 희미했다. 아마도 아이돌의 이름이 적혀 있지 않았을까 추측해보다가, ㅅㄹㅎ이 사랑해일까, 시러해일까, 어쩌면 동사가 아닐지도 모른다고 생각했다. 무슨 마음을 숨기려고 초성만 쓴 걸까, 멈춰 서서 오래도록 바라보았다.

한자리에 꽤 오래 멈춰 서 있자 발바닥이 축축해진 게

느껴졌다. 한 발을 옮기자 발바닥에 달라붙은 모래도 함께 옮겨졌다. 우현은 한 발로 서서 그걸 떨어냈다. 그러곤 나머지 사람들이 어디에 있는지 찾아보았다. 모두들 벤치에 나란히 앉아 있었다. 우현은 다시 낙서를 내려다보았다. 그때 빠르게 벌레 한 마리가 우현의 앞을 가로질러 모래 구멍 속으로 사라지는 것을 보았다.

그 순간 우현은 언젠가 나와 심야 영화를 보러 갔던 날을 떠올렸다. 이 근처 어디였는데, 하고 고개를 돌려 영화관 건물을 찾았다. 영화관은 망해가는 아웃렛 매장들이 들어선 로컬 쇼핑몰의 꼭대기 층에 있었다. 꼭대기까지 엘리베이터 운행을 하지 않아 중간에 꼭 내려서 헤매는 곳이었다. 그렇게 해서 올라가는 길에 꽃 가게가 있었는데 내가 그 앞에서 멈춰버렸고, 우현이 에스컬레이터를 타려다 말고 내게 다가왔다.

뭐 해. 영화 시작하겠어.

나 화분 필요했는데. 사갈까?

이렇게 큰 걸 영화 보는 동안 어디에 두게?

아무래도 곤란하겠지.

영화 끝나고 사.

그땐 문 닫지 않을까.

그럼 이 나무 이름이라도 알아 가. 비슷한 거 사면 되지.

그래. 그러지 뭐.

나는 결국 화분을 집에 들이지 못했다. 영화를 보고 나온 뒤 우리는 율마라는 단어조차도 완전히 잊어버린 것이다. 율마의 생김새도, 꽃 가게도, 영화의 내용도 잊고 있었는데, 아주 잊혀버릴 수도 있었는데, 하고 우현은 생각했다. 하지만 오래도록 선택되지 않은 장면은 이유도 없이 갑자기 떠오르고, 미래에 도달함으로써 기억은 결국 탄생하고 만다. 우현은 이제 막 탄생한 기억에 사로잡혀 조금 울었다. 사람들이 멀리서 우현의 이름을 불렀다. 우현은 사람들에게로 천천히 걸어가면서 엄마가 신발에 모래가 들어갔다고 말하는 것을 들었다. 동생이,

신발에 모래를 넣으면 맨발 걷기를 무한대로 할 수 있는 거 아냐?

라고 말하자 엄마가 동생을 째려보았고 아빠는,

이제 추워지네. 발이 시렵다,

라며 주섬주섬 양말을 신었다. 다들 새삼 날씨에 대해 생각했고, 잊고 있던 사실을 떠올렸다. 어느새 1년이 흐른 것이다. 잠시 침묵이 흘렀고,

어떻게, 2차를 갈까?

동생의 말에,

우린 됐어.

부모님이 말했다. 우현은 2차에 가겠다는 사람들에게 내 이름을 뒤집은 가게라 자주 갔다며 우정호프를 추천했다. 엄마가,

정우가 뒤집힌 쪽이다. 우정이라고 지을까 고민했지,

해서 다들 새로운 사실을 알게 되었다. 운동장을 빠져나가려는데 바람이 불어 근처에 있던 공이 굴러왔다. 민경 언니가,

정우니?

하고 내 이름을 불러서 모두가 웃었다. 하지만 모두들 마음 깊숙하게 유령이 없다는 것을 누구보다 잘 알고 있는 것 같았다. 나를 기억하는 사람들이 저마다의 자세로 걸어갔다. 저마다의 술 냄새를 풍기면서, 저마다의 기억으로 나를 떠올리고 있다. 유령에 가깝다고 말할 수 있는 유일한 것은 살아남은 자들의 기억뿐이라고, 이들 중 누군가가 생각했고 모두가 운동장을 빠져나가자 아이들이 설치해둔 조명이 꺼졌다.

*

우현은 옥수수 먹는 꿈을 꾸었는데 꿈에서는 좀처럼 냄새가 나지 않아서 냄새가 나지 않네, 이제 냄새가 다 사라

졌네, 하다 깼다.

*

　맨발 걷기를 했기 때문인지 우현은 오랜만에 깊은 잠을
잤다. 거실로 나가니 온몸으로 빛을 받고 있는 철수가 보
였다. 철수를 찍다가 문득 철수의 냄새가 궁금해져 목 부
근에 코를 대보니 희미하게 먼지 냄새가 나는 것 외엔 별
다를 게 없었다. 커피를 끓이고 메일을 확인했다. 현관엔
어제만큼의 주름이 잡히고 뒤꿈치가 늘어난 워커가 놓여
있었다. 어제와 같지만 조금씩 재구성된 풍경이 있었다. 어
찌 되었든 몇몇 장면으로 남은 어제의 기억을 지니고 무사
히 오늘에 도착했다고, 우현은 생각했다. 그리고 곧이어 떠
오른 장면에 잠시 멈춰 섰지만 그건 아주 잠시였다. 오늘
은 시장까지 산책을 다녀올 예정이었다. ▪

이주혜

괄호 밖은 안녕

ⓒ신나라

2016년『창작과비평』등단.
소설집『그 고양이의 이름은 길다』『누의 자리』, 중편소설『자두』,
장편소설『계절은 짧고 기억은 영영』.
〈신동엽문학상〉 수상.

괄호 밖은 안녕

　한 계절에 책 두 권을 번역하고 나는 급격히 소진되었다. 한 권은 미국 여성 작가의 소설집이었고 또 한 권은 스코틀랜드 출생 영국 여성 작가의 산문집이었는데 두 사람은 출신지만큼이나 문장 스타일과 추구하는 시학이 동떨어져 있었지만, 언어를 향한 예민함과 집중력은 우위를 가릴 수 없을 정도로 뛰어나 역자로서 느끼는 고통 지수가 한도를 넘어버렸다. 두 작가 모두 언어유희를 무척 즐겼고 단어의 어원에 집착했는데, 평단의 찬사를 받아온 그 유희와 집착이 역자에겐 그저 고약하고 가학적인 악취미로만 보였다. 양쪽 원고에 주석을 각각 백 개씩 달아놓은 나는 편집자의 썩은 얼굴을 예상하며(가여운 편집자에겐 백 개

넘는 주석이 역자의 고약하고 가학적인 악취미로만 보일 것이다) 원고를 보낸 뒤 곧바로 인천공항으로 향했다. 두 원고가 편집자의 책상 위에서 욕인지 칭찬인지 나로선 알 수 없는 무엇을 받으며 변모하는 동안 나는 내 번역의 출발어도 도착어도 없는 낯선 곳에서 휴식할 것이다. 당분간 두 개의 언어는 쳐다보고 싶지도 않았다. 해석이란 개념은 생각만 해도 지긋지긋했다. 공항에 도착해 짐을 부치고 출국 절차를 밟는 동안 나는 가능한 한 말을 한마디도 하지 않는 방식으로 자아의 소진에 대처했고, 그 결과 어쩔 수 없이 무례하거나 인사성 없는 사람이 되었다.

새벽 시간에 집 앞 정류장에서 공항버스를 타고 출발해 점심시간에 북해도의 한 공항에 도착할 때까지 음성언어 없이 손짓·몸짓만으로 어찌어찌 버텼지만, 입국심사를 통과해 공항 대합실로 나가자마자 모든 표지판에 병기된 영어와 한국어가 나를 비웃었다. 화장실 하나를 찾아가려고 해도 일본어는 눈에 들어오지 않고 오직 '화장실'과 'restroom'이라는 단어만 돋보기로 확대된 듯 성큼 내 해석의 영역으로 뛰어들어왔다. 인식 자체를 거부해본들 나는 'トイレ'가 아닌 '화장실'에서 볼일을 해결하고 'レンタカー'가 아닌 'Car Rental'이라는 안내판을 보고 자동차를 빌리러 가야 했다. 그래도 사전 예약을 해둔 덕분에 일본어

도 영어도 쓰지 않고 아담한 하이브리드 자동차를 빌릴 수 있었다. 비용을 감수하고 대중교통 아닌 자동차 대여를 선택한 것도 되도록 사람과 마주칠 일을 줄이기 위해서였다. 누구라도 마주치면 당연히 언어가 필요해질 테니까. 언어도 해석도 피하고 오롯이 텅 빈 상태로 혼자 있고 싶은 내 마음은 깊고 깊은 진심이었다.

신치토세공항에서 하코다테까지 서둘러 가도 자동차로 네 시간이었다. 렌터카 영업소 직원이 세팅해준 내비게이션에서 간간이 한국어 음성 안내가 들려왔지만, 그보다는 고속도로 표지판에 큼지막하게 씌어진 '函館'이라는 문자에 집중하며 차를 몰았다. 하코다테는 우리 식으로 읽으면 '함관'인데 하코다테산 기슭에 쌓인 관이 상자를 닮아서 그렇게 부르기 시작했대. 12년 전 처음 하코다테에 왔을 때 여준 옆에 앉은 석우가 말했었다. 나와 석우와 여준으로 이루어진 '우리'는 하코다테공항에서 버스를 타고 하코다테역에 내렸다. 그때 여준이 열셋 아니 열네 살이었던가? 각자 트렁크를 끌고 호텔까지 걸어가면서, 길 양옆에 눈이 제 키만큼 쌓여 있는데 사람들이 지나다니는 통행로는 말끔하게 닦여 있는 걸 열셋 어쩌면 열넷의 여준은 신기해했다. 북해도는 겨울에 눈이 워낙 많이 와서 도로와 통행로 곳곳에 열선이 깔려 있다는 석우의 설명에 여준뿐만 아니라 나까지 눈을 크게 떴다. 석우가 똑같이 생긴 여자 둘이 똑같은 표정으로 놀라는 걸 보니 미리 공부해 온보람이 있다며 웃었다. 인천에서 하코다테까지 직항 노선이 있던 시절, 내게도 남편과 딸이라는 가족이 있던 시절의 이야기다. 정신 똑바로 차려야 한다. 자칫하면 기억의허방에 빠지고 만다. 추억으로 치장한 허상과 추돌하게 된다. 그때 내비게이션 음성 안내가 야생동물이 자주 출몰하는 지역이니 정신 똑바로 차리라고 말했다. 화들짝 놀라전방을 보니 사슴과 여우가 그려진 안내판이 서 있었다. 12년 전 겨울, 석우와 여준과 함께 왔을 때 눈밭에서 붉은여우를 보았다. 여우는 그림책에서 막 튀어나온 것처럼 온몸의 털이 태양을 닮은 주황색이었고 풍성한 꼬리 끝만 하앴다. 여우가 멀리서 우리를 응시했다. 여준이 발을 동동구르며 아빠 사진! 아빠 사진! 하고 외쳤다. 하지만 석우가망원렌즈를 꺼내 카메라에 끼웠을 때 붉은여우는 이미 몸을 돌리고 끝부분만 하얀 꼬리를 흔들며 숲속으로 총총 사라진 뒤였다. 여준이 제 아빠를 흘겨보며 울음을 터뜨렸다. 그 시절의 여준은 잘 울고 잘 웃었다. 석우는 여준을 안아주며 몇 번이고 사과했다. 별일도 아닌데 부녀가 호들갑을떤다고 타박한 사람은 나였다. 언제나 분위기를 깨고 찬물을 끼얹는 사람은 나……. 정신 똑바로 차려야 한다. 머리를 비우고 쉬겠다고 외국에 와서는 자꾸 기억을 불러들이고 있다. 기억과 해석은 다른가? 당연히 같지 않겠지만, 피하려고 해도 물리적인 충격을 동반해 제멋대로 찾아온다는 면에서는 크게 다르지 않다. 도로표지판에 점처럼 박힌 이국의 문자 중에서도 한자 시간에 배운 글자가 유독 크게 눈에 들어오며 저절로 해석의 프로세스를 발동하는 것과 별것 아닌 일들이 미끼가 되어 깊이 묻어놓았던 기억을 끌어내는 과정은 매우 흡사했다. 번역을 업으로 삼은 이후 해석은 곧 나의 밥줄과 다름이 없어졌는데도 해석 1과 기억 1이 찾아오고 그에 따른 새로운 해석 1−1과 또 다른 기억 2가 찾아오는 식으로 머릿속 창이 걷잡을 수 없이 열리면 컴퓨터를 강제로 종료하듯 그 자리를 벗어나야 했다. 물론 그렇게 떠나온 새 자리에서도 해석 3과 기억 6과 해석 5−1과 기억 12의 난동은 계속되고⋯⋯. 살고 싶으면 정신 똑바로 차려야 한다.

해석에 관한 나의 첫 기억은 구슬 옥玉 자였다. 늦봄 아니면 초여름이었을 것이다. 모내기를 마친 논에 벼가 푸릇푸릇하게 자라고 있었고 큼직한 한자 하나씩을 담은 흰색 표지판이 논 한가운데 점점이 박혀 있었다. 지금 생각하면 표지판에 적힌 글자는 지역명이나 구호였을 것이다. 예를 들면 '옥○면 풍년 기원'이랄지 '○옥면 농지조성 사업' 같은 문구들. 흰 바탕에 검게 그려진 것들이 글자인지 그림인지도 몰랐을 어린 내 눈에 유독 구슬 옥 자 하나가 성큼 들어왔다. 어디서 어떻게 배운 글자인지 알 수 없었는데, 나는 한 글자를 알아보았다는 기쁨에 겨워 은쟁반에 옥구슬 굴러가는 소리 못지않게 쟁쟁한 목소리로 구슬 옥이다! 하고 외쳤다. 내 곁에는 아빠가 있었다. 우리는 아침 일찍 시외버스를 타고 당도한 낯선 고장의 시골길을 걷고 있었는데, 내가 버스 안에서 멀미를 일으켜 수선을 피운 다음이라 아빠도 나도 나쁜 냄새를 풍기며 좀 지쳐 있었다. 그런데 내가 초록색 논 한가운데 저절로 솟아오른 것만 같은 글자를 알아보고 당당히 손가락질까지 하며 알은척하자 아빠가 지친 표정을 버리고 환하게 웃었다. 우리 딸 천재네! 했던가. 날 안아 빙글빙글 돌렸던가. 아빠는 집에 돌아가면 당장 천자문부터 가르쳐야겠다며 호들갑을 떨었고, 목적지에 도착할 때까지 계속 싱글벙글 웃었다. 그날의 기억은 거기서 끝나지 않았다. 가는 길 오른편에 작은 산비탈이 나왔는데, 아빠 키보다 높은 비탈에 주황색 나리꽃이 큼지막하게 피어 있었다. 내가 그 꽃을 가리키자 아빠는 반짝이게 닦아놓은 구두와 깨끗한 양복 바짓단에 흙을 묻혀가며 비탈을 올랐고, 몇 번 미끄러진 끝에 마침내 그 꽃을 꺾어 왔다. 아빠는 어린 내 앞에 한쪽 무릎을 꿇고 과

장된 동작으로 태양을 닮은 그 꽃을 바쳤는데, 나는 그 순
간을 최초의 인정과 숭배의 시간으로 기억한다. 그때도 이
헌화는 내가 들판 한가운데 솟아난 구슬 옥 자를 알아본
덕분이라고 생각했다. 나는 아빠의 인정을 받았다는 사실
이 기꺼웠고 난생처음 해석의 기쁨을 경험했다. 이후 해석
은 나의 주요한 욕망이 되었다. 내가 느낀 기쁨이 해석 자
체보다는 아버지의 언어를 알아본 보상과 더 관련이 깊고,
해석이란 기쁨보다 고통에 더 가까운 일이라는 사실을 다
섯 살의 나는 전혀 알지 못했다. 그날의 기억은 엉뚱한 결
말과 함께 끝이 났다. 아빠가 어린 나를 데리고 찾아간 곳
은 시골에 사는 먼 친척의 장례식이었는데 해찰을 하느라
제시간에 도착하지 못한 우리는 가는 도중에 벌써 집을 나
선 상여 행렬과 마주쳤다. 논 하나를 사이에 두고 저만치
서 상여가 천천히 지나가는 것을 보았다. 어린 나는 상여
를 실물로 처음 보았지만, 그게 상여라는 것과 그 안에 망
자의 몸이 담겨 있다는 것쯤은 알았다. 아빠가 걸음을 멈
추고 지나가는 상여를 향해 고개를 숙여 인사했다. 누군가
구슬프게 노래하고 있었다. 종소리인지 방울 소리인지도
짤랑짤랑 들렸다. 죽음이 가까이 있다는 걸 깨달은 순간
내 손에 꼭 쥔 주황색 꽃이 부끄러웠다. 죽음 앞에서 화려
하게 피어 있다는 건 부끄러운 일이었다. 나는 아빠 몰래

그 꽃을 논바닥에 던져버렸다.

*

호텔에 도착해 체크인을 마치자마자 짐도 풀지 않고 잤
다. 암막 커튼은 매우 효과적으로 늦은 오후의 빛을 차단해
방 안을 칠흑의 밤으로 만들어주었다. 잠들었다기보다는
기절했다는 게 좀 더 정확한 표현일 만큼 꿈도 없이 잤다.
어떤 기척을 느껴 깨어났을 때 시간은 자정에 가까웠다. 나
는 어둠 속에서 예민하게 귀를 기울였다. 어이없게도 기척
은 몸 바깥이 아닌 안에서 느껴졌다. 나는 동면에서 막 깨
어난 짐승처럼 허기가 졌다. 침대에서 일어나 암막 커튼을
걷자 크고 작은 불빛이 달려들 듯 다가왔다. 저 멀리 하코
다테산 정상의 전망대가 가장 크고 환한 불빛을 보냈고 산
을 향해 기운 여러 언덕길의 가로등이 점점이 가물거렸으
며 가까운 항구에는 어선을 밝힌 등이 수면에 노란빛으로
어른거렸다. 비로소 낯선 곳에 왔다는 실감이 들었다. 출발
에서 도착까지 하루가 꼬박 걸린 여정이 어느새 까마득한
자리로 밀려났다. 나는 이곳에서 홀로 국외자였다.

배가 몹시 고팠지만 이 시간에 문을 연 식당은 없어 보
였다. 지갑과 열쇠를 챙겨 들고 호텔 로비 층으로 내려갔

다. 체크인할 때 얼핏 편의점 간판을 본 기억이 났다. 편의점은 호텔 건물 오른쪽에 작은 혹처럼 붙어 있었다. 젊은 남자 직원이 친절과 무심함 사이 어딘가의 말투로 어서 오라고 인사했다. 나는 컵라면 하나와 삶은 달걀 두 개, 떠먹는 요구르트 하나를 샀다. 컵라면에 뜨거운 물을 부어 테이블 자리로 가보니 다른 사람이 한 명 더 있었다. 중국인으로도 태국인으로도 어쩌면 일본인으로도 보일 수 있는 남자가 나를 흘낏 보더니 먹고 있던 볶음국수 쪽으로 시선을 돌렸다. 컵라면이 익어가는 동안 삶은 달걀 껍데기를 깠다. 껍데기는 매끈하게 잘 까졌다. 달걀 하나를 컵라면 안에 집어넣고 뚜껑을 다시 닫았다. 옆자리 남자가 그런 내 모습을 보고 엄지를 치켜들었다. 나는 반사적으로 웃다가 곧 정색하고 컵라면 쪽으로 시선을 돌렸다. 정신 똑바로 차려. 남자 쪽에서 국수를 빨아들이는 소리가 들렸다.

편의점에서 나와 곧바로 호텔 맨 위층으로 올라갔다. 꼭대기 층의 목욕탕을 밤새 운영한다는 말을 체크인할 때 들었다. 호텔 홈페이지에서 야경이 내려다보이는 근사한 노천탕 사진을 본 기억도 났다. 자정이 넘은 시간, 탈의실에는 아무도 없었다. 옷을 벗고 욕장에 들어갔을 때도 사람은 보이지 않았다. 샤워기로 몸을 씻고 난 후 넓은 탕에 나혼자 들어갔다. 물은 진흙탕처럼 뿌예서 물속이 전혀 보이지 않았다. 무슨 온천물이 이런가 싶었지만, 벽에 붙은 안내판에 바다 해海 자와 물 수水 자가 도드라져 보였다. 내 머리가 저절로 해수탕이란 게 원래 이렇게 뿌연 모양이군, 해석을 시작했다. 물은 생각보다 뜨거웠다. 거기서 딱 5분을 버티고 노천탕으로 나갔다. 노천탕은 넓은 베란다 같은 구조로 지붕만 있고 한쪽 벽면은 윗부분이 횅하니 뚫려 바람이 통했다. 여름이었지만 뜨거운 물속에 있다가 바깥 공기를 만나니 오스스 한기가 느껴졌다. 노천탕은 길고 좁은 직사각형으로 실내 수영장의 한쪽 레인만 잘라 옮겨놓은 모양새였다. 거기에 누가 있었다. 어두운 조명 아래 희끄무레한 몸의 형체가 물 밖으로 나왔다가 물속에 들어가길 반복하며 헤엄을 치고 있었다. 그렇다. 그 몸은 목욕이 아니라 헤엄을 치고 있었다. 직사각형의 좁은 면 끝에 도착한 몸은 공중제비를 넘듯이 몸을 홱 돌려 다시 반대 방향으로 헤엄쳤다. 나는 노천탕 바로 앞에 놓인 흰색 비치 체어에 앉아 그 몸의 반복적인 동작을 지켜보았다. 뚫린 벽면에서 바람이 불어왔다. 저 멀리 하코다테산 정상의 전망대가 환하게 조명을 뿜으며 서 있었다. 몸이 물을 가르는 소리가 일정했다. 12년 전 '우리'는 로프웨이를 타고 하코다테산 전망대에 올랐다. 일본의 3대 야경으로 꼽히는 그곳의 야경을 보겠다고 한 시간 넘게 줄을 서서 로프웨이를 기다렸다. 날이 저문 후였고 밤하늘에 간간이 눈발이 날렸으며 여준은 춥고 발이 시리다며 징징거렸다. 하코다테산 따위 무너져버리라고 로프웨이 따위 끊어져버리라고 저주를 퍼붓다가 나한테 혼났다. 여준은 눈물을 매단 채 로프웨이에 올랐고, 전망대에 도착해 야경을 보고 사진을 찍고 기념품 가게에서 하얀 뱁새 인형을 사는 동안 내 쪽은 쳐다보지도 않으면서 제 아빠 옆에만 찰싹 들러붙어 있었다. 기억이 또 허방을 열었다. 정신 똑바로 차려야 한다. 철퍼덕철퍼덕. 노천탕의 뿌연 물은 일정한 박자로 갈라졌다. 희끄무레한 몸이 눈앞을 오갔다. 자꾸만 공중제비를 넘었다. 아무도 변신하지 않았다. 나는 가만히 앉아 그 반복을 지켜보다가 탈의실로 나갔다.

하루치 잠을 다 자버린 탓에 목욕탕에 다녀와서도 쉬 잠이 오지 않았다. 해석은 지긋지긋해 여행 때마다 서너 권씩 챙겨 왔던 책을 한 권도 가져오지 않았다. 이번에는 큰맘 먹고 노트북도 놔두고 왔다. 그랬더니 막상 할 일이 없었다. 침대에 누운 채 텔레비전을 켰다. 낯선 언어가 쏟아져 나왔다. 깜짝 놀라 볼륨을 줄이고 채널을 이리저리 바꿔보았다. 바다를 가르며 달려가는 오징어잡이 배 아래에 자막으로 '하코다테에 오세요' 비슷한 문장이 까불거렸다. 사극인지 옛날 옷을 입은 두 남녀가 다다미 위에서 끌어안고 흐느꼈다. 예능인지 과장된 웃음소리가 배경음으로 깔리며 여러 사람이 둘러앉아 설전을 벌였다. 모래밭에서 스모 선수 둘이 맞붙었다. 손가락질 한 번으로 쉽게 쉽게 바뀌는 화면에 하코다테산 전망대가 나타났다. 자막도 없고 대사도 거의 없어 무슨 일이 벌어지고 있는지는 알 수 없었지만 드라마나 영화의 한 장면 같았다. 인물들이 로프웨이를 타고 전망대를 향해 올라갔다. 리모컨을 내려놓고 3분쯤 보았을 때 나는 화면 속 장면이 오래전에 본 영화의 한 장면임을 알아보았다. 하코다테를 배경으로 찍은 영화였고 한동안 좋아하는 3대 영화 중 하나로 꼽기도 했다. 나는 결말을 알면서도 채널을 돌리지 않았다. 볼륨을 키우지도 않았다. 안 그래도 조용한 영화를 무음으로 보았다. 동생과 오빠가 함께 로프웨이를 타고 하코다테산 전망대에 오른다. 동생은 오랜만의 나들이에 들뜬 표정이다. 시간이 흐르고 동생 혼자 대기실에 앉아 있다. 로프웨이의 막차 시간이 지나도록 오빠는 돌아오지 않는다. 하코다테산 반대편은 사람이 다닐 수 없는 깎아지른 절벽이다. 전망대 직원이 동생에게 다가온다. 나는 엔딩 크레디트가 다 올라갈 때까지 채널을 돌리지 않으면서 생각했다. 오빠는 어디로 갔을까? 답을 알면서도 계속 생각했다. 오빠는 왜 오지 않을까? 동생은 끝내 홀로 남겨질까? 홀로는 반복될 것이다. 오빠는 단 한 번의 동작으로 동생의 곁을 떠났을까? 철퍼덕. 물 가르는 소리가 들렸다. 오빠는 어쩌면 그렇게. 모질게. 어? 어쩜 그래? 나는 텔레비전을 켜둔 채로 잠들었다. 어떤 몸이 반복해서 물을 가르는 소리가 귓가에 몰려왔다 몰려갔다. 정신 똑바로. 철퍼덕. 사람이 어떻게. 철퍼덕. 차려. 그래?

*

순전히 맨발 때문이었다. 맨발을 보지 않았다면 굽이굽이 이어진 고갯길 한가운데서 차를 세우는 무모한 짓은 하지 않았을 것이다. 그러나 나는 맨발을 보고야 말았고 그런 다음에야 차를 세우지 않을 수가 없었다. 나는 이곳이 한국어도 영어도 통하지 않는 북해도의 산속임을 잊고 어리석게 한국어로 말을 걸었다.

괜찮아요?

인적이 거의 없는 깊숙한 산길에 작은 몸집의 젊은 여자가 맨발로 주저앉아 있는데 괜찮을 리가 없었다. 게다가 부슬비가 내렸고, 몇 미터 앞이 잘 보이지 않을 정도로 안개가 자욱했다. 여자가 고개를 들어 운전석의 나를 보았다. 나는 반쯤 내렸던 차창을 끝까지 다 내린 뒤 여자 쪽으로 고개를 내밀고 다시 일본어와 영어로 번갈아 물었다.

[괜찮은가요?]

[당신은 괜찮습니까?]

놀랍게도 여자는 나를 보고 싱긋 웃었다. 그러곤 가뿐하게 몸을 일으켜 맨발로 총총 자동차 앞으로 걸어오더니 조수석 쪽 문을 열고 차에 올라탔다. 여자의 맨발이 가장 먼저 차 안으로 들어왔다. 그 발은 생각보다 깨끗했고 상처도 보이지 않았다. 여자에겐 신발만 없는 게 아니라 가방도 다른 소지품도 없어 보였다. 여자가 입은 풍성하고 긴 치마와 몸에 딱 들러붙는 반소매 셔츠에는 주머니가 없었다. 깊은 산속에서 맨발로 쓰러져 있는 여자는 당연히 조난의 이미지를 풍겼지만 가까이에서 본 여자는 붉은 기가 도는 긴 머리카락이 조금 푸석푸석해 보일 뿐 하얀 얼굴에 윤기가 돌았고 표정도 편안해 보였다. 내가 다시 자동차를 출발시키자마자 여자는 빠른 속도로 말을 내뱉기 시작했는데, 일본어라는 사실을 빼면 무슨 말인지 하나도 알아들을 수가 없었다. 심지어 일본어가 맞는가 싶을 만큼 여자의 억양은 독특했다. 여자가 한바탕 말을 쏟아내길 기다렸다가 겨우 틈을 비집고 미리 외워둔 일본어로 말했다.

[나는 외국인입니다. 나는 일본어를 모릅니다.]

그러자 여자가 알겠다는 듯 고개를 한 번 크게 끄덕이더니 그 후론 한마디도 하지 않았다. 그렇다고 여자가 언어 자체를 포기한 것은 아니었다. 여자는 음성언어 외의 언어 소통에 능숙했다. 오직 손짓과 몸짓, 표정만을 동원할 뿐인데 이상하게도 여자가 무슨 말을 하려는지 저절로 이해되었다. 여자는 마임 배우라고 해도 좋을 만큼 동작이 섬세하고 표현력이 뛰어났다. 몸에서 출발한 언어는 의식적인 해석의 노력이 필요 없게 단단한 괄호에 담겨 곧바로 내 몸에 도착했다.

(저 산꼭대기까지 가고 싶어요.)

나는 하코다테산 정상의 전망대를 향해 자동차 속도를 높였다. 원래 전망대까지 가는 길은 도시 쪽에서 로프웨이를 타고 직선으로 올라가는 방법과 자동차를 타고 산 뒤쪽으로 난 고갯길을 굽이굽이 돌아가는 방법이 있었다. 그러나 돌아가는 고갯길은 험해 눈이 많이 오는 겨울철에는 전면 통제되었고 여름에도 해가 지는 시간을 고려해 오후 네 시 이후에는 입산 금지였다. 12년 전 겨울에는 로프웨이를 타고 곧장 전망대에 올랐기 때문에 이번에는 가보지 않은 길을 선택했다. 로프웨이 안에서 다른 사람들과 마주치고 싶지 않은 마음도 있었다. 예상은 했지만 고갯길은 생각보다 한산했다. 전망대에 오르는 사람들이 가장 원하는 풍경은 하코다테시의 야경이었기 때문에 환한 오후 시간대에

산을 오르는 사람은 많지 않았다. 게다가 비와 안개에 젖어 길이 좋지 않았다. 오래된 나무가 무성히 잎을 틔워 천연 그늘막을 이루었고 그 사이로 안개가 살아 있는 존재처럼 스르르 움직였다. 흰 뱀 같은 안개가 움직일 때마다 시야가 뿌옇게 가려졌다 조금씩 드러나길 반복했다. 안개비가 흩뿌리는 산속 길은 괴괴했다. 이렇게 가다가 반대편에서 내려오는 자동차라도 만나 부딪치면 그대로 끝장이겠다 생각하며 바짝 긴장하고 있었는데, 안개 한 조각이 걷히면서 길가에 맨발로 주저앉은 여자가 보였다. 머리끝이 쭈뼛할 만큼 놀랐지만 여자의 맨발을 본 터라 본능적으로 차를 세웠던 것이다.

내게 맨발은 일종의 취약 지대였다. 맨발로 뛰어드는 사람은 막을 도리가 없었다. 오래전 604호 여자도 맨발이었다. 여준이 돌이 되기 직전이었으니 25년 정도 된 이야기다. 여준이 태어나고 두 달이 조금 안 되었을 때 석우가 내륙의 한 천문대로 발령을 받았다. 나는 고민 끝에 산후휴가를 무기한 휴직 상태로 바꾸고 석우를 따라 내륙으로 들어갔다. 남편과 떨어져 혼자 아기를 키우며 직장에 다니기보다 직장을 버리고 온전한 가족 안에서 살고 싶었다. 우리는 내륙의 산자락에서 고립을 자처하며 안온하게 지냈다. 석우는 정시에 출근해 정시에 퇴근했고 집에 돌아오면 아기 여준을 살뜰히 돌보았다. 나는 여준과 둘이 남은 시간을 살림과 산책으로 채웠다. 신축 아파트에 살았지만 단지를 조금만 벗어나면 논밭과 야산이 나왔고, 마음먹고 걸으면 소백산맥 한가운데에도 닿았다. 이사 온 지 1년이 다 되도록 아직 걷지 못한 길이 많았다. 그날도 석우를 출근시키고 집안일을 서둘러 마무리한 다음 여준을 유아차에 태워 산책을 나섰다. 9층에서 엘리베이터를 타고 내려가는데 6층에서 문이 열리더니 웬 여자가 뛰어들었다. 여자는 다급하게 엘리베이터 닫힘 버튼을 눌렀고, 문이 닫힌 뒤 엘리베이터가 움직이자 긴장이 풀린 듯 바닥에 주저앉았다. 여자는 맨발이었다. 집에서 입는 반소매 티셔츠에 반바지를 입은 옷차림도 허술했다. 엘리베이터가 1층에 멈춰 섰지만, 나도 여자도 내리지 않았다. 나는 여자 때문에 내릴 수가 없었다. 엘리베이터는 문이 닫힌 채 움직이지 않았다. 그 안은 생각보다 더 적막했다. 그때도 나는 여자에게 물었다.

팬찮아요?

팬찮을 리 없다는 걸 알았으니 하나 마나 한 질문이었다. 여자는 쫓기는 짐승처럼 다친 눈빛으로 나를 올려다보더니 불쑥 말했다.

돈 좀 빌려줘요. 신발도요.

여자를 우리 집에 들이고 가장 먼저 생각한 것은 뜬금없게도 유아차에서 잠든 여준을 지켜야 한다는 거였다. 맨발의 여자를 주방 식탁 앞에 앉히고 따뜻한 차부터 한 잔 대접하면서 나는 계속 여준과 나와의 거리와 여자와 여준과의 거리를 계산했다. 어쩐지 앞뒤가 맞지 않게 들리겠지만 그때 나는 어떤 폭력을 피해 도망친 게 분명해 보이는 여자가 앙갚음처럼 나의 여준을 안고 달아날 수도 있다고 믿었다. 맨발의 타인을 도와주고 싶은 마음이 먼저 들었던 건 분명하지만, 내 집에 들어온 여자가 얼마든지 돌변할 수 있다고 생각할 만큼 나는 여자를 불신했다. 한시라도 빨리 여자를 내 집 밖으로 몰아내야 했다. 여자를 나의 소중한 여준 곁에서 멀리 떨어뜨려야 했다. 나는 여준이 곤히 잠든 유아차를 현관에서 거실까지 끌고 들어왔다. 나가기 직전 걸레질을 마친 거실 바닥이 더럽혀지는 것도 아랑곳하지 않았다. 여자가 차를 홀짝이며 집 안을 둘러보았다. 돈이 얼마나 필요한지 묻자 여자가 2만 원이라고 대답했다.

시내까지 갈 택시비만 있으면 돼요. 친구가 거기서 카페를 하거든요. 친구 카페에 있다가 돌아오면 우리 아저씨도 화가 풀려 있을 거예요. 신발은 슬리퍼도 괜찮아요.

여자의 얼굴에서 다친 짐승의 표정이 걷혀 있었다. 여자는 친구 집에 놀러 온 사람처럼 그날 처음 만난 내게 주저리주저리 자기 이야기를 늘어놓았다. 나는 계속 여준 쪽을 의식하면서 지갑에서 만 원권 지폐 두 장을 꺼내 여자에게 건넸다. 여자가 반바지 주머니에 지폐를 찔러넣더니 다시 차를 한 모금 홀짝였다.

아이, 씨발.

여자의 돌연한 욕설에 깜짝 놀라 반사적으로 여준 앞을 막아섰다. 그러나 여자는 나의 방어심은 알아채지 못하고 제 가슴만 내려다보았다. 여자의 가슴 양쪽이 둥글게 젖어 있었다. 그게 무엇을 뜻하는지 나는 알았다. 여자가 어쩌면 좋겠느냐는 표정으로 나를 올려다보다가 처음으로 여준에게 관심을 보이며 물었다.

아기가 몇 개월이에요?

나는 여자의 질문이 무슨 뜻인지도 다 알아들어버렸다. 나는 이제는 쓰지 않아 주방 베란다 창고에 넣어둔 유축기를 꺼내 왔다. 유축기를 가지러 갈 때는 이미 방어심도 허물어져 여자 곁에 여준을 그대로 두었다. 여자에겐 한창 젖을 먹여야 하는 아기가 있다. 여자는 자꾸 새는 젖을 짜내야 한다. 아기에게 제때 먹이지 못한 젖은 여자의 가슴을 돌덩어리로 만들어 여자를 고통스럽게 할 것이다. 그런 여자에게 여준은 처음부터 탐나는 대상이 아니었을 것이다. 나는 항복하는 심정으로 여자에게 유축기를 건넸다. 여자는 고맙다는 말도 없이 내게서 등을 살짝 돌리고 익숙하게 젖을 짜기 시작했다.

여자가 제 발에 너무 큰 내 샌들을 빌려 신고 내 집 밖으로 나갔을 때 나는 여자에게 따지듯 물었다.

아기를 두고 가도 괜찮겠어요?

여자는 그게 무슨 소리냐는 듯 어깨를 한 번 으쓱하고 대답했다.

우리 아저씨가요, 제 새끼는 아주 끔찍하게 아끼는 남자거든요. 저녁에 돌아오면 아기 목욕까지 다 끝나 있을걸요.

여자의 말투는 자랑에 가까웠다. 그 말투에 눌려 나는 남의 집에 아까운 젖 짜놓고 네 새끼는 종일 굶길 거냐고, 너만 홀가분하게 도망치면 다냐고, 내쳐 따지지 못했다. 그날 여자를 보내고 나는 산책하러 나가지 않았다. 잠에서 깬 여준이 칭얼거리자 미리 만들어둔 이유식을 데워 먹이고 오래오래 내 품에 끌어안고 시간을 보냈다. 벌써 걸음마를 준비하던 여준이 답답해하며 자꾸만 내 품에서 벗어나려고 했지만, 나는 여준을 붙들고 놓아주지 않았다. 석우가 퇴근해 돌아왔을 때 여준은 울음을 터뜨리며 제 아빠 품에 안겼고 한동안 나를 피했다. 석우가 식탁 위에 그대로 방치한 유축기와 604호 여자의 젖을 보고 이게 다 뭐냐고 물었지만, 나는 아무 말도 하지 않았다. 저녁 내내 침대에 누워 멍하니 천장만 보는 내 모습에 석우는 두려움을 느꼈을 것이다. 아마 여준을 낳고 키우며 내가 본능적으로 지키려 했던 가족이라는 허상이 귀퉁이부터 푸슬푸슬 허물어지기 시작한 것은 그날부터였을 것이다. 그 유축기와 젖을 누가 어떻게 처리했는지, 604호 여자가 언제 내 샌들과 돈을 돌려주었는지는 하나도 기억나지 않는다. 다만 며칠 후 아파트 단지 안에서 여자와 마주쳤던 일은 또렷하게 기억난다. 여자는 몰라볼 만큼 화려하게 화장하고 차려입은 모습이었고, 여자보다 몇 곱절 우람한 체격의 남편이 유아차를 밀고 있었다. 여자의 아기는 튼튼하고 검은 유아차 덮개에 가려 보이지 않았다. 나와 눈이 마주친 여자가 시선을 돌리더니 남편에게 매달리다시피 팔짱을 끼고 총총걸음으로 멀어졌다. 여자에게도 본능적으로 지키고 싶은 무엇이 있었을 것이다.

　하코다테산 정상은 온통 안개였다. 우리는 구름 한가운데로 들어갔다. 그 와중에도 로프웨이는 꾸준히 사람들을 실어 날랐고 전망대 옥상에는 구름이 걷히길 기다리는 사람들이 제법 있었다. 맨발의 여자는 전망에는 관심이 없는지 네모난 옥상 가장자리를 따라 천천히 걸었다. 구름이 조각조각 움직일 때마다 그 틈새로 잠시 시야가 열렸다. 까마귀들이 사람들 바로 옆까지 날아왔다. 맨발의 여자가 까마귀를 향해 작은 발을 구르며 깔깔 웃었다. 그러나 까마귀는 여자의 도발을 무시하고 제 갈 길을 갔다. 이윽고 구름이 옆으로 물러가며 시야가 넓게 트였다. 저 멀리 도시가 보였다. 사람들이 일제히 탄성을 지르며 카메라를 들고 도시 방향을 바라보았다. 12년 전 겨울에 본 야경은 화려했지만 지금 보이는 낮의 풍경은 흐릿하되 원래 색깔을 간직하고 있었다. 손바닥만 한 황토색 네모는 로프웨이 출발 지점 바로 옆의 고등학교 운동장이었고 민트색의 동그라미는 러시아정교회의 둥근 지붕이었다. 갈색 십자모양은 영국 성공회 성당의 지붕일 것이고 제법 큰 초록색 네모는 항구 옆 인공 섬에 조성된 공원일 것이다. 나는 저 아래 펼쳐진 실물 풍경을 하나하나 뜯어보며 머릿속의 지도와 비교했고, 12년 전 '우리'가 함께 걸었던 언덕길과 비교했다. 저 아래 실물과 기억 속의 길과 휴대폰 안의 지도는 같은가, 다른가. 12년 전 겨울에 묵었던 호텔과 지금 내가 묵는 호텔은 여기서 보니 손가락 한 마디 거리로 떨어져 있었다. 하코다테산이 무너져버리면 좋겠다고 저주를 퍼부었던 여준이 유일하게 좋아했던 노란색 공회당 건물은 산등성이에 가려 보이지 않았다. 지금 내 눈에는 보이지 않지만 존재한다는 사실만은 분명히 아는 노란색 건물을 향해 서서 나는 여준의 이름을 가만히 세 번 불렀다.

여준아.

여준아.

여준아.

괜찮니?

괜찮아?

괜찮은 거야?

석우와 헤어지고 3년 후인 4년 전, 불쑥 독일로 떠나버린 여준과 마지막으로 영상통화를 한 지도 두 계절이 훌쩍 지나 있었다.

(목이 말라요.)

맨발 여자가 곁에 와 몸으로 말했다. 우리는 전망대 매점으로 들어가 음료수를 하나씩 골랐다. 기념품 가게에 슬리퍼가 있기에 하나 사줄까 (몸으로) 물었지만 여자는 웃으며 고개를 저었다. 우리는 다시 옥상으로 돌아가 안개가 몰려오기 시작하는 도시를 한 번 더 내려다보고 함께 사진을 몇 장 찍은 뒤 전망대를 떠났다.

(가야 할 곳이 있어요.)

나는 여자에게 길 안내를 맡겼다. 내려가는 길에도 다른 차는 보이지 않았다. 여자는 조수석 창문에 붙다시피 해서 창밖을 구경했다. 까마귀 몇 마리가 여자에게 달려들 듯 가깝게 날아왔는데 그때마다 여자가 새된 소리로 웃음을 터뜨렸다. 고갯길 초입의 입산 통제선에 제복 차림의 남자가 경광봉을 들고 서 있었다. 남자 옆에 오후 네 시 이후 입산 금지를 알리는 붉은 표지판이 서 있었다. 남자가 우리 차를 향해 경광봉을 흔들었다. 나는 차를 세우고 차창을 반만 내렸다. 남자가 열린 틈새로 차 안을 흘낏 보더니 일본어로 뭐라 뭐라 말했다. 나는 일본어로 천천히 대꾸했다.

[나는 외국인입니다. 나는 일본어를 모릅니다.]

남자가 다시 영어로 뭐라 뭐라 말했다. 나는 남자의 말을 알아들은 척 고개를 끄덕이고 다시 차를 출발시켰다. 맨발의 여자가 차창 너머로 제복 남자에게 손을 흔들었다. 그새 부슬비가 그치고 서쪽 하늘에서 해가 고개를 내밀기 시작했다. 자동차는 산길을 내려와 새로운 언덕길로 올라갔다. 낮은 건물들 사이로 모토마치성당의 첨탑이 보였다. 내 해석이 틀리지 않는다면 제복 남자는 분명 이렇게 말했다.

[이곳은 여자 혼자 돌아다니기에 너무 위험합니다. 무엇과 마주칠지 알 수 없으니까요.]

여자가 안내한 곳은 서쪽 바다가 내려다보이는 야트막한 언덕 동네였다. 어느 카페 앞 주차장에 차를 세우고 휴대폰 지도 앱을 열어 위치를 확인해보니 하코다테 외국인 묘지 바로 옆이었다. 이용자 댓글에 일몰이 장관이라는 말이 가장 많이 보였다. 해가 질 때까지 한 시간 정도 남아 있었다. 근처를 산책하다가 카페에 들어가 차를 마시며 일몰을 구경하면 딱 좋을 것 같았다. 여자가 앞장서 걸었다. 카페 주차장을 벗어나자마자 길 양옆이 온통 무덤이었다. 진한 정도가 다른 수많은 회색 묘비가 저마다의 높이로 박혀 바다를 바라보고 있었다. 여자는 거침없이 묘지 경내로 들어갔다. 우리는 나란히 죽은 자들의 공간을 걸었다. 지도 앱에는 분명 '외국인 묘지'라고 되어 있었지만 대부분의 묘비에는 한자로 된 일본인의 이름이 새겨져 있었다. 밭 전田, 나무 목木, 마을 촌村, 뫼 산山, 수풀 삼森. 나도 모르게 아는 한자를 찾아 읽었다. 여자가 한 묘지를 벗어나 옆으로 이어지는 다른 묘지로 들어갔다. 그 묘지는 첫 번째 묘지보다 더 작았고 한가운데 민트색 둥근 지붕을 인 러시아정교회 미니어처 구조물이 서 있었다. 아마도 러시아 사람들이 묻힌 곳으로 보였다. 러시아인 묘지 앞쪽에도 작은 묘지가 있었는데, 그곳 묘비에는 대부분 십자가가 새겨져 있었다. 묘지 입구에 커다란 안내판이 서 있었다. 일본어와 영어가 나란히 적힌 설명에 따르면 개신교 묘지, 가톨릭교 묘지, 러시아인 묘지, 중국인 묘지 등으로 구획이 나뉘어

있는 이곳을 한꺼번에 외국인 묘지라고 부르는 모양이었
다. 여자와 나는 안내판 앞에 나란히 서서 각자 해석할 수
있는 글을 읽었다. 안내문 맨 아래에 처음 이곳에 묻힌 외
국인의 이름과 나이가 적혀 있었다. 누구는 병으로 죽었고
누구는 살해당했으며 누구는 40대 중반이었고 누구는 고
작 열아홉 살이었다. 이름 옆 괄호 안에 적힌 (19)라는 숫
자에 오래 눈길이 머물렀다. 외국인 묘지 위쪽에 훨씬 더
넓은 묘지가 펼쳐져 있었다. 근처 절에서 관리하는 현지인
들의 묘지였다. 묘비마다 가족의 성이 한자로 새겨져 있었
다. 이곳 사람들은 죽어서도 가족끼리 함께였다. 12년 전
의 '우리'는 죽어서도 뿔뿔이 흩어져 묻힐 것이다. 생각해
보면 지금 현지인으로 불리는 이들도 한때는 이곳의 외인
이 아니었나? 나는 어느 곳에서 죽어도 끝까지 외인으로
살다 갈 것이다. 정신 똑바로 차려. 기억의 허방보다 무서
운 것은 오래된 미래였다. 나는 동의를 구하려는 듯 여자
쪽을 돌아보았다. 여자가 보이지 않았다. 가슴이 철렁 내려
앉았다. 나는 왔던 길을 되짚어가며 여자를 찾았다. 여자
는 일본인 묘지에도 가톨릭교 묘지에도 러시아인 묘지에
도 없었다. 자동차를 세워놓은 카페 주차장까지 가보았지
만 여자는 보이지 않았다. 나는 다시 묘지 쪽으로 올라갔
다. 일본인 묘지를 지나 가톨릭교 묘지를 통과할 때 저 위

쪽에 붉은 기운이 어른거렸다. 붉은색은 바다 쪽에서 출발했다. 일몰이 시작되는 모양이었다. 서쪽 하늘에서 출발한 석양이 어디에 도착하는지 눈으로 따라가보았다. 민트색 지붕 아래 흰색 구조물이 유난히 붉게 물들고 있었다. 구조물 한가운데 여자가 누워 있었다. 여자는 햇볕에 젖은 몸을 말리는 짐승처럼 느긋하게 눈을 감고 있었다. 여자의 붉은 머리카락이 지는 해를 빨아들이며 활활 타올랐다. 어느새 큼직해진 태양의 끝이 수평선에 닿아 흔들렸다. 태양도 여자도 눈이 부셔 똑바로 쳐다볼 수가 없었다. 나는 석양을 등지고 쓸쓸하게 어두워지는 언덕의 묘지를 한참 바라보다가 주차장으로 돌아갔다. 여자는 따라오지 않았다.

(안녕, 친애하는 낯선 사람.)

나는 괄호에 담긴 여자의 인사말을 똑똑히 알아들었다.

*

자정이 넘은 시간, 호텔 목욕탕은 텅 비어 있었다. 노천탕에도 사람은 없었다. 나는 비치 체어에 앉아 몇 시간 전 올라갔던 하코다테산 전망대를 한참 바라보았다. 뚫린 벽면에서 바람이 불어왔다. 한기를 느낀 나는 아무도 없는 노천탕에 몸을 담갔다. 노천탕 물도 욕장 안처럼 뿌옇게 흐렸다. 물에 잠긴 내 몸이 보이지 않았다. 나는 천천히 헤엄치기 시작했다. 지난밤 보았던 그 몸처럼 길쭉한 노천탕을 반복해서 오갔다. 한 바퀴, 두 바퀴, 세 바퀴. 손끝이 벽면에 닿으면 공중제비를 넘는 여우처럼 몸을 홱 뒤집으며 방향을 바꿨고 그때마다 변신을 소망했다. 내가 지금 여기의 내가 아니기를. 내가 이 몸이 아니기를. 안간힘을 써가며 지키고자 했던 것이 무엇이었는지 다 잊은 몸이 되기를. 뭔가를 잃었다는 사실마저 깨끗이 망각한 몸이기를. 네 바퀴, 다섯 바퀴, 여섯 바퀴. 철퍼덕철퍼덕. 물을 가르고 몸을 뒤집고 다시 물을 가르며 출발하다 영영 다른 존재에 도착하기를. 무엇보다 이처럼 지극한 소원마저 깡그리 떨쳐낸 채 물 밖으로 나오기를.

　　호텔 방으로 돌아와 기절하듯 잠들었다. 암막 커튼을 걷지 않아 달빛이 그대로 얼굴을 덮쳐 왔지만, 일어나 커튼을 칠 기력이 없었다. 현실과 꿈의 경계에 틈이 활짝 열리고 단박에 잠이 어지럽혀졌다. 아무것도 없이 소란스럽고 묵음으로 시끄러웠다. 구름이 달을 가려 잠시 어둠이 짙어졌을 때 창문이 열리고 그것이 들어왔다. 그것의 동작은 섬세했다. 그것이 침대 위로 올라와 내 귀에 낯선 언어의 숨을 불어넣었다. 붉은 머리카락이 내 얼굴을 따스하게 덮었다. 그것이 치마 속에서 긴 꼬리를 꺼내더니 붓 삼아 내

등에 글을 쓰기 시작했다. 그것의 글씨는 틀림없이 태양을 닮은 붉은색일 것이다. 나는 간지러워 키득거리며 몸을 뒤틀었지만 잠에서 깨지는 않았다. 그것이 밤새도록 내 등 가득 언어를 채워 넣었다. 꼬리뼈 바로 위에 마침표가 찍히고 그것이 마지막으로 내 귀에 인사말을 속닥이더니 공중제비를 넘어 창밖으로 사라졌다. 구름이 달을 뱉어냈다. 나는 얼굴 가득 달빛을 받으며 빙긋 웃었다. 나는 영영 내 등의 언어를 해석할 수 없을 것이다. 나는 그것의 언어를 담은 괄호가 되었다. 나는 눈을 번쩍 떴다. 등이 쓰라렸다. 다시 눈을 감았다. 나는 다른 몸이 되었는가. 다시 잠으로 돌아가며 나는 붉고 따스했던 그것을 향해 인사했다.

[안녕, 친애하는 낯선.] ▪

최진영

울루루—카타추타

1981년 서울 출생.
2006년 『실천문학』 등단.
소설집 『팽이』 『겨울방학』 『일주일』 『비상문』 『쓰게 될 것』 등.
장편소설 『당신 옆을 스쳐간 그 소녀의 이름은』 『끝나지 않는 노래』
『원도』 『구의 증명』 『해가 지는 곳으로』 『이제야 언니에게』
『내가 되는 꿈』 『단 한 사람』 등.
〈한겨레문학상〉 〈신동엽문학상〉 〈백신애문학상〉
〈만해문학상〉 〈이상문학상〉 등 수상.

울루루―카타추타

　기일이 마침 주일이다. 미사 시작 전 예물 봉투 겉면에 '김태훈 베드로의 영원한 안식을 빕니다'를 쓰고 잠시 문장을 바라본다. 습관처럼 쓰던 문장이어서 그동안 그 뜻을 되새겨보진 않았는데, '영원한 안식'이란 문구가 문득 갑갑하게 느껴진다. 동굴을 가로막은 돌덩이 같은 단절감…….　영원한 안식이라면 죽음 아닌가. 그렇다면 나는 여태 죽은 자의 죽음을 빌었던 셈이구나. 새 봉투를 집어 든다. 검지와 중지로 볼펜을 다잡으며 다른 문장을 떠올리려 애쓴다. 그를 천국으로 이끌어달라는 기도는 불필요하다. 타인을 위해 자기를 희생한 사람은 천국에 있을 수밖에 없으니까. 그의 영혼을 보살펴달라거나 영원한 행복을 누리게 해달라는 기도도 사리에 맞지 않다. 그는 충분한 보살핌을 받고 있을 테니까. 대체 무슨 기도가 더 필요한가, 생각하다가 즉흥적으로 쓴다.

남겨진 우리를 보호하소서.

연미사에 어울리는 문장은 아니지만 막상 쓰고 보니 그 또한 그것을 원할 것 같다. 천국에는 영원한 안식이 있고 여기 남은 우리에게는 영원 같은 시간이 있으니. 그가 죽기 전까지는 의무감으로 주일 미사에 참여했고 십자가 앞에서 가족의 안위를 기도했다. 신의 유무를 고민할 필요는 없었다. 사고 이후부터 필사적으로 신을 찾았다. 왜? 어째서? 대체 무엇 때문에? 그에게 묻고 싶었지만 그가 없어 신이 필요했다. 비로소 신앙이 생긴 것이다.

신부님은 「루카복음」 15장을 낭독한다. 되찾은 아들의 비유. 두 아들이 있다. 맏아들은 집안일에 충실하고 아버지에게 헌신한다. 집을 나가 방탕한 생활을 하던 둘째 아들이 돌아오자 아버지는 성대한 잔치를 벌인다. 맏아들은 분노하여 아버지에게 따져 묻는다. 평생 아버지를 섬기며 뼈가 으스러지게 일한 나에게는 염소 한 마리 주지 않더니 밖에서 흥청망청 놀며 가사를 탕진한 그가 돌아왔다고 살찐 소를 잡으시는군요. 아버지는 말한다. 내 모든 것은 네 것이다. 그러나 네 아우는 죽었다가 살아났고 잃었다가 되

찾은 아들이다. 기뻐함이 마땅하지 않겠느냐. 이어지는 강
론에서 신부님은 회개하는 마음을 이야기한다. 미사를 마
치고 집으로 돌아오며 생각한다. 그래서 두 아들 중 누가
천국에 갈까?

집에 들어서니 정오. 탁자에 가방을 내려놓으며 혜성
을 부른다. 몇 번을 불러도 대답이 없다. 혜성의 방문 앞에
서서 귀를 기울인다. 아무 소리도 들리지 않아서 노크하며
말한다. 혜성아, 엄마 들어간다. 여전히 대답은 없다. 문을
연다. 헤드셋을 쓴 혜성의 뒤통수가 보인다. 모니터 화면
에서는 총격전이 벌어지고 있지만 방은 조용하다. 침대 위
뒤엉킨 이불, 방바닥에 떨어져 있는 베개와 쿠션, 책상 구
석에 어질러진 과자 봉지와 음료 캔, 침대 발치에 너부러
진 수건과 티셔츠. 얼마 전 사준 블루종 점퍼는 옷걸이에
반듯하게 걸려 있다. 평소라면 사주지 않았을 비싼 옷이
다. 두어 달 전 혜성은 인터넷 쇼핑몰의 그 옷 사진을 보여
주며 갖고 싶다고 했다. 모아놓은 용돈으로 사라고 했더니
그 돈은 따로 쓸데가 있다며 말을 이었다.

공짜로 사달라는 거 아니야. 엄마가 하라는 걸 할 테니
까 보답으로 사줘.

보답이 아니라 보상.

아무튼.

중간고사에서 국영수 전부 90점 이상 받아 오면 사줄게.

……국어는 70점 해주면 안 돼?

그럼 영수 중 하나는 100점.

좋아. 국어는 70점 이상, 수학은 90점, 영어만 100점 받으면 되는 거지?

그리고 혜성은 정말 그 점수를 받아 왔다. 여태 한 번도 100점을 받은 적이 없었는데. 나는 놀라서 물었다.

뭐야, 마음먹으면 100점도 받을 수 있는 거였어?

혜성은 그저 의미심장하게 웃었다. 그 웃음에서 태훈이 보였다. 웃는 얼굴이 너무 닮았다. 욕심이 많은 편은 아니지만 갖고 싶은 건 기필코 가져야 하는 성미와 옷에 관심이 많은 취향도. 혜성은 아빠를 닮았다는 말을 좋아하지 않았다. 그 말을 들으면 표정이 굳었다. 그 표정에서도 태훈이 보였다. 어쨌든 혜성은 혜성으로 자랄 것이다. 태훈을 닮은 전혀 다른 사람으로.

어깨에 손을 얹자 깜짝 놀란 혜성이 외마디 욕을 내뱉는다.

아, 뭐야.

헤드셋을 벗으며 한숨 쉬듯 중얼거린다.

놀라면 욕하는 거 고쳐.

어떻게 고쳐. 본능인데.

본능 아니야. 습관이지.

좀 전에 시리얼이랑 빵 먹었어. 배 안 고파.

그럼 씻고 옷 갈아입어. 아빠 만나러 가자.

이번 판 끝내고 가면 안 돼?

얼마나 걸려?

30분.

그러라고 하자 혜성은 다시 헤드셋을 쓰고 손가락을 바쁘게 움직인다. 나가기 전에 다시 방을 둘러보다가 이전에는 없던 것에 눈길이 간다. 책상에 딸린 책장에 붙여놓은, 드넓은 사막에 우뚝 솟은 거대한 붉은 바위 사진. 인터넷에서 검색한 이미지를 종이에 인쇄한 것이니 엄밀히 말하면 출력물이겠지. 생전에 태훈은 세계 곳곳의 관광지 사진—마야문명의 피라미드, 마추픽추, 우르의 지구라트, 스핑크스, 튀르키예의 다양한 유적지 등—을 서재 메모판에 붙여두고 바라보길 즐겼다. 그 사진 중 하나를 떼어 온 것 같은데⋯⋯ 왜 가져왔는지 궁금하지만 게임에 몰두한 혜성을 다시 자극하고 싶지 않아서 조용히 방을 나온다.

커피를 한 잔 내려서 서재 의자에 앉아 메모판에 꽂힌 사진을 훑어본다. 저 사진들에 대해 태훈과 대화한 적이 있던가? 한 번쯤은 했겠지만⋯⋯. 아니, 그 어떤 대화도 나누지 않았을 가능성이 더 크다. 서재에 태훈과 둘만 머문 적은 거의 없는 데다 우리의 대화 주제는 대부분 혜성과 집안일이었으니까. 저 사진은 왜 붙여놨어? 같은 질문은, 우리가 나누었다기엔 너무 낭만적이다. 혜성이 사진 중 한 장을 제 방으로 가져가지 않았다면, 그와 같은 변화가 없었다면, 매일 보면서도 영영 몰랐을 수 있다. 이 방에 저 사진들이 있음을.

사진의 공통점을 찾아보며 스무고개하듯 추측해본다. 거의 사막이구나. 고대 유적지 중심인가. 멸망한 제국 취향이었나. 미스터리를 좋아했던가. 아무튼 휴양이나 레저를 꿈꾼 건 아닌 것 같다. 가보고 싶어서 메모판에 붙여두었겠지. 언젠가, 미래의 어느 날.

대낮의 서재는 낯설다. 모든 것이 환하고 선명하게 보여서 오히려 좁고 어수선하게 느껴진다. 나는 주로 밤에 서재에 머무른다. 혜성이 소파에 드러누워 텔레비전을 보면 나도 그 옆에 앉아 같은 방송을 보고, 혜성이 자기 방으로 들어가서 문을 닫아버리면 나는 이곳으로 들어와 책상 스탠드만 켜놓은 채 와인을 마시며 창밖을 바라본다. 책을 읽을 때도 있지만 내용에 빠져들진 않는다. 혼자를 감각하는 유일한 시공간. 그러다 거실로 나오면 어둡고 고요하다. 혜성의 문 앞에 서서 노크를 하면 대답이 있거나 없다. '방해하지 마'란 대답이 아닌 이상 문을 열어본다. 혜성이 책상 앞에 앉아 있으면 필요한 건 없는지 물어본다. 잠들어 있으면 조용히 문을 닫는다.

어느새 6년이 흘렀다. 처음에는 충격이 커서 어떤 말도 나오지 않았다. 첫 기일에 넌지시 그날 이야기를 꺼내보았지만 혜성은 '잘 모르겠어' '나도 모르겠어'라는 대꾸만 반복했다. 두 번째 기일에 혜성은 울었다. 눈물을 닦아주며 '아빠 보고 싶어?' 물었더니 고개를 저었다. 시간은 빠르게 흘렀고 일상은 단조로웠다. 아침에 함께 집을 나서 학교 앞에 혜성을 내려주고 출근하면 금방 오후 다섯 시가 되었다. 집으로 돌아오면 학교 마치고 학원 가기 전에 잠시 집에 들렀을 혜성의 흔적이 보였다. 식탁 위 빈 접시, 음료 자국이 남은 컵, 불이 켜진 채로 문이 열려 있는 화장실, 소파에 던져놓은 학교 가방이나 점퍼. 집을 청소하고 먹을거리를 준비하다 보면 혜성이 돌아왔다. 함께 저녁을 먹고 숙제를 봐준 다음 텔레비전을 보다가 소파에서 잠든 혜성을 깨워 방으로 데려가 재우면 열 시에서 열 시 반 사이. 그런 날의 반복이었다. 학년이 올라갈수록 잠드는 시간이 조금씩 늦어지는 것 외에 변화는 거의 없었다. 아빠의 죽음 또는 부재에 대해 이야기 나눌 여지는 점점 사라졌다. 가끔 그런 기회가 생기더라도 나는 말하지 않는 편을 선택했다. 혹시라도 혜성이 울적해할까봐. 잔잔한 일상에 영향을 줄까봐.

중학교에 입학하던 해 기일에, 혜성은 스스로 교복을 입고 방에서 나왔다. 평소 생활복이나 체육복 입은 모습만 봐서인지 의젓해 보였다. 일부러 가볍게 물었다.

아빠 보여주려고?

혜성은 대답했다.

내가 가진 옷 중에 제일 비싸고 멋있거든.

중학생이 되고 혜성의 귀가 시간은 더 늦어졌다. 주말이나 방학 때만 같이 저녁을 먹을 수 있었다. 혜성은 아침에 깨우지 않아도 알아서 일어났다. 학교 선생님에게 특별한 주의를 전해 들은 적도 없다. 학원을 빠지지도 않았다. 공부도 곧잘 따라가는 것 같았다. 게임은 주말에만 한다는 약속을 어기지 않았다. 작년부터 먹는 양이 부쩍 늘었고 키도 꽤 컸다. 내년이면 고등학생이다. 내년 이즈음에도 혜성은 교복을 입고 방에서 나올까. 오늘도 그의 나무 아래에는 국화가 놓여 있을까.

나를 부르는 소리에 거실로 나간다. 블루종 점퍼에 청바지를 입은 혜성이 현관에 서 있다. 가방을 챙겨 들고 함께 집을 나선다. 승용차에 오른 뒤 시동을 걸자 블루투스 스피커는 자동으로 혜성의 휴대폰과 연결된다. 혜성은 앱에 접속해 음악을 고른다. 안전벨트를 매라는 경고음이 계속 울린다.

언젠가, 이전의 어느 때, 혜성은 제 친구의 엄마에게 말했다.

그렇지만 우리 아빠는 죽었거든요.

요즘은 이혼하고 혼자 자식 키우는 사람도 많으니 괜한 걱정 말라는 소리를 들었기 때문이다.

언젠가, 이전의 어느 때, 혜성은 친척 할머니에게 말했다.

그런 건 유튜브에 다 나오는데요.

그래도 면도나 넥타이 매는 방법처럼 아빠한테 배워야 할 게 따로 있다는 소리를 들었기 때문이다.

언젠가, 이전의 어느 때, 혜성은 느닷없이 나에게 물었다.

엄마는 아빠가 정말 좋은 사람이었다고 생각해?

혜성은 '아빠는 죽었어요'라는 말을 거리낌 없이 했다. '아빠가 없다'는 사실을 일찍 받아들였다. 아빠에 대해서는 늘 과거형을 사용했다. 죽음을 봤기 때문이다. 죽어가는 그를 우린 같이 봤다. 그리고 나는 못 봤다. 당시 혜성이 죽어가는 아빠를 어떤 상태로 지켜봤는지를. 혜성은 나를 봤을까? 내 표정과 몸짓을 기억할까? 처참하게 쓰러진 태훈의 얼굴에 내 얼굴을 들이대고 숨소리를 찾았었다. 그때 내 근처에 있었을 혜성의 표정을 나는 영영 알 수 없다.

얼마간은 마트에서 물건을 사며 태훈의 빈자리를 의식했었다. 냉장고에서 시들어가거나 유통기한을 넘겨버린 식자재를 정리할 때, 좀처럼 늘지 않는 빨랫거리를 볼 때, 쓰레기를 버릴 때, 더는 사지 않는 물건에 문득 시선이 갈 때 그의 부재를 느꼈다. 남거나 줄어든 양이 전해주던 실감. 우리 생활에서 1인분의 삶이 사라졌음을 나타내는 표지들. 혜성이 자라면서 다시 남성용품을 구입하게 되었다. 요즘 냉장고의 식자재는 시들 새 없이 사라진다. 혜성의 중학교 입학 선물로 전기면도기를 사줬다. 고등학교 입학 선물로는 뭘 사주면 좋을까. 스무 살이 되면 슈트와 구두를 사줄 것이다. 원하는 색상이나 디자인이 확고할 테니 맞춤 정장이 낫겠지.

휴대폰에서 눈을 떼지 않고 혜성이 묻는다.

갔다 오면 몇 시야?

글쎄, 여섯 시? 차 막히면 일곱 시쯤.

혜성이 손가락을 빠르게 움직인다. 친구와 메시지를 주고받는 중인 것 같아 물어본다.

저녁에 약속 있어?

애들이랑.

내일 월요일이야. 늦어도 아홉 시까지 들어와야 돼.

혜성은 고개만 끄덕인다.

어디 가는데?

알면서도 묻고,

PC방.

예상했던 답이 돌아온다. 굳이 PC방까지 가야 해? 물어
보면 사양이 다르다는 대답이 돌아오겠지. 혜성은 내 명의
의 체크카드를 사용한다. 나는 그 카드에 매월 1일, 20만
원을 넣어둔다. 카드를 사용할 때마다 내 휴대폰으로 알
람이 온다. 사용처는 거의 편의점이나 패스트푸드 가맹점.
그 카드로는 PC방 결제를 할 수 없다는 원칙이 있다. 혜성
은 친척이나 주변 어른에게 받은 용돈으로 PC방 정액권을
산다고 했다. 내가 일방적으로 정한 원칙들을 혜성은 군말
없이 지킨다. 물론 어기기도 할 것이다. 들키지 않으려고
노력하겠지. 아직까지 내겐 그 노력이 중요하다. 이웃이 걱
정스럽게 말한 적 있다. 아이들과 무리 지어 PC방에서 나
오는 혜성을 봤다고, 요즘 애들 PC방에서 별별 짓을 다 한
다고, 그런 곳에는 절대 발을 들이지 않도록 어른이 잡아
줘야 한다고. 나는 고개를 끄덕이며 생각했다. PC방에 드
나드는 정도로 결딴날 인생이라면 애초에 내 잔소리가 무
슨 소용일까. 휴대폰만 쥐고 있어도 온갖 위험에 노출되
는 세상인데…… 다른 집 사정은 모르겠다. 다른 집이 우
리 사정을 알 수 없듯. 여자 혼자 사춘기에 접어든 아들 키
우느라 힘들겠다는 말을 종종 들었고 듣는다. 남편과 함께
아들을 키우면 어떤지, 혼자서 딸을 키우면 뭐가 더 쉽고

어려운지 나는 알 수 없다. 비교할 수 없고 알고 싶지도 않다. 딸 같은 아들이길 바란 적도 없다. 태훈이 죽을 때 혜성은 열 살이었다. 여전히 생생하게 기억할 것이다. 나는 그 사실이 가장 두렵다.

혜성이 열세 살 때,

엄마는 아빠가 정말 좋은 사람이었다고 생각해?

묻더니 추모공원에는 가지 않겠다고 했었다. 내게 질문하기 전에 스스로에게 물어봤을 것이다. 답이 부정적이었으므로 가지 않겠다고 했을 것이다. 그해 기일에는 나 혼자 다녀왔다. 다음 해부터는 질문 없이 나를 따라나섰다. 1년 사이 생각이 바뀐 걸까? 그 간극이 궁금하지만 섣불리 물어볼 수 없다. 시간은 빠르게 흐르고 아이는 갑자기 변한다. 모르겠다는 대답으로 자기를 감추기 시작하는데, 정말 두려운 건, 그 대답이 진실이며 최선이라는 사실이다. 얼마 전까지 혜성은 아이돌 노래만 들었다. 그런데 지금 스피커에서는 내가 젊었을 때 자주 듣던 노래가 흘러나온다. 아이들 사이에서 복고가 유행인 걸까? 따라 부를 수 있을 만큼 많이 듣던 노래인데 제목이 기억나지 않아 혜성에게 묻는다.

이 노래 제목이 뭐더라.

휴대폰을 보고 혜성이 대답한다.

'행복을 주는 노래'.

그래, 김광진.

혜성이 고개를 끄덕인다.

근데 넌 이 노래를 어떻게 알아?

몰라. 지금 처음 들어.

네가 틀었잖아.

플리 중에 고른 거야.

뭘 골랐다고?

혜성은 대답 없이 정면만 바라본다. 정지신호가 주행신호로 바뀔 때까지 기다렸다가 다시 묻는다.

조금만 자세하게 설명해줄래?

다른 생각에 빠져 있었는지, 멍한 표정으로 잠시 나를 바라보던 혜성이 아, 하고 대답한다.

2000년대 가요 플레이리스트. 내가 이 노래를 고른 게 아니라 다른 사람들이 만들어놓은 리스트 중에 하나를 튼 거야. 엄마 운전하니까.

혜성의 취향이 바뀌었다는 뜻은 아닌 것 같다. 혜성이 덧붙이듯 중얼거린다.

좋아하는 노래 들으면 안 졸 거 아냐.

혜성은 죽음을 생각하고 있었다. 태훈은 인도로 돌진한 트럭에 치일 뻔한 다섯 살 아이를 구하고 죽었다. 졸음운전이었다. 운전자는 밤을 새고 일하던 중이었다. 자신은 분명 브레이크를 밟았다고 운전자는 주장했다. 이후 나는 한동안 운전을 할 수 없었다. 시동조차 걸 수 없었다. 브레이크를 밟아도 돌진할 것만 같았다. 그러나 어린 혜성을 키우기 위해서는 두려움을 이겨내야 했다. 절박함의 힘으로 두려움을 구겨버렸다. 다시 운전하기까지 6개월도 걸리지 않았다.

「행복을 주는 노래」를 유심히 듣던 혜성이 묻는다.

진짜야? 나이가 들면 생일도 생각이 안 나? 엄마도 그래?

허리를 펴고 앉아 운전대를 다잡으며 대답한다.

그보다는 나이가 생각이 안 나.

자기 나이를 모른다고?

신경 쓰지 않는 거야.

이해할 수 없다는 듯 혜성은 천천히 고개를 젓는다. 「행복을 주는 노래」가 끝나고 다음 노래가 시작된다. 김동률의 「출발」. 앞부분을 듣더니 혜성이 말한다.

이 노래는 들어봤어. 여행 프로에 자주 나오던데.

노래가 끝나갈 즈음 혜성이 묻는다.

엄마랑 나랑 둘이서 제주도 간 적 있잖아. 언제였지?

나는 바로 대답한다.

너 여덟 살 때. 여름방학 시작하고 바로 갔었잖아.

그런 건 되게 잘 기억하네. 근데 그때 왜 우리 둘만 갔었어?

당시 나는 육아휴직 중이었다. 태훈도 같이 갈 계획이었지만 회사에 사고가 나서 예정했던 휴가를 쓸 수 없었다. 여행 이틀 전에 태훈의 항공권만 취소했다. 혜성과 둘이서만 여행하기는 처음이었다. 3박 4일 동안 큰 사건은 없었다. 마지막 밤 혜성에게 미열이 있었지만 약을 먹고 푹 잔 뒤 다음 날 무사히 비행기를 탔다. 여행 내내 혜성은 감정 기복이 심한 편이었다. 흥분해서 뛰어놀다가도 갑자기 우울한 표정으로 먼 곳을 바라봤다. 쉴 새 없이 떠들다가 돌연 입을 닫았다. 고집을 부리다가도 의젓하게 포기했다. 아빠가 같이 못 와서 그런가, 아빠 생각을 하나, 싶어서 떼를 쓰거나 칭얼거려도 스스로 진정할 때까지 기다렸다. 돌아오는 날 공항에서 있었던 일을 생각하면 아직도 가슴이 뻐근하다. 수하물을 부치러 가던 길이었다. 출발할 때보다 짐이 늘어 있었다. 캐리어가 겨우 닫힐 만큼 짐을 넣었는데도 보스턴백과 배낭이 가득 찼다. 보스턴백과 배낭을 어깨에 메고, 한 손으로는 캐리어를 끌고 다른 손으로는 혜성의 손을 잡고 걸어가다가 어깨가 빠질 것 같다고 중얼거렸다. 혜성이 걸음을 멈추더니 의자를 가리키며 말했다.

엄마 나는 저기 앉을래.

왜, 다리 아파?

저기 앉고 싶어.

캐리어만 부치고 앉자.

엄마가 그거 부치는 동안 내가 저기서 다른 짐이랑 있을
게. 그럼 엄마가 덜 무겁잖아.

기특했다. 그래도 아이를 혼자 둘 수는 없었다.

고마워. 근데 이런 데서 너 혼자 있으면 위험해.

아무도 안 따라가고 얌전히 있을게. 그리고 짐이 많으니
까 괜찮아.

짐이 자기를 지켜줄 거라고 했다. 짐이랑 같이 있으면
아무도 자기를 데려갈 수 없을 거라고. 대기 줄에서 잘 보
이는 의자에 배낭과 보스턴백을 두고, 그 옆에 혜성을 앉
혀두고, 캐리어를 끌고 대기 줄에 선 채로, 보스턴백의 손
잡이를 꼭 쥐고 앉아 있는 혜성을 바라보며 나는 울었다.
그날 집에 들어설 때까지 혜성은 나의 짐이 되지 않으려고
애썼다. 내 손을 놓치지 않았다. 내 보폭을 따랐고 내가 하
라는 대로 했다. 자기를 최대한 줄였다. 그게 다 느껴졌다.

그때가 좋았어.

혜성이 노인처럼 중얼거린다. 의외의 말이어서 바로 물
어본다.

아빠랑 같이 괌 갔었잖아. 그때가 더 좋지 않았어?

혜성이 아홉 살 때였다. 가족이 함께했던 처음이자 마지막 해외여행이었다. 여행에서 돌아오며 적어도 2년에 한 번은 가까운 해외로 떠나자고 태훈과 얘기했었다. 태훈이 죽은 뒤 혜성과 해외여행을 해본 적은 없다. 혜성이 더 크기 전에 같이 해외에 나가봐야겠다고 생각하는데,

괌에선 아빠 눈치 보느라 솔직히.

혜성이 말한다.

아빠는 내가 조금만 잘못해도 사람들 다 보는 데서 엄청 화내고 벌세웠잖아. 소리 질렀다고, 뛰어다녔다고, 말 안 들었다고, 편식한다고, 내 마음대로 했다고, 하나하나 짚어가면서.

그 여행을 그렇게 기억하고 있다니 당황스럽다. 앞차가 비상등을 깜빡이며 서서히 멈춘다. 나도 급히 비상등 버튼을 누른다. 혜성이 혼잣말하듯 중얼거린다.

즐거운 기억은 아니야.

그와 나의 양육관은 달랐다. 태훈은 지적하고 고쳐야만 직성이 풀리는 사람이었다. 남자아이니까 더 단호하게 키워야 한다고, 자기가 남자여서 남자를 잘 안다고 했다. 태훈이 자주 했던 말. 지금부터 싹을 잘라놓지 않으면. 그러나 태훈은 남자아이가 아닌 나에게도 엄격했다. 생활 습관

부터 빨래 개는 방법까지 자기 방식을 따르길 바랐다. 나도 쉽게 체념하는 편은 아니어서 우린 자주 다퉜다. 그런 사람인 줄 모르고 결혼한 게 아니니까, 연애할 때도 갈등은 많았지만 잦은 다툼을 이유로 이별을 고민한 적은 없어서, 갈등 또한 사랑의 일부라고 생각하는 면은 서로 비슷했기에 함께할 수 있었다.

아빠한테 나는 늘 잘못하는 애 아니면 잘못할 수도 있는 애였던 것 같아.

앞차가 주행을 시작한다. 정면을 바라본 채 브레이크 페달에서 발을 뗀다. 앞에서 사고가 난 것 같다. 구겨져 있던 두려움이 서서히 펴지는 것만 같다. 조심스럽게 가속페달을 밟는다. 따라 부를 수는 있지만 제목은 기억나지 않는 새로운 노래가 연이어 흘러나온다. 나는 쥐어짜듯 말한다.

아빠가 너 걱정해서 그랬지.

혜성이 방어하듯 퉁명스럽게 대답한다.

알아. 아무튼 난 그랬다고.

지난 명절이 떠오른다. 1년에 두 번, 설날과 추석에는 태훈의 부모 집에 들러 점심을 먹는다. 어른들은 혜성을 보며 태훈에 대한 기억을 나눈다. 처음에는 가까운 기억을 말했는데 해가 지날수록 먼 기억에 닿았다. 혜성이 자라기 때문이다. 이야기는 대개 '태훈이가 혜성이만 할 때'로 시작했다. 그들을 보며 나오는 또 다른 부모의 마음을 짐작한다. 난 자식을 잃지 않았으니까. 그날, 식사 중에 태훈의 아버지가 물었다.

머리 길이가, 학교에서 뭐라 안 그래?

머리가 너무 길다는 뜻이었다. 혜성은 머리를 기르는 중이었다. 원하는 헤어스타일이 있었다. 혜성은 네, 하고 대답했다. 이어지는 말이 없어서 내가 설명을 덧붙였다. 요즘은 학생들 하고 싶은 대로 두는 편이에요. 펌도 하고 화장도 하고요. 자기를 표현하는 방법이더라고요. 그래, 애들이 화장을 하고 다니더라고 태훈의 어머니가 말했다. 아버지가 말을 이었다. 그래도 이발하라고, 사람들이 안 좋게 볼수도 있다고, 넌 남들보다 행동을 더 조심해야 한다고. 어머니가 아버지를 나무랐다. 그런 말을 왜 해. 이어 혜성에게 말했다. 하고 싶은 거 있음 무조건 해. 나중으로 미루지 말고 다 해. 남들 신경 쓸 거 뭐 있어. 아버지가 언성을 약간 높여 말했다. 태훈이도 분명 자르라고 했을 거야. 학생답지 못하다고. 혜성이 대꾸했다.

아빠는 이제 나한테 뭐라고 할 수 없어요.

둘러앉아 밥을 먹던 사람들 모두 잠시 입을 다물었다. 분위기를 의식했는지, 혜성이 작은 목소리로 죄송하다고 했다. 어머니가 중얼거렸다. 불쌍한 내 새끼. 태훈의 형이 분위기를 바꿔보려는 듯 명랑하게 말했다. 아버지, 태훈이도 어릴 때는 머리 자르는 거 싫어했어요. 그래서 아버지한테 야단 많이 맞았잖아요. 가족들은 태훈의 까탈스럽고 예민한 성격 때문에 곤란했던 기억을 주고받았다. 집으로 돌아오는 길에 혜성이 중얼거렸다. 머리를 기르고 싶은 거랑 자르기 싫어하는 건 완전 다른 거 아닌가.

앞차의 속도가 서서히 빨라진다. 당장이라도 차를 멈추고 싶다. 혜성과 함께 차를 벗어나고 싶다. 운전자의 호소가 생생하게 떠오른다. 진짜 브레이크를 밟았다니까요. 내가 운전 경력만 20년이 넘고 이 일로 벌어먹는 사람인데 어떻게 그걸 헷갈립니까. 그런데 그는 헷갈렸다. 사람이니까 졸 수 있고, 비몽사몽간에 헷갈릴 수도 있다. 그리고 나는 아직 그 사실을 납득할 수 없다. 그 운전자처럼.

브레이크 페달을 밟고 싶다고 생각하면서 가속한다. 주변의 속도에 나의 속도를 맞춘다. 자랄수록 혜성은 점점 잊을 것이다. 태훈에 대한 기억을. 아주 오랜 시간이 흐른 뒤에는 태훈의 목소리도 잊고 사진 속 얼굴만 기억할 것이다. 그때는 아마 태훈보다 혜성의 나이가 더 많을지도 모른다. 언젠가, 미래의 어느 날, 태훈의 가족도 죽고 나도 죽고 혜성이 노인이 되면, 그즈음에는 태훈을 기억하는 사람이 전혀 없을 수도 있다. 그렇게 사라진다. 완벽하게 죽는다.

다른 건 없어? 아빠랑 했던 거 중에서 좋았던 기억은.

내 물음에 혜성은 많지, 하고 바로 대꾸한다.

제일 좋았던 기억은 뭐야?

혜성은 휴대폰을 본다. 메시지에 답장을 한다. 나는 대답을 기다리고, 혜성은 차창을 바라본다. 나는 다시 묻는다. 좋았던 기억을 알고 싶어. 혜성이 뭐라고 중얼거린다. 스피커 볼륨을 줄이면서 못 들었다고 하자 혜성이 한숨을 섞어 말한다.

그런 것보다는 엄마, 난 계속 잘못하는 기분이 드는 게 싫다고.

혜성의 옆모습을 멍하니 바라본다.

앞에 봐. 앞에.

혜성은 나를 보지 않고 말한다. 혜성이 걱정하지 않도록 정면을 바라보며 묻는다. 네가 뭘 잘못해?

솔직히 아빠가 화냈던 거, 혼냈던 거, 별것도 아닌 일에 성질냈던 거, 그런 게 더 많이 기억난다고. 지금 같으면 내가 절대 듣고만 있진 않을 것 같고. 근데 그런 생각 자체가 또 잘못 같으니까. 아빠를 원망하면 안 되잖아. 아빠는 사람을 구하고 죽었으니까 존경해야지. 근데 그게 잘 안 돼. 나를 힘들게 하던 아빠가 다른 애를 구하고 죽었다는 생각을 하면 억울해.

안다. 그가 죽어서 나도 억울했다. 그래서 더 열심히 신을 찾았다. 집중해서 강론을 들었다. 신의 말씀으로는 설명 불가능한 인간의 삶이 있음을 확인하려고. 그러나 제발, 혜성은 그러지 않기를. 좋은 기억과 감정만 품고 살기를. 억울함, 원망, 설움, 절망, 미움, 죄책감처럼 복잡하고 무거운 건 나의 것. 오직 나만의 것. 하지만 그런 감정을 제외하면 무엇이 남는가. 그리움, 슬픔, 연민, 상실감. 그 또한 무겁다. 심장이 짓눌리듯 힘겹다. 혜성이 태훈을 오래 기억해주길 바라면서도 기억에 동반되는 감정은 겪지 않길 바라는 모순. 지금, 혜성은 태훈을 생생하게 기억하고 있다. 바로 옆에 있는 사람을 대하듯 감정적으로. 추모공원이 멀지 않았음을 알리는 이정표가 보인다. 잠시 뒤 오른쪽 도로로 진입하라는 내비게이션 안내가 들린다. 그래, 그런 생각도 할 수 있어. 그리고 그건 네 잘못이 아니야. 그렇게 말하려고 했다. 그런데,

그 아이도 벌써 열 살이 넘었겠네.

생각과 다른 말이 흘러나온다. 그 아이는 사고 당시의 혜성만큼 자랐을 것이다. 편식을 할지도 모른다. 채소가 많다는 이유로 볶음밥을 씹지 않고 뱉어낼 수도 있다. 콩밥에서 콩을 골라낼 수도 있다. 친구들이랑 있을 때는 욕설을 섞어 말하는 게 어른스럽다고 생각할 수도 있다. 학원

가기 싫다고 떼를 쓸 테고 밤에 늦게 자겠다고 고집을 부리겠지. 숙제를 다 했다고 거짓말하고 원하는 걸 사달라고 발을 구르며 소리 지를 수도 있다. 친구에게 간식을 양보할 것이다. 선생님에게 칭찬을 들으면 기분이 좋아서 문제를 더 열심히 풀겠지. 선물을 받으면 고맙습니다 인사하고, 친구가 울면 달래주고, 걷다가 갑자기 뛰쳐나가려는 동생의 손을 잡아끌며 위험하다고 알려주는 보통의 아이로 살고 있겠지. 오른쪽 도로로 진입할 타이밍을 놓쳤다. 재검색을 시작한 내비게이션이 다른 경로를 알려준다. 목적지로 가는 길은 다양하다. 주행을 포기하지만 않으면 언제든 어떻게든 닿을 것이다.

엄마는 그 애 얼굴 기억해?

아이 아빠를 어렴풋이 기억한다. 장례식에 왔었다. 고개를 조아리고 몸을 한껏 움츠리며 죄송하다고, 정말 죄송하다고 말하던 그 사람의 몸짓, 목소리, 떨리던 손, 주름지고 땀에 절은 셔츠를 기억한다. 기억나지 않는다는 대답에 혜성은 이어 묻는다.

그럼 사고 낸 사람은?

생생하게 기억한다. 그 사람뿐 아니라 그의 변호사까지. 변호사는 예의 바르고 침착하게 나를 대했다. 절대 내 말을 먼저 끊지 않았다. 울음을 멈출 때까지 기다렸다. 그런 다음 가해자를 두둔했다. 가해자 또한 누군가의 남편이자 아버지임을 매번 강조했다. 그러나 기억나지 않는다고 거짓말한다. 한 사람이 죽고 한 사람이 살았다. 한 사람이 죽고 두 사람이 살았다. 한 사람이 죽고 세 사람이 살았다. 한 사람이 죽고 다섯 사람이 살았다. 한 사람이 죽고 열 사람이 살았다. 그러니 혜성과 나뿐 아니라, 태훈의 가족과 친구뿐 아니라, 어쩌면 그 아이의 부모가 더 오랫동안 태훈을 기억할 수도 있다. 드물게 떠올리겠지만 억울함이나 원망은 없이. 훨씬 맑고 단일한 감정으로.

다시 오른쪽 도로로 진입하라는 안내음이 나온다. 이번에는 가야 할 길로 간다. 침묵 끝에 혜성이 말한다.

아빠한테 사과받고 싶을 때도 있어. 아빠가 그땐 미안했다고 말하면 나는 사과를 받아들이고 안 좋은 기억은 전부 옛날 일로 넘겨버릴 수 있을 것 같거든. 근데 난 사과조차 받을 수 없잖아. 계속 잘못하는 애로 남아 있는 거지. 업데이트가 불가능한 거야. 솔직히 그런 것도 짜증 나.

그런 생각을 자주 하느냐고 묻자 그렇지는 않다고 혜성은 대답한다.

그냥 가끔 아빠 탓을 하고 싶을 때가 있어. 아빠랑 상관없는 일인데도.

아빠도 그랬는걸. 괜히 우리한테 화풀이할 때가 있었지.

맞아.

아빠는 옹졸한 사람이었거든. 먼저 사과할 줄 몰랐어. 사과하면 지는 거라고 생각했나 봐.

그게 왜 지는 거야. 화해하는 거지. 근데 우성이도 그런 면이 좀 있어.

민우성?

응. 그래서 자꾸 일을 크게 만들어.

착해 보이던데.

착해. 이상한 순간에 고집을 부려서 그렇지.

아빠는 자기가 잘못을 인정하면 사이가 멀어질 거라고 믿었던 것 같아.

완전 겁쟁이였네, 중얼거리던 혜성이 자세를 고쳐 앉으며 말한다.

사고가 나는 순간 아빠는 무슨 생각을 했을까. 난 그게 궁금해.

나 또한 그것을 오래 생각했다. 생각할 틈도 없는 본능적인 행동이었다고 여기기까지 오랜 시간이 걸렸고 감정적으로 힘들 때면 여전히 의심에 빠진다.

생각을 하든 하지 않았든, 나는 아빠가 우리를 버렸다고 생각해.

그 말을 듣자 갑자기 기묘한 해방감이 나를 덮친다. 그가 버렸다. 우리를 버리고 사람을 살렸다. 그러니 신이여, 우리가 그를 위해 무슨 기도를 할 수 있겠습니까. 혜성이 오해하지 말라는 듯 재빨리 덧붙인다.

근데 그렇다고 아빠가 나쁘다는 뜻은 아니야.

그날 나는 혜성의 손을 잡고 걸었다. 태훈은 우리가 가려던 식당의 위치를 먼저 확인하려고 10미터 정도 앞서 걷고 있었다. 사고는 순식간이었다. 나는 혜성의 손을 놓고 그에게 달려갔다. 같은 시공간에서 나는 남편을, 혜성은 아빠를 잃었다. 그러므로 우리가 같은 일을 겪었다고 말할 수는 없다. 나는 시간의 힘을 빌려 그날을 지우려고 애썼다. 내가 그런 노력을 하는 동안 혜성은 자기 방식으로 애썼던 걸까. 밀어 올리면서, 솟아오르도록, 누구에게나 보이도록. 아빠는 죽었어요. 아빠는 없어요. 아빠는 우리를 버렸어요. 아빠는 좋은 사람이고 좋은 사람만은 아니에요. 그렇게 말할 수 있도록. 혜성은 나와 다른 방식으로 시간을 쓰고 있다. 그러나 그 목적이 다르다고 말할 수는 없을 것 같다. 한 사람이 죽었다. 시간은 흐른다. 삶이 이어지듯 죽음도 이어진다. 태훈의 이야기를 혜성과 더 일찍 나누었다면 어땠을까. 아니, 나에게는 선택권이 없다. 혜성이 선택했다. 준비가 되었다고, 지금부터 이야기를 시작해보자고, 혜성이 처음의 자리를 마련한 것이라면.

그러나.

한 사람이 죽지 않을 수도 있었다.

여전히 그 근처를 맴돌고 있다.

회개하는 마음을 이야기하던 중에 신부님은 말했다. 용서는 망각을 의미하지 않습니다. 절대 잊을 수 없는 일도 용서할 수는 있습니다. 나에게는 회개 또한 필요하다. 그날, 그 아닌 사람이 죽는 장면을 수없이 상상했으므로. 내가 먼저 건너야 하는 강이 회개인지 용서인지 아직 모르겠다.

오늘도 그의 나무 아래에는 흰 국화가 놓여 있다. 매년 우리보다 먼저 다녀가는 사람. 누구든 한 사람을 기억하는 사람. 나무 앞에 서서 한동안 묵념하던 혜성이 고개를 들며 말한다.

엄마, 리스폰이라고 알아? 게임하다가 캐릭터가 죽잖아. 그럼 일정 시간이 지난 다음에 캐릭터가 다시 살아나거든. 특정 장소에서. 그걸 리스폰된다고 하거든.

부활하는 건가?

그런 거지. 죽어도 시간이 지나면 다시 기회를 주는 거야. 멋지지.

집으로 돌아오는 길, 서재의 사진을 방으로 가져간 이유를 물어본다. 유튜브에서 옛날 영화를 소개하는 영상을 봤다고, 그 영화에 그곳이 나왔다고 혜성은 설명한다. 잠깐만, 말하더니 인터넷으로 무언가를 검색해서 더 열심히 알려준다.

울루루라는 이름은 '그늘이 지는 장소'라는 뜻인데 거기 사는 원주민들이 붙인 이름이야. 관광객들은 그곳을 '지구의 배꼽'이나 '세상의 중심'이라 부른대.

울루루는 세계에서 가장 큰 바위이며 그나마 삼분의 이는 땅속에 묻혀 있고 그 근처에는 숙소에 누워서 하루 종일 바위만 감상할 수 있는 리조트도 있다고 연이어 알려준다. 인터넷 정보를 더 읽으려는 혜성을 말리며 다시 묻는다.

그 사진만 방으로 가져간 이유가 궁금해.

그건, 그 바위 나이가 9억 년이래. 진짜 엄청나지.

그렇네.

아빠가 알려줬어.

아빠가? 언제?

어릴 때. 아빠가 메모판에 사진들 하나하나 설명해줬었는데 완전 잊고 있다가 유튜브 보니까 갑자기 생각나는 거야. 사실 아빠가 9억 년이라고 말해준 건 아니고. 그건 검색해본 거야. 아무튼 아빠도 되게 오래된 바위라는 말을 하긴 했어. 사진 속 유적들 전부 엄청 오래된 거라고.

그런 기억이 있구나, 생각하며 혜성에게 물어본다.

아빠는 그 사진들을 왜 붙여놓았을까? 가보고 싶었던

걸까?

사진을 보면서 시간을 본다고 했던 것 같아. 그게 무슨 뜻이었을까 생각해봤거든. 엄마, 9억 년이면 사람은 절대 알 수 없는 시간이잖아. 근데 거기 바위가 있는 거잖아. 그렇게 생각하니까 조금 이해가 되더라고. 사막에서 하루 종일 그 바위를 바라보는 사람들 마음이. 영화에도 시간 어쩌고 하는 대사가 나오거든.

태훈은 생각보다 낭만적인 사람이었구나. 나는 정말 그를 모른다. 어느 순간부터 궁금해하지 않았으니까. 영화 제목을 물어보자 혜성이 대답한다.

'세상의 중심에서 사랑을 외치다'.

그거 엄마도 봤어. 옛날에.

내용 기억나?

대충.

좀 막장이던데. 완벽한 첫사랑이 불치병으로 죽고 그러는 건.

막장보다는 신파.

근데 거기 가보고 싶긴 하더라. 그 바위 실제로 보면 어떨까 궁금해. 사막이어서 별도 엄청 많이 보인대.

혜성의 고등학교 입학 선물을 방금 정했다. 거대한 바위로 현현한 9억 년이란 시간. 삶과 죽음이 뒤섞인 밤하늘.

혜성은 올겨울 그것들을 바라볼 것이다. 황량한 사막 한가운데에서. 한 사람이 죽었다. 다시 기회를 준다. 게임과는 달리 살아 있는 사람들에게. 우리에겐 그를 되살릴 기회가 있다. 다만, 시간이 필요하다. ▪

심사평

소멸이 가까운 곳에 있다

서희원

기록되어 있는 감염병의 사례 중 가장 오래된 것은 '아테네 역병'이다. 기원전 430년에 발병한 이 끔찍한 감염병은 펠레폰네소스전쟁의 승기를 잡고 있던 아테네를 황폐하게 만들었으며, 이후 아테네의 델로스동맹이 스파르타의 펠로폰네소스동맹에 항복하는 주된 원인 중 하나가 되었다. 아테네를 비롯한 동부 지중해를 휩쓴 이 잔인한 감염병은 사회의 제도를 파괴했고, 종교적 신념을 뒤흔들었다. 이러한 사정이 간접적으로 기록된 작품이 소포클레스의 『오이디푸스왕』이다. 기원전 425년경에 상연된 것으로 추정되는 「오이디푸스왕」의 첫 장면은 테바이를 죽음의 공간으로 만들고 있는 감염병을 해결해달라고 탄원하는 사제와 오이디푸스의 대화로 시작된다. 사제는 이렇게 말한다. "도시는 죽어가고 있습니다. 땅의 열매를 담은 이삭들도 그렇고, 풀 뜯는 소의 무리도 그러하며, 여인들은 아이를 낳지 못하고 있습니다."

갑자기 2,500년 전에 창작된 비극을 이야기하는 이유는 인용한 이 대목이 소설 독해의 과정 내내 머리를 맴돌았기 때문이다. 2025년의 〈현대문학상〉 소설 예심을 위해 2023년 12월부터 2024년 11월까지 한국에서 발표된 거의 대부분의 단편을 읽었다. 단편이라는 특성 때문에 사용된 소재나 제시하고 있는 주제에 대한 깊이 있는 통찰을 제공하지 못하지만, 이것들은 우리가 살고 있는 시공간의 모습을 알려주는 소중한 편린이 된다. 그리고 이 시공간의 조각들이 모여 만들어내는 시대의 이미지는 지금 여기의 한국인이 가진 삶의 정념을 그려내고 있다고 생각한다. 그 이야기의 조각들에서 사람들은 다양한 질병과 개인적인 이유로 죽었거나 죽어가고 있으며, 이를 돌보는 인간들의 탄식이 병자의 신음과 구별할 수 없을 정도로 뒤섞여 있었다. 급격하게 변화된 지구의 환경은 지리적 상식을 지나간 시대의 제도처럼 쓸모없는 것으로 만들었다. 활기를 지닌 식물과 동물은 살아 있다는 것이 얼마나 귀한 일인지 알려주는 증거가 되었다. 그리고 놀랍게도 소설에 아이들이 거의 등장하지 않았다. 누구는 이러한 변화를 지구온난화, 초고령화사회, 출산율의 저하라는 간명한 표현으로 정리하겠지만, 소설은 단어에 함축된 인간들의 이론과 경험, 관습, 감정, 사유를 대부분의 사람들이 읽을 수 있게 서사화한다.

정영수 소설가, 안서현 평론가와 함께 진행한 예심에서 고른 단편은 총 열두 편이었다. 그중 본심을 통해 여섯 편의 단편이 추려졌다. 구병모의 「엄마의 완성」은 완경이 진행되고 있는 엄마, 엄마의 불안을 옆에서 바라보는 딸의 이야기를 담고 있다. 다른 서사에서 흔히 다뤄지는 것이 초경을 시작한 딸의 두려움과 불안을 다독이는 엄마의 이야기라면, 이 단편에서는 이러한 서사가 완경을 맞이하는 엄마의 서글픔을 위로하며 여자의 삶을 바라보는 딸의 이야기로 전도되어 있다. 이러한 역전이 알려주는 것은 새로운 생명이 태어나는 속도보다 훨씬 빠르게 노화되고 있는 사회의 풍경이다. 구병모가 펼쳐내는 딸의 '수다'에는 엄마의 딸에서, 다시 그 엄마의 엄마가 되어가는 늙어가는 사회의 단면이 잘 담겨 있다.

권여선의 「헛꽃」은 작가가 2023년 겨울에 발표한 「안반」과 연결되어 있는 연작소설이다. 이 단편에서 혜영과 혜진 자매는 엄마의 간병 문제로 갈등을 빚는다. 엄마의 수술과 입원이 있을 때마다 병간호를 도맡아 하는 혜영이 불면증, 방광염, 우울증 같은 병을 얻게 되는 것이 이유였다. 혜영은 엄마의 노화와 질병을 간호하며 아이러니하게도 그것을 자신에게 다른 방식의 질병이나 고통으로 전이시키고 있었던 것이다. '열매를 맺을 수 없는 꽃'이라는 뜻을 가진 '헛꽃'은 혜영의 인생을 말해주는 동시에, 돌봄이 필요한 엄마의 엄마(보호자)가 되어버린, 그렇게 늙어버린 아이만을 가진 혜영의 삶을 보여주고 있다.

송지현의 「유령이라 말할 수 있는 유일한」은 화자 '나'를 통해 나의 가족들과 지인들이 함께 하는 식사 모임에 대해 서술하고 있다. '나'는 모임에 참가하는 사람 중 연인처럼 읽히는 '우현'의 주변에 있으며, 그의 일상과 거기에 담긴 기억과 감정을 이야기한다. '나'라는 화자는 분명 1인칭이지만, 때로는 우현의 내밀한 감정—관찰로는 알 수 없는—까지 읽고 있고 이를 전달하기에 독자는 '나'에 대한 이상한 의구심을 품을 수밖에 없다. 이 사정은 담담하게 밝혀지는데, '나'는 1년 전에 죽었으며, 흔히 '유령'이라고 지칭하는 존재이기 때문이다. 우현이 초대된 모임은 '나'의 가족과 지인이 애도와 추억을 함께 하는 자리인 것이다. 송지현은 삶에 대한 미련이나 애환, 아쉬움, 후회, 원망도 느낄 수 없는 건조한 유령의 목소리로 일상의 풍경을 그려내고 있고, 이것은 쉽게 잊히지 않을 흑백사진이 되어 독자의 기억에 보관될 것이다.

이주혜의 「괄호 밖은 안녕」은 번역가인 '나'의 여행에 대한 이야기를 하고 있다. 영어 번역가인 '나'는 "언어를 향한 예민함과 집중력"이 남다른 미국 여성 작가의 소설집과 스코틀랜드 출생 영국 여성 작가의 산문집을 번역하면서 자아의 소진을 경험한다. '나'는 이를 위해 "내 번역의 출발어도 도착어도 없는 낯선 곳"에서 휴식을 취하려 생경한 언어를 사용하는 일본으로 떠난 것이다. 쉽게 번역되지 않는 일본에서의 여행이지만 번역가라는 직업 탓에 대부분의 풍경은 언어의 톤과 문자의 형상으로 전달되고, 부분적으로 이해된다. 언어의 해석을 통해 기억은 조립되지만 '나'에게는 해석되지 않는, 그래서 "언어를 담은 괄호"가 되는 감정이 존재한다. 소진된 자아에 번역될 수 없는 새로운 감정이 담기는 것이다.

최진영의 「울루루―카타추타」는 한 사람의 죽음 이후 남겨진 가족의 이야기를 담고 있다. 화자 '나'의 남편인 김태훈은 6년 전 인도로 돌진한 트럭에 치일 뻔한 다섯 살 아이를 구하고 죽었다. '나'는 묻고 또 묻는다. 자신의 남편이자, 아들 혜성의 아버지이며, 다니던 회사의 구성원이었고,

생면부지의 아이를 목숨 걸고 구할 만큼 의협심이 강한 개인 김태훈에 대해. 그의 죽음과 부재에 대해. 6년의 시간을 통해 적응되고 익숙해졌다고 느껴지는 김태훈의 부재는 때로는 억울하고, 때로는 생경하며, 이제는 서글프게 익숙하다. 가족의 일부를 상실하는 것은 특별하지 않은 인간의 사연이며 대부분의 사람들이 경험하는 일이지만, 이 가족에게는 유일하며 특별한 일이다. 이들은 김태훈의 부재를 통해 새로운 삶을 맞이하고 있는 것이다. 아들의 방에 붙여진 사진이 호주의 거대한 바위 '울루루'라는 것, 그것의 별명이 '지구의 배꼽'이라는 것은, 부재를 경험하고 상실에서 성장한 이 가족의 신생을 상징적으로 알려준다.

김지연의 「좋아하는 마음 없이」의 주인공인 '안지'는 대부분의 사람들이 살아가면서 자연스럽게 체득하게 되는 사회적 감정 중 일부를 가지고 있지 않은 것처럼 보인다. 어릴 때부터 무척 "전형적인 사람"이 되고자, 다수의 의견에 찬동하고, 친구의 행동을 따라 했다는 진술은 그녀가 지닌 감정적 공백을 짐작하게 한다. '안지'는 두 번의 결혼을 했고, 첫 번째 결혼에서 얻은 아들은 전남편이 양육하고 있다. 그런 전남편이 사고로 죽자 안지에게는 두 가지 문제가 생긴다. 하나는 전남편의 생명보험의 수익자가 어떠한 이유인지 알 수 없지만 안지로 기재되어 있다는 것이며, 다른 하나는 친자의 양육을 누가 할 것인가 하는 것이다. 이 과정을 안지는 최대한 합리적으로, 상식적으로, 계산적으로 해결한다. 막장 드라마에서 흔히 보는 악다구니도, 감정의 과잉도 없이, 모든 일은 정기예금에 이자가 적립되는 것처럼 오차 없이 진행된다. 김지연이 펼쳐내는 상사相思 없는 서사는 해부가 진행된 후 깨끗하게 정돈된 부검실의 풍경처럼 서늘하다.

진행된 본심을 통해 김지연 소설가의 「좋아하는 마음 없이」가 올해의 〈현대문학상〉 수상작으로 선정되었다는 소식을 전달받았다. 모든 예심위원들이 별다른 의견을 제기하지 않고 의미 있게 읽었던 작품이기에 선정의 기쁨을 함께할 수 있었다. 진심으로 축하를 드린다. ▪

이상하게 좋은

안서현

　심사, 특히 예심에서 중요한 것은 의외로 논리적 설득과 치열한 합의의 과정만은 아니다. 1년간 발표된 소설들을 주어진 시간 안에 읽어야 하니, 여러 번 읽고 준비할 시간이 없다. 때로는 명쾌한 설명을 찾기 전에 직관적으로 느끼는 '이상한 좋음', 아직 채 논리화가 되지 않은 '마음의 움직임', 그런 것을 같이 발견하고 함께 설명해가는 과정이 심사다. 또 그렇게 해야만 놓치는 작품 없는 심사를 할 수 있으리라. 그리고 어쩌면 심사평은 그것을 거꾸로 논리화하는 글이 아닌가 싶다. 이번 〈현대문학상〉 예심은 같이하는 심사위원 선생님들이 무엇이든 기탄없이 이야기할 수 있는 분위기를 만들어주셔서, 직관과 논리를 동시에 동원하여 더 좋은 판단과 해석을 찾아가는 자리가 되었다.

최진영의 「울루루─카타추타」가 말하는 것은 애도의 철저한 개별성이다. 다른 아이를 살리고 떠난 아빠에 대해 혜성은 자신만의 애도를 수행하고 있다. 거기에는 엄마인 '나'를 비롯한 누구도 쉽게 개입할 수 없다. 혜성의 애도는, 죽음을 대하는 어른들의 상투적 태도와 표현으로 훼손되지 않는, 지극히 성실한 마주함이다. 통속적 이해를 넘어 개별적 의미를 찾고자 하는 이토록 간곡한 성실성을 통해서만 인간은 죽음이라는 사건과 그 의미를 대면할 수 있는 것은 아닐까? 작품의 결말에서 혜성을 데리고 아빠가 남긴 사진 속 바위를 만나러 간다는 '나'의 계획이 감상적으로 읽히지 않는 것도 그래서이다. 죽음은 지극히 개인적이고 미결정적인 것이며, 애도 또한 마찬가지임을 이 소설은 말하고 있다.

송지현의 「유령이라 말할 수 있는 유일한」의 1인칭 화자는 서술의 초점 바깥에 스스로를 놓고 있다. 그래서 이 소설은 마치 3인칭 서술과 1인칭 서술이 혼재된 것처럼 보인다. '나'는 다른 인물들의 기억 속에서나 인물들 간의 관계를 설명하기 위해 '나'의 지칭이 필요할 때만 등장한다. 소설 중반에 이르러 '나'는 이미 죽었다는 사실이 밝혀진다. 그렇다면 이 1인칭 화자는 사건 안에 있는 동종 화자인가,

사건 바깥에 있는 이종 화자인가? '나'는 사건의 안과 바깥 사이에 걸쳐져 있는 유령 화자이다. 또는 "유령에 가깝다고 말할 수 있는 유일한" 화자이다. 게다가 유령이라 말할 수 있는 유일한 것은 "살아남은 자들의 기억뿐"이지만, 소설 속 '나'와 우현의 기억 찾기 놀이에서 알 수 있는 것처럼 기억은 우연적인 것에 불과하다. 그래서 유령으로서 '나'의 존재는 모호하다. 사자死者의 1인칭 서술이 드문 것은 아니다. 그러나 이 소설 속 '나'의 독특한 위치 때문에, 이 소설은 죽음의 모호함 그 자체를 형식화한 것처럼 읽힌다. '나'의 이 세계에 대한 단절감과, 계속해서 사람들의 기억 속에 출현하고 서술 속 1인칭 지칭의 형태로 출몰하는 유령 화자의 존재감 사이의 불일치가 이 소설의 기이한 아름다움을 만들어내고 있다.

김지연의 「좋아하는 마음 없이」는 독자를 골똘하게 만드는 소설이다. 그저 평범한 삶을 원했던 마음과, 좋아하는 마음 없이 같이 사는 가족을 더 이상 원하지 않는 마음 사이에서 독자는 한 번 멈춘다. 저들의 요구를 들어주는 대신 계속 연락하고 지내고 싶지 않은 마음과, 그 사진에 찍힌 세 사람 다 좋아하지 않는다고 말하면서도 전남편의 가족사진을 가져와서 지갑에 넣고 다닐 수 있는 마음 사이에서 또 한 번 멈춘다. 그리고 오래 자신의 마음을 시험해보게 된다. '가족이니까'라는 한마디로 모든 것이 쉽게 설명되는 영화나 드라마에 익숙해질 대로 익숙해져 있는 독자들이지만, '좋아하는 마음'이라는 말에는 다시 설득되지 않을 수 없다. 역시 좋아하는 마음이 있었으면 좋겠다고 바라게 되는 것이다. 이 뒤집기 한판에다, 마지막에 주인공 안지가 이 이야기로 해괴한 에피소드 대회에서 1등을 했다는 말로 이야기를 마치는 서술자의 경쾌한 마무리는 또 왜 이렇게도 산뜻할까. 이 소설은 서사의 관성에 묻혀 있었던 마음의 비밀을 찾아 보여주는 것만 같다.

그리하여 소설의 뭐라 말할 수 없는 '이상한 좋음'이란, 설명하기 어려운 '마음의 움직임'이란 무엇일까. 마음속 아무도 건드리지 않았던 어떤 지점을 정확하게 건드렸을 때, 그때 우리는 그런 말을 하게 되는 것이 아닌가 싶다. 그리고 그 건드림을 느꼈을 때, 반드시 그 소설이어야만 한다는 열렬한 지지가 시작된다. 논리는 언제나 그다음에 온다. ▪

주관적 읽기

정영수

　예심은 의외로 강행군이었다. 심사 대상작 목록을 받고 한 달간 150편이 넘는 단편소설을 읽어야 했는데 나는 읽는 속도가 느린 편이라 우선 그 양에 기가 죽었다. 시일에 맞춰 다 읽을 수 있을지부터 의문이었다. 그렇다고 서둘러 읽었다가는 좋은 작품을 놓칠지 모른다는 생각에 속도를 높일 수도 없었다. 그래서 예심이 진행되는 동안에는 죽은 듯이 이 소설들만 읽어야겠구나 생각했고, 실제로 다른 일은 거의 하지 못하고 문예지에 발표된 단편들만 읽으며 한 달을 보냈는데 결과적으로는 그 시간이 나쁘지 않았다.

　본격적으로 단편들을 읽기 전에는 일종의 각오를 다지는 식으로 나만의 방침을 세워보았다. 그것은 작품들을 주관적인 시선으로 보자는 것이었다. 읽으면서 이 소설이 객관적으로(그러니까 누가 골랐어도 이 소설을 골랐으리라 짐작될 만큼) 좋은 소설인지 판가름하기 위해 다른 사람(또는 객관적이려 애쓰는 나)의 관점을 의식하지 않기로 했다는 뜻이다. 사실 누구를 심사할 만한 처지도 아닌 내가 지난해 수상자라는 이유로 예심에 참여하게 되었으니, 그해 최고의 작품을 고르려 하기보다는 응원하고 싶은 몇 작품을 후보에 더하는 것이 내 역할이지 않을까 하는 생각도 있었다. 아니, 그보다 어차피 객관적으로 최고의 작품을 고르는 일은 애초에 불가능하고 모든 문학상이 그해 심사자로 선정된 이들 각각의 주관이 모여 그 개인들의 임의적 구성이라는 우연성의 지지까지 받은 작품이 수상작으로 결정되는 것이 아닐까 하는 생각도 내심 있었다. 그리고 그 주관이라는 것도 실은 우리가 지금 살아가는 이 세계와 조응해 한국문학계가 만들어낸 자장 안에서 형성되어온 것일 테니, 그것이 오로지 개인의 단순한 선호나 취향만은 아니리라는 믿음도. 그렇게 생각하기로 하니 조금은 마음이 편해졌다. 그저 시간을 들여 천천히 읽고 내게 특히 와닿은 소설들을 고르기만 하면 되니까. 그래서 한 해 동안 동료 작가들이 공들여 쓴 소설들을 한 편 한 편 읽어나가는 일이 꽤 즐거울 수 있었다.

세 사람의 예심위원이 본심에 올린 작품은 열두 편이다. 만나서 이야기를 나누기 전 1차로 각각 선택한 단편들의 목록을 미리 공유했는데, 흥미롭게도 겹치는 작품이 많지 않았다. 하지만 서로가 선택한 작품들은 거의 대부분 수긍 가능했기 때문에 최종적으로 열두 편을 정하는 일은 오래 걸리지 않았다. 열두 편 모두 이견 없이 좋은 작품들이어서 오히려 덧붙일 말이 없으니, 지금 떠오르는 몇 편에 대해 간단한 코멘트를 남기는 것으로 평을 대신하고자 한다.

구병모의 「엄마의 완성」은 첫 문장부터 읽는 이를 잡아채는 힘이 있다. 마치 잠시 중단했던 이야기를 다시 시작하겠다는 듯 조금은 뻔뻔스럽게 느껴질 정도로 느닷없는 도입부의 한 문장을 눈에 담는 순간 이미 구병모의 소설을 읽고 있는 나를 발견하게 된달까. 그리고 이어지는 거침없고 리듬감 있는 만연체는 그저 따라 읽는 것만으로도 상당한 쾌감을 준다. 이 이야기를 거듭 엄마를 오해하는 이야기라고 말해볼 수 있을까? "그게 없다"고 말하는 엄마와 함께 산부인과에 간 사회 초년생 딸 '나'가 임신 가능성을 묻는 간호사의 말에 저도 모르게 웃음을 터뜨리고는 엄마의 굳은 얼굴을 발견하는 장면에서 첫 번째 오해. 그리고 비전도 요령도 없어 보이는 서른여덟 박씨 아저씨에게 마음을 의탁하는 40대 엄마의 모습을 낯설게 바라보고, 엄마의 완경 선물을 고르다가 아직 난소가 건재하다는 혈액검사 결과지를 보내온 엄마에게 "응 축하"라고 메시지를 보내놓고는 무엇을 축하한다는 것인지 알 수 없는 심정이 된 자신을 발견하는 것. 결국 실제로 바뀐 것은 없고 엄마의 임신도 완경도 지나가는 해프닝으로 끝난 이후에 남은 사실은 엄마의 '완성되지 않음', 또는 '완성되지 않음으로서의 완성'의 발견인 이 이야기에 마음이 갔다.

송지현의 「유령이라 말할 수 있는 유일한」은 기억에 남은 소설이었다. 사실 마음에 남은 소설이었다고 썼다가 이 소설의 이야기를 생각하며 '마음'을 '기억'으로 바꾸었다. 이 소설을 읽으면 기억이 마음이 될 수 있다는 것, 아니 기억이 마음이라는 사실을 깨닫게 된다. 모종의 이유로 죽게 된 정우는 연인이었던 우현과 함께 보낸 시간들을 회상하고, 그가 자신의 1주기에 자신의 가족들과 보내는 시간들을 지켜본다. 이 소설은 언뜻 평이해 보이는 풍경들로 이루어져 있지만 그 일상적인 삽화들은 중간중간 삽입되는 기억이라는 개념에 대한 사유들과 결말에 이르러 드러나는 '유령이라 말할 수 있는 유일한' 것들을 통해 전혀 다른 층위를 갖게 된다. 정우의 유령이라고 여겨졌던 화자가 "살아남은 자들의 기억"이라는 뜻밖의 사실이 밝혀졌을 때에는 서늘하면서도 뭉클한 감동을 느끼기도 했다. "몇몇 장면으로 남은 어제의 기억을 지니고 무사히 오늘에 도착했다"는 결말부의 서술은 오랫동안 잊히지 않을 듯하다.

　김지연의 「좋아하는 마음 없이」는 자연스럽다. 사실은 꽤나 자극적인 스토리이기도 하고, 어떻게 보면 비현실적이라고도 말할 수 있는 이야기가 이토록 자연스럽게 읽히는 것은 김지연 소설의 강력한 미덕이 아닐까 싶다. 10년 만에 나타난 아이를 키우는 문제를 현재의 남편과 의논하다 아니라고 결론짓고 짐짓 '쿨'하게 "진짜로 끝"이라고 말하는 '안지'가 단호해 보이면서도 차갑게 느껴지지 않는 것은 내가 그를 응원하고 싶은 마음이 생겼기 때문일 듯하다. 단지 (이렇게 말해보자면) '불운한' 일을 겪은 이여서가 아니라, 누군가를 "한번 좋아해보고 싶"다는 마음을 먹기도 하는 사람이어서, '좋아하는 마음 없이'도 "무한정의 애정을 퍼부어주고 싶"다고 생각해보는 사람이어서.

　앞에서 예심 전 1차로 선택한 작품들에서 겹치는 작품이 많지 않았다고 했는데, 세 사람이 모두 목록에 올린 유일한 소설이 바로 「좋아하는 마음 없이」였다. 예심에 이어 이렇게 수상까지 이어지니 그 결과가 놀라우면서도 반가웠다. 모두를 설득시킬 힘이 있는 좋은 소설이라고 생각한다. 수상자에게 진심으로 축하를 전한다. ■

삶의 중동태中動態적 가능성에 대하여

김동식

소설 「좋아하는 마음 없이」는 주인공 안지가 지갑 속에 죽은 전남편 가족사진을 넣어 다니게 된 사연을 담담하게 들려준다. 지갑 속에 넣어놓은 사진의 중요성을 다들 알지 않는가. 얼마나 좋아했으면 죽은 전남편의 가족사진을 간직하고 있었던 것일까라고 생각하기 쉬울 것이다. 그런데 소설이 들려준 답변은 조금 엉뚱하다. '좋아하는 마음 없이' 그랬다는 것이다. 어쩔 수 없이 안지의 삶을 들여다봐야 할 것 같다. 어려서부터 안지는 남들과 같은 평범하고 평균적인 삶을 살고 싶어 했다고 한다. 그래서 죽을 정도로 좋아하는 마음은 없었지만, 남편이 좋은 사람인 것 같아서 남들처럼 연애하고 임신하고 결혼하고 출산을 했고,

남편의 외도가 밝혀지면서 갓난아이에 대한 양육권을 포기하고 이혼했다. 그 후 전남편의 사망 소식과 함께 보험금이 안지에게 주어진다는 사실을 통보받는다. 남편의 상간녀는 보험금을 양육비 명목으로 지급해줄 것을 요청해왔고, 두 사람이 만난 카페에서 상간녀는 지갑을 두고 자리를 떠났다. 지갑을 찾으러 올 의지가 없다고 여길 만한 시간이 지나갔고, 안지는 지갑은 잃어버리더라도 가족사진은 버려지지 않았으면 좋겠고 언젠가 상간녀가 사진을 찾으러 올 수도 있겠다는 생각에서 사진을 챙겼다. 그뿐이었다. 전남편이나 아이를 너무 좋아해서 챙긴 것도 아니고, 상황이 그녀를 사정없이 몰아갔기에 챙긴 것도 아니었다. 내가 한 것도 아니고 다른 누가 시킨 것도 아니고, 좋아하는 마음 없이 어쩌다 보니 안지의 지갑 속에 죽은 전남편의 가족사진이 자리를 잡은 것이다. 이 지점에 이르면 안지를 주어의 자리에 놓고 그녀의 삶을 요약하고 제시하는 것이 상당히 부적절한 일이라는 점을 알게 된다. 안지를 주어의 자리에 놓게 되면 안지가 겪었던 연애, 임신, 결혼, 이혼 등이 안지의 의지에서 발원해 안지의 책임으로 귀결되는 사건들이 된다. 안지가 좋아서 했고 그래서 안지가 책임져야 하는 사건들이 되는 것이다. 하지만 과연 그럴까. 연애, 임신, 결혼, 이혼 등의 사건들이 외견상 안지의 자유

의지의 산물로 보이지만, 실제로는 안지의 의지와 책임으로만 볼 수 없는 사건들이다. 임신은 하는 것이면서 되는 것이기도 하며, 출산은 안지가 아이를 낳는 과정인 동시에 아이에 의해 산도가 열리는 과정이다. 이혼도 마찬가지이다. 겉에서 보기에 아이를 두고 이혼을 결정한 것은 안지이지만 안지 역시 남편과 시모로부터 이혼을 요구받고 있었다. 안지의 삶에서 중요한 사건들은, 안지의 의지(욕망)로 귀속되지도 않고 외부의 요청(명령)으로 환원되지도 않는 그 어떤 삶의 자리에 있다. 이 지점을 뭐라고 하면 좋을까. 일본의 철학자 고쿠분 고이치로가 말한 바 있는 중동태中動態와 비슷한 양상이 아닐까 하고 생각해볼 따름이다. 하다의 능동도 아니고 당하다의 수동도 아닌 애매한 상태, 또는 능동적 의지와 상황의 수동성이 혼재되어 있는 상태. 삶에는 어쩌다 보니 그렇게 되었다고 말할 수밖에 없는 영역이 존재한다. 너무 좋아서 꼭 그렇게 해보려고 했던 것도 아니고 외부의 강력한 타자가 시켜서 어쩔 수 없이 해야 했던 것도 아니지만 어쩌다 보니 나의 현실로 자리를 잡고 있는 삶의 영역들, 또는 안지가 지갑에 넣고 다니던 죽은 전남편의 가족사진. 이 지점에서 문득 깨닫는다. 중동태적인 삶의 영역 덕분에 우리의 인생이 완전히 망하거나 실패하는 일은 결코 있을 수 없다는 것. 소설에서 받은 흥분이 조금 잦아들면서, 〈현대문학상〉을 떠올리게 되었다. 그동안 한국문학이 제대로 탐색하지 못했던 문학적 가능성을 김지연의 소설 「좋아하는 마음 없이」에서 만나보았기 때문일 것이다. ■

자신을 밀고 나가야

백지은

문학상 후보작 중에서 하나의 수상작을 가려내는 일은, 어떤 과정을 거치게 되든 대상작에 서열을 매기는 행위가 아니다. 신인추천의 경우는 다소 '상대평가'스러울 수도 있으나, 문학상 심사는 '절대평가' 같은 것이다. '비교'의 과정이 절대 없다는 건 아니다. 대개 1년 주기로 진행되는 문학상의 후보들은 다른 후보와 비교되는 것이 아니라 그 자신의 다른 작품과 비교된다. 그 자신의 작년 또는 내년과 비교된다. 이 후보작보다 전작이나 최근작이 더 좋았다느니, 재작년에 읽은 것에 비해 올해 이 작품은 정말 놀랍다느니, 이것을 보건대 앞으로 어떤 이야기가 기대된다느니 등의 이야기들이 심사장을 채운다. 문학상의 주인공은 그해 다른 모든 작가 또는 작품을 제치고 1위에 오른 것이 아니라 이제까지 자신이 해온 문학이 올해 다다른 그 경지에 대해 '절대평가'로 좋은 점수를 받은 것이라 할 수 있다. 이때 경쟁은 자신과의 대결이고, 자신과 다퉈야 하는 게 아니라 자신을 밀고 나가야 이길 수 있다. 쓰기만이 아니라 읽기도 그런데, 남들처럼 읽고 확신하는 것보다 지난번과 다르게 읽혀 의심이 끼어들 때 안목이 늘어난 것이리라.

여하간, 세계문학의 스펙트럼을 확대하고 문학성의 새 표준을 제시하며 젊은 작가들에게 다양한 창작의 길을 안내하는 올해의 〈노벨문학상〉 발표가 있은 얼마 후, 한국문학의 핵심을 보존하고 문학성의 스펙트럼을 넓히며 각계의 독자들에게 새로운 독서의 길을 제시하는 올해의 〈현대문학상〉 심사가 진행되었다. 예심을 통과하여 본심에 오른 열두 편에 대해 앞에서 말했던 '절대평가'가 이루어졌다. 고령화사회의 자연스러운 현상인지, 생로병사와 관련된 돌봄과 간병을 소재로 병원, 진료, 문병 등에 관한 다양한 사실성이 파다하게 많아졌다는 것이 본심 후보작 전반에 관한 1차적 느낌이었다. 그러나 그와 관련된 리얼리티를 두고 후보작들 사이에 각축이 붙지는 않았다. 권여선의 「헛꽃」은 작품에 등장한 기호들의 적절함에 대해, 구병모의 「엄마의 완성」은 그 특유한 화법이 여기서 발휘한 효과에 대해, 작가의 전작들과 함께 얘기하는 시간이 이어졌다. 최진영의 「울루루—카타추타」와 이주혜의 「괄호 밖은 안녕」에 대해 얘기할 때는 이들의 다른 작품에서 느꼈던 임팩트를 조금 더 말한 것도 같다. 송지현의 「유령이라 말할 수 있는 유일한」을 읽고 나서는 어떤 애틋한 정서가 점점 세련되어지는 느낌이 흡족하게 남았다.

그리고 우리는 김지연의 「좋아하는 마음 없이」를 올해 〈현대문학상〉 소설부문 수상작으로 선정하기로 합의했다. 선정 이유를 올해의 〈노벨문학상〉처럼 말해보자면, '평균적 인간(성)과 전형적인 삶이라는 보이는 정상성에 맞서, '좋아하는 마음'이라는 의외의 비인간성을 단편소설의 전통적인 스타일로 구현하여 최근 한국 소설의 안정에 기여' 했기 때문이다. 좋아하는 마음이란 어떤 것일까. 좋아하는 마음으로 사는 건 행복한 인생, 좋아하는 마음 없이 사는 건 불행한 인생일까. 이 소설은 어릴 때 '무척 전형적인 사람'이 되고 싶었던 이가 마침내 '해괴한 에피소드 대회'에서 명예의 전당에 오른 이야기다. "집단에서 튀지 않는 사람, 아주 평균적인 사람"이 되기 위해서는 "내가 아닌 사람이 되어보려고 노력하면서" 살 수밖에 없었다. "대학에 갔고 연애를 했고 졸업을 했고 취직을 했다. 결혼도 했다. 아주 평균적인 삶이었다." 이렇게 말할 때 "좋아하는 마음"은 어디까지 있었을까. 그러고는 이혼도 했는데 그것 역시 상대의 "좋아하는 마음" 때문이었다. 바람난 남편이 더 이상 '좋아하는 마음 없이' 결혼생활을 유지할 수 없대서 교외 아파트값 정도를 위자료로 받고 순순히 이혼한 것은, "남들 하는 건 다 하고" 사는 평균일까 아닐까? 아주 어릴 때 떼어놓은 친아들을 좋아하는 마음이 안 생기는 건 너무 비인간적인가? 그럴지도. '호불호가 절대적이지 않다'니 얼마나 '인간적'이지 못한가. 도무지 '전형적'이지 않고 불가불 '정상적'이랄 수가 없지 않은가……. 다만 우리는, 도대체 언제까지 '평균의 함정'을 모르는 척할 수가 있느냐 하는 의문이 가시지 않을 때, 이 소설은 그 함정에 빠져야만 평범해지는 '(비)정상성'을 "해괴한queer" 에피소드처럼 흥미진진하게 풀어내는 이야기로 읽힌다. "지갑 속에 죽은 전남편의 가족사진을 넣고 다니는 이유" 정도면 "호불호"가 확실하신 분들은 대개 '호'를 외치지 않을까. '그놈의 호불호'를 떠나, 딱히 '좋아하는 마음'으로만 하는 말은 아니고, 그냥 이렇게 마무리해야겠다. 올해 〈노벨문학상〉 이슈로 『소년이 온다』를 읽고 '세계문학'에도 관심 두시게 된 참에, 올해 〈현대문학상〉 수상작 김지연의 「좋아하는 마음 없이」를 꼭 읽으시고 안목 높은 한국문학의 독자가 되시길 바랍니다. ▪

좋아하는 마음만으로

편혜영

해석은 세계에 대한 이해의 폭을 넓히는 일인데, 언어와 번역의 감도가 높은 이주혜에 따르면 "고통에 더 가까운 일"이기도 하다. 「괄호 밖은 안녕」의 주인공은 "언어도 해석도 피하고"자 홀로 여행을 떠난다. 그러다 맨발의 여자를 만나는데, 그녀는 유령 같기도 하고 "다른 존재에 도착하기를" 바라는 마음에 만난 허상 같기도 하다. 소설에서 계속 반복되는 '정신 똑바로 차려'라는 주문을 참고 삼아 헤아려보자면, 아마도 정신을 똑바로 차리지 못해서 언어도 해석도 필요 없이 괄호로 대화하는 '맨발의 여자'라는 허방을 만난 것이다. 정신을 차리라는 주문을 되새기는 이유는 그렇게 하지 않으면 자꾸 추억에 빠지고 오래된 미래를 돌아보기 때문이다. 자기 삶을 되새기는 일이 고통스러워 언어도 해석도 괄호 안에 두고 싶은 마음이 고스란히 느껴졌고, 인물에게 남겨진 과거의 시간은 어떤 것이었을지를 상상하게 되었다.

해석의 고통은 권여선의 소설에서도 이어진다. 「헛꽃」의 주인공 '혜영'은 전남편에게 '헛꽃'이라는 소리를, 조모로부터는 '헹맹'이라는 말을, 동생에게는 '주두성자'라는 말을 듣는 인물이다. 정확히는 몰라도 그저 자신을 하찮게 여기는 평가려니 생각하다가 어느 날 톨스토이의 『전쟁과 평화』를 읽던 중 '헛꽃'이라는 낱말과 맞닥뜨리고 본격적으로 이 말들의 의미를 추적하며 "나쁜 말의 아우라"에 휩싸이고 기어이 '자기 모멸감'에 빠져든다. 희생하는 여자들을 향한 "자기가 좋아서 하는 일"이라는 다른 사람들의 "참혹한 판단"은 얼마나 많은 그녀들을 침묵하게 만드는가. 무엇이 '혜영'으로 하여금 스스로에게 벌주듯 자신을 어둠 속에 은폐하게 만들었는지를 생각하노라면 한없이 쓸쓸한 기분이 든다.

최진영의 「울루루―카타추타」는 묵직한 질문을 남기는 소설이었다. 남편은 사고를 당할 뻔한 아이를 구하고 의롭게 죽었지만 남겨진 '나'와 아들에게는 그저 가족을 방기한 잘못을 저지른 남편이자 아빠에 지나지 않는다. 누군가의 삶을 구하는 순간이 누군가를 버리는 순간이 되기도 하는 아이러니를 최진영은 묵직하고 유서 깊은 바위처럼 보여준다. 그러고 보면 삶만큼이나 죽음도 다면적이고 복잡하기 마련이다.

「엄마의 완성」은 구병모 작가 특유의 입담과 유머러스한 문체로 완경기에 임박한 엄마의 서사를 다루고 있다. 완경에 다다르지 않은 '엄마'는 여전히 가임기 여성이라는 사실은 그리 놀랄 것 없지만 다소 생소하게 와닿는데, 이러한 기분이 오히려 '엄마'라는 익숙하고도 불완전한 존재를 낯설게 바라보게 만들었다.

송지현의 「유령이라 말할 수 있는 유일한」은 사라지는 것들을 기억하는 마음, 시간이 지나며 잊히기 마련인 기억의 쓸쓸한 양상을 다룬 작품이다. 우리라는 존재는 결국 누군가의 기억 속에서만 존재하는 것은 아닐까. 그러므로 존재하기 위해서는 필사적으로 기억되어야 하는 것이 아닐까. 이 소설에 드러난 죽음의 시간이 10년 전의 세월호 사건이나 1년 전 이태원 참사와 맞닿아 있음을 고려하면, '정우'라는 인물에 대한 애도를 넘어 우리가 잊지 말고 반드시 '기억'해야만 하는 것에 관한 이야기로도 읽혔다. 이 소설을 읽고 공연히 율마 화분을 바라보게 된 아름답고도 쓸쓸한 기억이 무사히 미래에 도착하기를 바란다.

한 작가의 소설을 오롯이 좋아하는 마음으로만 읽을 수 있을까. 김지연의 「좋아하는 마음 없이」를 읽으면서 그럴 수 있다는 생각이 다시금 들었다. 처음 '안지'가 어떻게든 전형적인 세계에 편입하기 위해 그다지 싫어하지 않는 수학 선생을 싫어하기 위해 노력하는 장면부터 이 소설이 몹시 좋아졌다. '안지'는 남들과 같이 생각하려고 애쓰는 규범의 세계로부터 "조금 더 자기 자신에게 가까운 삶"을 사는 것을 발견한 인물이다. 말하자면 전형의 세계, 표준의 세계, 규범의 세계를 벗어나 남들에게는 해괴하고 기이해 보여도 자신에 대해 분명히 말할 수 있는 세계, 좋아하는 것을 좋아한다 말하게 된 세계로 건너간 사람이다. 좋아하는 마음 없이도 가족으로 지낼 수 있지만 자기 자신으로는 지내기 힘든 법이다. 이런 인물이 나오는 소설을 좋아하지 않기란 힘이 든 노릇이다. ▪

모두 다 사라진 것은 아닌

김지연

　나는 한 해 중 11월을 가장 좋아한다. 별다른 이벤트가 없고 연말이 다가오고 있는 계절이기 때문이다. 무언가가 끝나간다는 예감을 갖고 연말의 흥청망청을 준비하는 기분이 좋다. 그리고 나뭇잎이 뚝뚝 지고 있는 거리의 풍경도. 지난날을 되돌아보면서 뜻대로 된 게 아무것도 없다는 것을 어렵지 않게 깨닫게 되지만 그래도 곧 다음 해가 오니까, 이루지 못한 바람들을 내년으로 슬쩍 넘겨버릴 수도 있다. 그런 생각들을 하고 있던 무렵에 수상 소식을 들었다. 무척 기뻤고 감사했다.

　「좋아하는 마음 없이」는 좀처럼 좋아하는 게 없어 보이는 친구에게서 아이디어를 많이 얻었다. 어떤 이야기를 하던 중에 죽기 전 꼭 가고 싶은 여행지에 대해 물어보았는데 딱히 그런 곳이 없다고 해서, 더 솔직해지자면 정말이지 하고 싶은 것도 바라는 것도 딱히 없다고 해서, 하지만 가끔은 그냥 유행에 편승해 떠날 뿐이라고 해서, 멋없이 사는 것 같은 그 친구를 한심해하다가 가여워하다가, 결국에는 나도 별반 다를 것이 없다는 생각에 이르렀다. 이렇게 살아도 되나? 아무것도 좋아하지도 싫어하지도 않으면서 줏대라고는 없이…… 하는 생각을 줄줄이 했다. 어떤 것을 열렬히 사모하다 못해 미쳐버리는 사람들을 발견하고 그런 열망을 나도 갖고 싶다고 생각했다가 그런 건 도저히 가능할 것 같지 않아서 아무것도 좋아하지 않고 살며 낭패를 본 사람에 대해 써보기로 마음먹었다. 사실 이런 생각들은 소설을 쓰는 중간에 끼어든 것이다. 처음에는 이런 의도 같은 건 없었다. 이 소설 속 인물들이 마주 앉아 대화를 하는 장면이 먼저 떠올랐을 뿐이다. 딱히 유쾌하지 않은 대화였고, 두 여자는 그 자리에서 떠나면 각자의 길로 가서 다시는 만날 일이 없을 것 같은, 그런 장면이었다. 그런데 왜 마주 앉아 이야기하고 있을까? 그런 쓸데없는 물음에서 이 소설이 시작된 것이다. 그러다 어느새 앞서 설명한, 좋아하는 마음도 없이 사는 어떤 인물이 끼어들었다. 그냥 이 소설에 잘 어울릴 것 같았다. 그 뒤로 '좋아한다'는 마음에 대해 계속 생각하게 되었고 아직도 생각하고 있다. 그건 내가 꾸준히 소설에 썼고 또 쓰고 있는 것이기도 했다. 자기가 진짜 바라는 게 뭔지도 모른 채 개구리밥처럼 부유하듯 살아가는 사람을 보면 늘 가여웠지만 따지고 보면 그건 일종의 자기 연민에서 비롯된 것이기도 했다. 그런 감정은 살아가는 데 하등 도움이 될 것이 없다고 생각하면서도 가끔은 멈출 수가 없다. 수상 소식을 들은 날에도 어느 정도의 자기 연민에 빠져 있었다. 그 끝에는 늘 어떻게 살아야 할까…… 같은 물음이 뒤따르는데 전화를 끊고 나서는 어떻게든 또 살아가야 한다는 생각을 했다.

11월에 별다른 이벤트가 없다고 썼지만 나에게만은 빅이벤트인 생일이 있다. 올해 생일 선물로 키보드를 선물받았다. 조용히 물 흐르는 듯한 소리와 타건감이 무척 좋아서 아무 글자나 마구 두들기기도 했다. 이 키보드로 어떤 글을 처음 완성하게 될까 궁금했는데 곧 이 소감문의 마침표를 쓸 수 있을 것 같다. 그것으로 이 키보드의 소임을 다했다고 해도 좋을 만큼 기쁘다. 물론 그 밖에도 여러 감정들이 동시에 든다. 이 상이 올해로 70회를 맞이했다는 사실에 새삼 놀랐다. 「좋아하는 마음 없이」가 그 상을 받아도 되는 것인지, 내게는 너무 이른 소식이 아닌지 하는 생각도 뒤따랐다. 오래 쓰고 싶으니까, 좋은 일들을 최대한 아껴두고 싶은 마음 때문인지도 모르겠다. 일찌감치 찾아온 행운에 대해 가족에게 전하고 축하 인사를 받다가 일단은 그냥 좋아하자고 생각했다. 그렇다고 다른 마음들이 없는 것은 아니니까. 부족한 글을 골라주신 심사위원분들과 마지막까지 글을 매만져주시는 편집자분들, 『현대문학』 관계자분들, 글을 잘 읽고 있다고 안부를 전해주는 모든 분들에게, 또 언제나 나를 응원해주고 행복을 빌어주는 친구들과 가족들에게도 정말 감사하다 말하고 싶다. ▪

2025 現代文學賞 수상소설집

좋아하는 마음 없이 외

지은이 | 김지연 외
펴낸이 | 김영정

초판 1쇄 펴낸날 | 2024년 12월 5일

펴낸곳 | ㈜현대문학
등록번호 | 제1-452호
주소 | 06532 서울시 서초구 신반포로 321 (잠원동, 미래엔)
전화 | 02-2017-0280
팩스 | 02-516-5433
홈페이지 | www.hdmh.co.kr

ⓒ 2024, 현대문학

ISBN 979-11-6790-286-3 03810